불가능한 대화들 2

불가능한 대화들 2

우리 시대의 작가 10인에게 묻다

오늘의문예비평 엮음

산지니

말의 격률: 새로운 '삶/문학'을 위하여

　문학은 언어예술의 본령이자 강력한 사회적 미디어이다. 하지만 문학은 더 이상 근대 초기와 같은 사회적 위상을 지니고 있지 않으며, 문학의 미디어 효과 역시 1970~80년대와 같은 정치적, 문화적 기능을 수행하지 못하게 되었다. 문학이 놓인 리터러시 환경 자체가 크게 변하였기 때문이다. 문학은 소셜 네트워크에 밀려 언론 기능인 '매스미디어 효과'를 상실하였으며, 대중 독자 역시 시와 소설보다 영상 매체에 기반한 서사 양식인 영화나 드라마를 더 선호하게 되었다.

　그렇다면 정말 문학은 끝장나버린 것일까? 문학의 종언과 종언 이후를 분별해야 하는 비평의 책무가 무겁다. 잘 알다시피, 문학의 종언을 '종언의 조건'이나 '그 이후', 혹은 '문학의 정치적 가능성' 속에서 재구성하고자 한 비평적 시도가 없었던 것은 아니다. 하지만 비평 담론의 그 소란스러움에 비해 실제의 성과는 그리 크지 않았다. 특히, 문학의 종언이 근대 '국민국가의 언문일치 시스템'이었던 근대소설의 시효 만료를 의미하는 것이라는 결론은 논의의 소박함을 넘어 허탈함을 준다. 그러니 문학의 몰락에 대한 책임을 무관심한 독자에게 전가하거나, 문학의 허약해진 체질을 개선해야 한다는 식의 보양론으로 이끌고 가는 것은 무의미하다. 특히, 일부 문학 전문 에꼴과 같이, 소수 지향의 엘리트주의를 천명하는 방식의 독아론은 더더욱 곤란한다. 왜냐하면 이와 같은 현상은 이른바 '순(純)문학'의 문제만이 아니기 때문이다. 이미 우리의 심금을 울리던 연애물이나 사이버 소설, 혹은 하이틴 서정시나 판타지와 추리 서사조차도 독자들의 관심에서 멀어진 지 오래다. 그러니 핵심은 순수문학이니 대중문학이니 하는 비평적이고 관습적인 구분이 아니라, 어떻게 동시대(contemporary)의 문학을 우리 삶과 접속시킬 것인가이다.

여전히, 문학을 '한다/쓴다'는 것이 유효하다면, 그것은 빛나는 문장과 사유를 전시하기 위한 것이 아니라, 어떤 방식으로든 문학이 우리 삶에 기여할 수 있는 계기를 발견하기 위해서라는 점을 잊지 않아야 한다. 이러한 물음에 혼신의 글쓰기를 통해 응답하고자 한 열 명의 작가가 정유정, 김유진, 고은규, 김성중, 최진영, 이승우, 서효인, 김경인, 조혜은, 이안이다. 한국문학이라는 너른 마당 속에서 우리 삶의 새로운 질문을 온몸으로 받아내며 덧붙이고 있는 작가들의 목소리는 그래서 치열한 생의 기록이자 비윤리적 사회에 대한 항전의 성격을 지닌다. 문학-판의 이슈가 삶과 괴리된 이념이나 문장 속에서 성립되는 것이 아니듯, 이 열 명의 작가는 각자의 내밀한 목소리와 함께 우리들의 비평적 물음에도 성실하게 응답하고 있다. 전자가 '작가산문'을 통해 창작의 우물을 은밀하게 비춰보는 작업이라면, 후자는 '대담'이라는 불완전하고 불가능한 소통 방식을 통해 '공통의 삶과 문학'을 모색하는 것일 테다.

이 책에 수록된 열 편의 대화는 이와 같은 진지한 물음과 형식에서 출발하였다. 이 뜨거운 말(들)의 공유와 나눔은 분명 특정한 형식의 문학적 교류(대담)에 바탕한 것이지만, 전문 문사의 화려한 말치장이나 말잔치의 나열과는 무관하다. 오히려 이 '불가능한 대화'는 강단 비평과 학술적 언술 구조 속에서는 '말할 수 없었던 것'이거나, '말해질 수 없었던 것'을 교통시키고, 그것을 독자들의 삶 속에 날인하고자 하는 의지의 산물이라고 하겠다. 물론 이것은 하나의 통일적인 창작물처럼 '완성된 대화'로 우리에게 송신되지 않는다. 어느 순간에는 강렬한 작가에의 열정으로, 때로는 창작과 비평의 거리가 주는 머뭇거림과 주저함 속에서 각각 다르게 분기하여 전파될 것이다. 그러면서도, 창작과 비평의 '사이-틈', 그 간극이 발생시키는 질문들이 다시 우리의 삶과 문학을 접지하는 훌륭한 '말의 격률'로서 새롭게 생성될 것이다.

이 대담집은 비평전문 계간지 『오늘의문예비평』에서 2011년 봄호부터 2013년 겨울호까지 '한국문학의 새로운 시선'이라는 코너에 연재했던 작가산문과 대담을 수정·보완하여 엮은 것이다. 우리는 이미 2008년부터 2010년까지의 작가 대담을 묶은 『불가능한 대화들』을 펴낸 바 있다. 만 3년 만에 두 번째 '불가능한 대화들'을 세상에 내놓는 셈인데, 첫 대담집이 계간 『오늘의문예비평』의 20주년을 기념하고 헌정하는 의미를 지닌 것이었다면, 두 번째 대담집은 향후 20년을 새롭게 모색하는 모두의 각서가 될 것이다. 매순간 우리를 구속하는 문학적 습벽으로부터 자유로워질 때, 우리의 만남과 대화는 '사적인 것'의 문턱을 벗어나 '공통적인 삶'에 이를 수 있을 것이다. 바쁜 중에도 대담에 응해주신 열 분의 작가와 책을 엮어준 산지니 출판사에 감사의 마음을 전한다.

계간 『오늘의문예비평』 박형준·양순주

차례 ————————————————————————————————————

정유정

이야기를 이야기하는 자
소설을 쓰는 이야기꾼과 만나다

이야기를 이야기하는 자

정유정

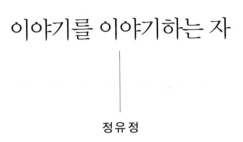

　나는 열두 살에 처음으로 시체를 봤다. 비오는 여름저녁, 동네 둑길에서였다. 해골처럼 깡마른 남자가 늙은 버드나무 밑에 누워 있었다. 툭 불거진 눈은 벌겠고, 낯빛은 창백했고, 흰 러닝셔츠에 검은 트레이닝 바지를 입었고, 맨발이었다. 나뭇가지에선 잘려나간 빨랫줄이 한닥거렸다. 시신 옆엔 슬리퍼가 뒹굴고 동네 아저씨 몇 명이 그를 에워싸고 무어라 두런거리고 있었다. 내 곁에는 남동생이 있었다.

　"누나, 저 아저씨 죽었어?"

　녀석이 속삭이듯 물어왔다. 나는 대답하지 않았다. 땀에 젖어 뜨뜻해진 대못 한 줌을 꽉 움켜쥐고 있었을 뿐.

　이것이 그날 저녁에 대한 기억의 핵심이다. 신뢰할 수 있는 유일한 '사실'이기도 하다. 이 빈약한 원형질을 둘러싸고 있는 건 파편화된 장면 몇 개와 몽타주에 가까운 이미지 몇 컷, 선명한 악몽이다.

　그날 이후, 나는 같은 꿈을 반복해서 꾸기 시작했다. 동생과 함께 기찻길을 걷는 꿈이었다.

꿈속의 하늘은 늘 잿빛이다. 대기는 살을 찌르는 것처럼 차고 축축하다. 철로 침목 위로는 안개가 느릿느릿 흐른다. 우리는 레일 한 쪽씩을 차지하고 걷는다. 대못을 한 움큼씩 쥐고, 팔을 비행기 날개처럼 벌려 균형을 잡으면서. 걸음을 멈추는 곳은 강을 가로지르는 철교 한가운데다. 철로를 가로막고 누운 남자 때문이다. 그는 번쩍이는 바지를 입었고, 맨발이다. 그의 발꿈치 밑으로 시퍼렇게 흐르는 강물이 내다보인다. 희뿌연 안개 밖에선 기적이 울린다.

"기차가 온다."

나는 꿈속의 나를 향해 소리 지른다. 답답하게도 내 목소리는 꿈속까지 가 닿지 않는다. 귀먹은 사람처럼, 남자에게 다가가는 나를 막을 길이 없다. 남자 옆에 다가서며 가장 먼저 알아차리는 건 번쩍이는 바지의 정체다. 그것은 옷이 아니다. 대못이다. 내 손에 쥔 것과 똑같은 대못. 남자는 붉은 눈을 뜨고 물끄러미 나를 올려다본다. 순간, 그가 둑길에서 본 시신이라는 걸 깨닫는다. 동생을 데리고 철교에서 벗어나야 한다고 생각하지만 몸이 생각대로 움직여주지 않는다. 철컥철컥, 기차가 달려오는 소리가 들리는데도, 발바닥에 레일의 진동이 느껴지는데도, 나는 손끝 하나 깐닥거리지 못한다.

눈을 뜬 후로도 악몽의 자장에 갇혀 있기 일쑤였다. 가위에 눌린 것처럼, 뻣뻣하게 누운 채 철컥철컥 소리를 들었다. 아마도 나는 시체의 기억을 잊으려 안간힘을 썼을 것이다. 세월이 흐르면서 악몽에 붙들리는 날은 점점 줄어들었을 것이고. 그러던 어느 날, 내 삶에서 완전히 사라졌을 테다. 어른이 된 이후로 악몽도, 생애 처음으로 시체와 마주쳤던 저녁의 둑길도 까맣게 잊고 있었던 걸 보면. 10년 전, 스티븐 킹의 소설 「스탠 바이 미」를 읽던 어느 밤까지.

「스탠 바이 미」는 킹의 소설집 『사계』에 실린 중편 중 하나이다. 원제는 「더 바디」, 시체를 찾아 떠나는 소년들의 이야기다. 소설을 읽는 내내 나는 꿈을 꾸는 기분이었다. 안개, 기찻길을 따라 걷는 아이들, 강을 가로지르는 철교, 철컥철컥 울리는 기차소리, 발바닥으로 전송되는 레일의 진동, 낯선 주검, 혹은 죽음… 다 읽고 나서도 책을 덮지 못했다. 기시감에 덜미를 잡혀 넋을 놓고 있었다. 이것은 내가 나도 모르게 쓴 소설이 아닐까, 하는 망상마저 피어났다.

그래서였을까. 기찻길 꿈은 20여 년의 세월을 뛰어넘어 다시 내 삶에 나타났다. 몇 날 며칠, 가위에 눌렸다. 기억을 추적하기로 마음먹은 건, 거기에 뭔가 있을 것 같다는 기대 때문이었다. 그러나 기억의 밀림에는 온갖 의문들만 부비트랩처럼 걸려 있었다. 그날, 우리는 왜 버드나무둑길에 갔을까. 대못은 왜 가지고 있었을까. 꿈에서는 왜 둑길이 아닌 기찻길일까. 남자의 몸에는 왜 대못이 박혀 있을까….

남동생은 그날 일을 기억하지 못했다. 우리가 자주 기찻길에 갔다는 것만 기억하고 있었다. 왜 갔느냐고 묻자 칼을 만들러 갔을 거라고 대꾸했다. 검지와 중지를 붙여 뭔가를 날려 보내는 시늉도 해보였다.

"우리 칼 날리기 선수였잖아, 기억 안 나?"

기억났다. 처음엔 어렴풋한 이미지가, 차차 연대기적 구성을 바탕으로 하는 장면들이. 대못을 주우러 거리와 공사장과 고물상을 뒤지는 나와 동생, 레일 위에 대못들을 늘어놓은 후 기찻길 아래 비탈에 턱을 괴고 엎드려 기차를 기다리는 우리. 우리의 이마 위로 거센 바람과 굉음을 뿌리며 지나가는 기차. 기차가 멀어지기도 전에 레일로 뛰어 올라가 칼 모양으로 눌린 대못을 줍는 모습. 둑길 버드

나무 둥치에 새겨둔 과녁을 향해 경쟁하듯 '대못 칼'을 날리는 남매의 모습. 마지막으로, 시체를 본 저녁이 유년 시절을 통틀어 유일하게 남아 있는 '비밀의 시간'임을 기억해냈다.

새로운 의문이 생겨났다. 나는 왜 그 일에 대해 끝내 입을 다물었을까. 열쇠는 어머니였다.

어머니는 당신의 아들과 딸이 위험한 칼 놀이에 홀려 있다는 걸 알고 아연실색했다. 칼을 만들러 기찻길에 나가고, 기찻길 밑에 엎드려 기차를 기다린다는 고백을 받아낸 후엔 회초리를 들었다. 우리 남매가 그토록 혹독한 체벌을 받은 적은 이전에도 이후에도 없었다. 그런데도 우리는 줄기차게 금지된 장소에 갔고, 금지된 놀이를 하고, 금지된 쾌감을 즐겼던 것이다. 시체를 봤던 그날 저녁까지도.

하나의 기억은 이제 하나의 사건으로 보였다. 그러나 아직 어떤 의미를 품고 있지는 않았다. 우연히 일어난 일이 가치를 가진 사건으로 진화하려면 어떤 식으로든 인물에게 변화가 와야 했다.

나는 악몽을 다른 각도로 해석해봤다. 그것은 어쩌면 내가 필연적으로 뛰어넘어야 했던 '무엇'이었을지도 모른다고. 어른과 아이의 세계를 가르는 창문 같은 것. 악몽은 시체가 묘지에만 머무르는 게 아니라는 걸 보여주었다. 주검이 날개를 단 천사의 모습이 아니라는 것도. 죽음은 세상 어느 곳에나 있으며, 언제 어디서 삶을 들이받을지 모르는, 내 힘으로는 통제할 수 없는 기차와 같다는 것을. 우연히 발을 디딘 창문 밖 세계는 쓸쓸하고 혼란스러웠으리라. 내디딘 발을 다시 거둬들일 수 없다는 점에서 두려웠을 테고.

이 해석이 마음에 들었다. 사실성의 순도는 떨어지나 훨씬 이야기적이었다. 등단 전 출간작인 「마법의 시간」은 여기에서 출발했다.

생애 처음으로 죽음이라는 낯선 세계와 마주친 소년과 소녀의 이야기. 나는 그들을 창밖으로 내몬 뒤, 자신과 타인 혹은 세계와의 갈등이 결국 인간과 세계의 근원적 갈등이라는 걸 깨닫게 하고 싶었다. 모든 장면들을 '극화'의 형태로 조형하겠다고 마음먹었다. 인물이 욕망을 위해 행동하고, 행동이 상황을 만들고, 상황이 갈등을 빚고, 갈등이 가치를 변화시키며, 변화가 다시 인물에게 새로운 행동을 요구하는 방식으로 이야기를 배열하려 애썼다. 관념이 아닌 '목적'을 위해 장면들을 선택했다. 목적이란 작가가 세상을 향해 '할 말'일 것이다. 할 말은 곧 이야기의 '영혼'이다. 이 단순한 이야기의 원칙을, 나는 세 번째 소설을 쓸 때서야 깨우쳤다. 비로소 이야기를 이야기하기 시작한 셈이다.

이야기는 우리 삶의 도구이다-케네스 버크

나는 작가보다 소설가로 불리는 게 좋다. 고백건대, 가장 듣고 싶은 말은 '이야기꾼'이다. 이유를 생각해본 적이 있다. 왜 '이야기꾼'을 꿈꾸는지, 그 많은 장르 중에서 군이 소설을 통해서만 이야기를 하겠다는 건지. 온갖 매체를 통해 이야기가 생산되고 소비되는 시대에, 소설이라는 장르의 이야기를 특별히 사랑하는 이들이 존재하는 이유도 궁금했다. 답을 찾아 이런저런 책을 뒤적여보기도 했다.

아리스토텔레스는 「시학」에서 인간은 재현하려는 성향과 재현된 것들에서 쾌감을 느끼는 성향을 동시에 타고났다고 말한다. 더할 나위 없이 추한 짐승이나 시체의 형체는 실물로는 보기만 해도 고통스럽지만 그것을 잘 다듬어 그린 그림을 볼 때는 쾌감을 느낀다는 점을 그 근거로 든다. 이유는 그것을 바라보면서 알아보는 법을 배우기 때문이라 했다. 아, 네가 너였구나!

로버트 맥기도 「시나리오 어떻게 쓸 것인가」에서 비슷한 주장을 한다. 거리에서 시체를 봤을 때 즉각적으로 나타나는 건 지적 판단이 아닌 정서적 반응이라고. 대부분은 놀라 비명을 지르거나, 충격을 받아 얼어붙거나, 무서워서 달아난다. 처참한 주검 앞에서 충격과 두려움을 느끼는 동시에, 자신도 언젠가 죽으리라는 사실과 삶에 드리워진 죽음의 의미를 사유하는 경우는 드물다는 것이다. 의미와 정서의 융합은 시간이 흐른 후에야 가능한 일이지만 예술에서는 이를 한순간으로 통일시키며, 이야기는 바로 그 일을 의지적으로 실현해내는 도구라 했다.

그 외, 여러 저작들도 비슷한 말을 한다. 이야기는 인간이 삶을 인식하는 도구라는 것. 실제 삶에서 일어나는 일들은 원인과 결과가 명백하지 않을 때가 많다. 그런데도 인간의 지성은 연대기적 구성과 인과성, 즉 이야기적 방식을 통하지 않고는 상황을 받아들이지 못한다. 하다못해 지난밤 꿈까지도 이야기적 방식으로 해석하려 든다. '혹시나'로 시작하는 가정을 세우고, 어제를 소급해 분석하고, 이를 바탕으로 내일을 예견한다. 인류가 현상을 해석하는 방식, 역사를 기억하는 방식, 인간과 세계의 상호작용 등을 이해하는 도구가 바로 이야기인 것이다.

이 이야기예술의 가이아는 소설이라고, 나는 믿는다. 최전선을 영상매체에 내주었을지언정, 소설은 아직 근본적인 힘을 갖고 있다. 영화가 시간의 예술이라면, 그저 내 주장이지만, 소설은 영토의 예술이다. 독자가 아무 때나 들어와 뒹굴고 몸을 적시는 진창, 수많은 예술장르에 물을 대는 샘, 인간과 삶과 세계와 운명을 한계 없이 은

유해내는 대지라는 면에서.

그 한 귀퉁이에 서서 이야기하는 자의 지향점은 당연히 듣는 자이다. 이야기꾼의 욕망은, 독자가 이야기에 몰입한 나머지 기진맥진해버릴 만큼 강렬한 정서와 인생의 의미를 경험하게 만드는 것이다. 이야기꾼이 두려워하는 건, 상업주의의 오명이 아니라 상업주의의 오명을 두려워하는 자기 자신이다. 이야기꾼은 모두가 잠든 밤에 홀로 깨어 방화를 모색하는 자이다.

레이 브레드버리의 멋진 표현을 빌리면, 나를 통해 세상을 타오르게 하고 싶은 것이다.

소설을 쓰는 이야기꾼과 만나다

정유정 · 김경연

김경연　신작 집필 중이라 바쁘시다 들었는데 흔쾌히 이메일 대담에 응해주셔서 감사드립니다. 단편적이고 소략한 질문으로 선생님의 소설에 얼마만큼 다가갈 수 있을까 염려되기도 하지만, 그래도 이 대담이 정유정 선생님의 소설로 들어가는 작은 길 하나 정도는 내는 일이 되길 부디 기대해봅니다.

　2007년 『내 인생의 스프링캠프』로 제1회 세계청소년문학상을 수상하신 이후로 장편 『내 심장을 쏴라』(제5회 세계문학상 수상, 2009), 『7년의 밤』(2011)을 연이어 내셨는데, 사실 제가 정유정 선생님의 소설을 읽은 것은 가장 최근에 발표하신 『7년의 밤』이 처음이었습니다. 제 주변에 있는 이들로부터 여러 차례 재미있다는 얘기를 전해 들었고 그래서 그들의 찬사가 과장은 아닌지, 그 재미의 정체가 무엇인지 확인해보고 싶은, 외람되지만 꼼수 어린 호기심이 적잖이 발동했습니다. 그래서 『7년의 밤』을 읽었는데, 과연 주변의 추천사가 허언이 아니더군요. 아마도 제가 최근에 읽었던 소설 중에서 가장 멈춤 없이, 빨리 독파한 작품이 아닌가 싶습니다. 그런데 솔직히 말씀드리면 『7년의 밤』이 뿜어내는 이 '재미'의 정체가 무엇인지 소설을 다 읽고 난 후에도 명쾌하게 가늠되지 않더군요. 더 정확히 말씀드리면 이 소설의 재미를 온전히 긍정하고 그것에 새로운 의미를 부여하는 데 여전히 주저된 것이 사실입니다. 그래서 내처 『내 심장을 쏴라』를 읽었는데 저는 오히려 이 소설을 읽으면서 정유정 소설의 '재미'가 낡고 익숙했던 무엇이 아니라 '낯선' 사건일 수 있는 가능성 혹은 그 징후를 포착할 수 있었습니다. 그 가능성이란 어쩌면 의미를 축내지 않는 재미, 재미를 멸하지 않는 의미를 내장한 소설의 생성이 아닐까 싶습니다. 어느 잡지(『무비위크』)와 인터뷰 하신 내용 중에 "우리나라 다른 현대소설"과는 "차별화"된 작품을 쓰고 싶다는 말씀을 하셨던데, 시작부터 너무 큰 질문이 아닌가 싶습니다만 정유정 선생님께서 생성하고자 하는 그 차별화된 소설의 정체란 어떤 것인가요?

정유정   습작시절, 한 작가의 인터뷰를 읽은 적이 있습니다. 단기간에 문단에서 주는 상을 죄다 휩쓸어버린 이른바 무서운 신예였죠. 이런 작가라면 분명 배울 게 있겠다 싶어 인터뷰 한 줄 한 줄 분석해가며 읽다가 그만 충격을 받았습니다. 정확하지는 않지만 대략이런 내용이었던 걸로 기억합니다. "중요한 건 묘사다. 이야기는 저절로 만들어지는 것이다." 이는 대학시절 지도교수의 가르침이라고 했습니다.

등단 후, 제가 가장 많이 들었던 지적, 혹은 요구는 '이야기성 혹은 극적요소를 줄여라'였습니다. 그 자리에 문학적 요소를 담아야한다고. 제게 요구하는 문학성이 대체 무언지 구체적으로 말씀해달라고 했습니다. 세 가지를 꼽더군요. 문체의 내면화, 시적 문장, 철

학적 주제. 서사가 강하면 대중소설의 혐의를 받게 된다는 것이었
죠. 제 예상에서 단 1센티도 벗어나지 않는 답이었습니다. 더하여
'이야기는 저절로 만들어진다'는 말이 새삼스럽게, 뼛속 깊이 이해
되는 순간이기도 했습니다.

저는 소설을 '이야기의 예술'이라고 생각합니다. 이야기를 그럴
싸하게 하고 싶다는 뜻입니다. 전환점과 결말의 상황(극화)을 통해

©임태선

이야기를 안으로부터 뒤집어 보여주고 싶고, 그것을 통해 '나는 인간을, 삶을, 세계를 이렇게 바라본다'라고 제시하는 것이 미학적 요소를 구현하는 제 나름의 방식이고요. 저절로 만들어지는 이야기가 아니라 이야기를 '만들어내는' 작가가 하나쯤 있다 해서 한국문단이 망하지는 않을 것입니다. 차별화된 소설이란 그런 의미입니다.

김경연　보내주신 「작가산문」에서 스스로 작가보다는 소설가로 불리는 것이, 그보다 더욱 듣고 싶은 말은 '이야기꾼'이라 쓰신 것을 읽었습니다. 아마 정유정 소설을 읽는 독자라면 작가의 이 욕망이 제대로 관철되고 있다는 데 별 이견이 없을 듯합니다. "독자가 이야기에 몰입한 나머지 기진맥진해버릴 만큼 강렬한 정서와 인생의 의미를 경험하게 만"(「작가산문」)들겠다는 "이야기꾼의 욕망"은 『7년의 밤』에 와서 더욱 역력히 읽힙니다. 추리와 스릴러를 가미한 장르소설의 구조를 취하면서 『7년의 밤』은 촘촘하고 긴박감 넘치는 서사로 독자들을 쉴 새 없이 몰아가죠. 이것이 정유정 소설의 가장 큰 특장(特長)이고 달리 말해 재미이겠으나, 어찌 생각하면 이 매혹적이고 현란한 서사가 오히려 소설에 동반된 의미를 의도하지 않게 압도해버리는 것은 아닌가 생각되기도 했습니다. 말하자면 독자가 소설을 통해 "인생의 의미"를 경험하고 성찰할 수 있는 여유를 느긋하게 갖기도 전에 독자들은 중독성 강한 이야기에 빨려 들어가 완전히 기진맥진해버리는 것이죠. 물론 제 개인적인 견해일 수도 있겠으나 『7년의 밤』에 와서 이러한 경향은 보다 두드러지고 있다는 생각이 들었습니다. 때문에 이전 작품들보다 이야기꾼의 욕망이나 자의식은 더없이 선명하게 읽히지만, 그것이 소설가의 욕망과는 어쩌면 다른 차원이 아닐까 의구심이 들기도 했습니다. 정유정 선생님께서 소설가보다 이야기꾼으로 스스로를 정위하고자 하실 때, 선생님께서는 이미 소설가의 욕망과 이야기꾼의 욕망을 다른 층위에서 바라보고 있는 것이 아닌가 생각되는데 어떠신지요?

정유정 어린 시절, 약장수 서커스단에 홀려 정신없이 쫓아다닌 적이 있습니다. 약을 파는 게 주목적인 만큼 레퍼토리가 빈약한 영세 서커스단이었죠. 그러다 보니 만담꾼 한 사람이 꾸려가는 천막극장이 프로그램 사이의 빈 시간을 메우고는 했습니다. 저는 우리나라 고전들을 이 천막극장에서 배웠습니다. 그만큼 만담꾼의 입담과 이야기를 풀어가는 능력이 실감 났습니다. '흥부는 찢어지게 가난했다'라고 설명하는 대신, 흥부의 자식들이 걸친 패션이나 집에 대한 이야기를 들려주는 식이었죠. 흥부는 열 명이 넘는 자식들의 옷을 한방에 해결해버립니다. 멍석 하나에 머리를 집어넣을 구멍 열 개를 뚫는 것으로요. 멍석 하나에 열 녀석이 달려 있다 보니, 한 녀석이 자다 일어나 화장실에 가게 되면 나머지는 자동으로 따라가야 합니다. 길을 걷다 한 녀석이 넘어지면 나머지도 우르르. 산기슭에 수수깡을 쳐서 대충 지은 집은 어찌나 작은지 발을 뻗으면 차꼬를 찬 꼴이 되고, 기지개를 켜다 머리라도 들게 되면 단체로 목에 칼을 찬 꼴이 되고⋯. 동네 아이들은 이 웃기고도 슬프고 재미난 이야기에 푹 빠져들었습니다. 그리고 천막극장에서 돌아오면 시간 가는 줄 모르고 둘러앉아 자기의견을 내놓았습니다. 자기 동생을 내쫓다니 놀부는 나쁜 놈이야. 흥부는 착한 게 아니라 바보야. 게으르니까 가난하지, 애초에 큰 집을 지었으면 좋았잖아. 수수깡이 뭐야, 산기슭이면 나무도 많았을 텐데, 등등. 아이들은 재미에 몰입했을 뿐 아니라 각자의 경험을 토대로 주인공에게 감정을 이입하고, 나름대로 이야기의 미(美)까지 획득했던 것이죠.

　저는 소설의 종류에는 두 가지가 있다고 생각합니다. 독자의 사고에 어필하는 소설, 독자의 정서에 호소하는 소설. 이는 주제를 전달하는 방식의 차이입니다. 저는 후자에 속합니다. 정서에 호소하려면 독자를 이입시켜야 한다는 전제가 붙고, 이입시키는 데 중요한 조건은 독자를 가상세계에 가둘 수 있느냐 없느냐 하는 것이죠. 어쨌거나 페이지를 넘기게 해야 제가 하고 싶은 이야기, 즉 주제나 의미를 전달할 기회를 얻을 수 있는 것이겠고요. 이야기꾼으로 불리고 싶다는 것은, 정서에 호소하는 소설을 쓰겠다는 의미입니다.

김경연　서사성이 강하고 상황이 극적인데다 시각적인 치밀함으로 장면을 묘사하다 보니 정유정의 소설은 '영화적'이라는 평가가 많습니다. 그 평가가 무색하지 않게 『내 심장을 쏴라』와 『7년의 밤』은 머지않아 영화화되는 것으로 알고 있습니다. 그럼에도 불구하고 선생님께서는 소설을 쓸 때 단 한 번도 영화화될 것을 고려한 적이 없으며, 자신의 소설이 영화나 여타 장르와의 호환을 염두에 두었거나, 혹은 변환 용이한 콘텐츠로 평가되는 것에 적지 않은 불만을 갖고 계신 듯합니다. 『7년의 밤』에서 구사한 다층적 인물 시점의 사용은 인물이 처한 상황적 진실을 천착하려는 선택이겠으나, 한편으로는 영화나 타 장르와는 다른 소설의 장르적 가능성을 충분히 발휘하려는 전략으로 읽히기도 합니다. 앞서 드렸던 질문들과 연결되는 것일 수도 있는데, 그렇다면 정유정의 글쓰기를 추동하고 있는 이야기꾼의 욕망이 이야기성을 공유하는 영화나 그 밖의 서사 장르가 아니라 반드시 '소설' 속에서 실현되어야 하는 이유는 무엇인가요?

정유정 『7년의 밤』은, 명확하게 구분하자면 서스펜스물입니다. 물론 미스터리와 스릴러, 판타지, 호러 기법을 고루 차용하기는 했지만 이야기의 핵심인 '세령호'를 지배하는 것은 서스펜스죠. 서스펜스의 주요 동력은 독자가 이미 알고 있는 사실을 소설 속 인물들은 모르는 데서 오는 '불안감'이고요. 삼인칭 다중시점이면서 근거리시점을 택해 1인칭에 가까운 서술을 시도한 것은 정황을 다각도에서 보여주고 캐릭터의 입체성을 도모함으로써 서스펜스를 극대화하려는 전략입니다. 동시에 소설이 구사할 수 있는 장점이 무언지 보여주고 싶었고요. 독자에게 인물들의 심리와 상황을 속속들이 보여주면서 그날 밤 사건의 전말을 파악하게 만들고, 현재와 과거가 유기적으로 엮이고 현실과 환상과 허구를 넘나들면서도 한눈에 보이는 정연한 흐름을 만드는 데 가장 적합한 방식이라고 판단한 거죠.

시나리오는 이런 방식으로 쓰면 백 퍼센트 망합니다. 영화는 시간의 예술입니다. 관객은 영화를 멈춰놓고 음미하거나, 의미를 깊게 사유할 틈을 갖지 못합니다. 시나리오 작가는 이야기의 목적에 복무하는 장면으로 정해진 분량을 구성해야 한다는 경제성의 엄격한 적용을 받고요. 시점의 다변화를 꾀할 경우 이야기를 산만하게 만들고 관객은 누구에게 감정을 이입해야 하는지 어리벙벙해지기 일쑤입니다. 그래서 감독은 명확한 화자(주인공)를 정해야 하고, 관객은 그 인물의 감정선을 따라가며 이야기의 의미를 파악하도록 인도받습니다.

소설은 그렇지 않습니다. 화자가 많아도, 이 사람에게 들어가 이 사람을 파악하고, 저 사람에게 이입돼 저 사람의 정서를 이해하며,

와중에 이야기의 흐름과 숨겨진 의미까지도 속속들이 찾아낼 수 있습니다. 이야기의 진창에서 뒹굴며 다양한 사유를 할 수 있는 것이죠. 한계 없는 은유가 가능하다는 점도 소설이 가진 장점입니다. 인간의 무의식에서부터 우주의 가장 먼 곳까지, 홍적세에서 수억 년후의 일까지 그려낼 수 있습니다. 소설은 이야기를 하기에 가장 큰 공간이에요.

그러나 반드시 소설이어야 하는 이유는 다른 데 있습니다. 제가 소설가이기 때문입니다.

김경연 작품 바깥의 큰 질문을 드렸는데 이제 작품 속으로 들어가 보고자 합니다. 등단작인『내 인생의 스프링캠프』부터『내 심장을 쏴라』,『7년의 밤』에 이르기까지 정유정 소설이 일관되게 주목하고 있는 것은 '폭력'의 문제입니다. 선생님의 소설이 현시하거나 겨냥하는 폭력은 공적·사회적인 형태에서부터 가족 간에 자행되는 사적인 폭력에 이르기까지 다양하며 또한 양자가 서로 복잡하게 얽히기도 합니다. 그런데 선생님의 소설을 읽으면서 저는 작가가 말하고자 하는 가장 가혹한 형태의 폭력, 다시 말해 우리의 생을 후려치고 속수무책 주저앉히는 심혹한 폭력이란 어쩌면 '운명'인지도 모르겠다는 생각을 하게 되더군요. 가령『내 심장을 쏴라』에서 이수명이나 류승민을 감금한 정신병원보다 더욱 끔찍한 폭력을 행사한 것은 예측 가능한 길을 가던 이들의 삶을 한순간에 난해한 미로 속으로 몰아넣은 어머니의 자살이나 엄습해오는 실명(失明)과 같은 운명적 사건은 아닌지, 마찬가지로『7년의 밤』에서 현수의 생을 끝장내고 그와 연루된 이들의 삶을 가격한 것은 아비의 폭행을 피해 밤길을 헤매던 열두 살 소녀와 현수의 우연한/비극적인 맞닥뜨

림이 아니었는지, 하는 것입니다. 그렇다면 선생님의 소설들은 가령 『내 심장을 쏴라』에 붙인 「작가의 말」을 인용해 말하자면, "운명이 내 삶을 침몰시킬 때, 나는 무엇을 할 수 있을까"에 관한 물음이자 해답을 추적하는 과정인 셈이며, 이는 『7년의 밤』에서도 동일하게 이어지는 문제의식인 것 같습니다. 그런데 이와 같이 불가항력적인 운명이 우리의 생을 뒤흔드는 가장 강력한 형태의 폭력임을 부각하게 될 때, 정유정의 소설이 애써 제기했던 다기한 폭력의 문제들은 오히려 제대로 조명되지 못할 우려 또한 있는 것이 아닌가 생각되기도 합니다.

정유정　작가로서 저의 테마는 자유의지입니다. 말씀하신 대로 어느 날 운명이 인생을 픽, 들이받았을 때 이 교통사고 같은 상황 속에서 우리가 뭘 할 수 있는지, 자신의 가치를 끝내 지킬 수 있는지 묻고 있는 거고요. 운명의 폭력성이 부각된다고 해서 각개에서 제기한 폭력의 문제들이 묻힌다는 생각은 여태 못해봤습니다. 시간을 두고 진지하게 고민해보겠습니다.

김경연　정유정 소설의 인물들은 대개가 깊은 트라우마를 지니고 있습니다. 근원적 상처를 품고 있기에 그들 대부분은 선인/악인의 이분법으로 명쾌하게 가름될 수가 없죠. 작가는 인물들에게 저마다의 서사를 부여하고 정신이상자나 속물이나 혹은 괴물이 된 현재의 그들을 이해할 수 있는 맥락을 마련합니다. 그래서 정유정의 소설을 읽는 독자들은 이 괴물스러운 인간들을 쉽게 내칠 수가 없고 결국엔 인물들의 고통에 공감하게 되지요. 또한 고통으로 일그러진 그들의 모습 속에서 어쩔 수 없이 우리 자신의 모습을 발견하기도 합니다. 이 맨얼굴의 진실을 과감히 마주하도록 종용하면서 독자들을 뼈아픈 성찰로 이끄는 것, 그것이 정유정 소설의 전략이자 무엇보다 큰 힘이 아닐까 생각합니다.

그런데 소설마다 꼭 예외적인 인물이 있는 것 같습니다. 가령 『내 심장을 쏴라』의 렉터 박사나 류재민, 『7년의 밤』의 오영제 같은 인물들 말입니다. 렉터 박사나 류재민의 경우는 소설에서 큰 비중이 없었지만, 『7년의 밤』의 오영제는 소설을 이끌어가는 핵심적인 인물이라 그 무게감이 크죠. 헌데 오영제는 도대체 그 무자비한 폭력이 어디에서 발원하는지 그 맥락을 좀체 읽어낼 수 없는 불가해한 인물, 달리 말하면 마치 절대적인 악을 체현한 인물처럼 그려지고 있습니다. 이런 악인의 형상화로 인해 선생님의 소설이 기왕에 견지해오던, 즉 인간이 한순간의 잘못된 선택이나 피해갈 수 없는 불가항력적인 사건으로 인해 얼마나 괴물스러워질 수 있는가를 집요하게 추적해가던 묵직한 긴장감이 오히려 약화되거나 훼손되는 것은 아닌지 염려되었습니다. 물론 오영제의 전사(前史)가 단편적으로 삽입되기는 하지만, 그럼에도 불구하고 그를 박제화된 악한이 아니라 다면성을 한 몸에 품은 인간으로 독해하기에는 역부족인 측면이 있습니다. 악을 찾아내고 고발하는 단죄의 서사가 아니라 인간이 처한 상황적 진실을 탐색해가는 정유정의 서사에서 오영제를 비롯해 트라우마를 지닌 인물들의 형상화가 어떠한 의미를 지니는지 여쭤보고 싶습니다.

정유정　진짜 사악한 자는, 자기가 하는 일이 옳다고 믿습니다. 가족, 혹은 누군가를 진실로 사랑한다고 믿고, 자신의 행동은 사랑에서 나온 것이라고 확신합니다. 소시오패스, 사이코패스들이 그렇습니다. 저는 이런 기질은 대체로 타고난다고 보는 편입니다. 의학적으로도 상당 부분 근거가 입증됐고요. 그들에겐 심장이 없어요. 누군가를 사랑한다고 믿지만 그들이 사랑하는 건 자기 자신뿐이죠. 게다가 이 사람들은 머리도 좋고 언변도 좋고, 매력적인 경우가 많아요. 끔찍하다고 말하면서도, 한쪽에선 신창원의 티셔츠가 불티나게 팔리고 인육을 먹었던 유영철의 팬 카페까지 생겨나는 걸 보면 확실히 그런 측면이 있습니다. 〈양들의 침묵〉에 나오는 렉터 박사는 교양 있고, 머리 좋고 섹시해 보이기까지 합니다. 이것이 힘(악은 대개 헤게모니와 상징적으로 연결되니까)에 대한 인간의 광합성본능인지, 아니면 순수 악인이 가지는 불가해한 자력인지는 아직 모르겠습니다.

오영제는 이런 부류에 속하는 자입니다. 그것도 복잡하고 예민한 사고체계를 가진 엘리트 악인이죠. 그가 보여주는 악은 스스로 옳다고, 즉 선이라고 확신하는 자기세계에서 발원하는 것입니다. 저는 그의 세계를 안으로부터 뒤집어 보여주고 싶었어요. 그의 욕망, 절대적인 삶의 가치, 사고가 뻗어나가는 방향, 표면에 드러나지 않던 악이 어떤 일을 계기로 걷잡을 수 없이 터져 나오는가, 어떤 경우에 외로워하고 왜 분노하는가, 언제 다정하고 언제 비정한가, 치명적인 약점은 어디에 있으며 무엇에 무너지는가. 그의 전사를 단편적으로 드러낸 것도 어린 시절에 이미 나타난 악인의 싹을 보여주려는 의도였어요. 젊은 부부가 어린 아들에게 휘둘려 인생을 망쳐버린 일례인 거죠. 결과적으로 오영제에 대한 독자의 반응은 그리 호의적이지 않습니다. 이런 인간이 어디 있느냐고 화를 내기도 하고, '전형성'이라고 딱지를 붙이는 사람도 있고. 이건 피해자의 입장에만 감정을 이입함으로써 나타나는 현상 같은데, 오영제의 입장에 서보면 세계에 대한 시각이 또 달라집니다. 일회성이라도 그

런 스탠스를 취해본다는 것 자체가 정서적으로 께름칙하고 불편해서 그렇지. 어쨌거나 저로서는 깊이 고민하고 있는 문제입니다. 순수 악인의 형상화가 정말로 가치 없는 일인지.

진공상태에서 어른이 되는 인간은 없습니다. 한 인간이 관계 안에서 성장하는 한, 정신적 손상, 혹은 훼손을 피할 수 없죠. 그가 악인이든, 선한 사람이든, 평범한 사람이든 간에. 이 손상은 인생에 항체를 만들기도 하고 치유하기 힘든 지옥을 형성하기도 합니다. 항체 대신 지옥이 만들어지면 무의식 안에 버튼이 하나 생겨납니다. 지옥문을 여는 버튼. 물론 이 버튼은 여간해선 열리지 않습니다. 이것이 열린다는 건, 그 인물이 엄청난 압박 아래에 놓인다는 의미입니다. 평범한 일상, 사랑이 넘치는 관계, 평탄하게 자란 사람들, 안전한 삶은 제 소재가 아닙니다. 자기 안에 지옥을 가진 사람, 욕망하는 인간이 제 인물이에요. 그들을 압박 아래에 배치해서 버튼을 눌러버리면 그들 자신조차도 예견하지 못했던 행동을 하게 되고, 그로 인한 충돌로 삶에 균열이 생기고 이야기는 동력을 받아 앞으로 나아갑니다. 독자들을 인물의 내면과 사건의 한 중심을 탐색하면서 일상에서 경험해보지 못한 정서의 극점으로 갈 수 있도록 유도하는 거죠. 정서의 극지대에서 이야기가 품고 있는 진실과 제가 전하고자 했던 의미를 한꺼번에 발견하게 만드는 것이 목적이고요.

김경연   정유정 선생님의 소설에서 가장 긍정적으로 그려지는 인물은 아마도 이야기를 쓰는/전달하는 자들, 달리 말해 사실을 수집하고 기록하거나 재구성함으로써 진실에 접근하는 자들인 것 같습니다. 『내 심장을 쏴라』에서는 이수명이, 『7년의 밤』에서는 안승환이 이 역할을 수행하고 있습니다. 선생님은 이들을 통해서 소설가 혹은 진정한 이야기꾼의 의미를 정의하려는 것으로 보이기도 합니다. 특히 『7년의 밤』에서 안승환이 대필작가인 동시에 잠수부로 설정된 것은 소설가가 인간의 내면을 천착하고 그 상처를 읽어낼 수 있는 자, 또한 소설이 사실이 도달할 수 없는 밑바닥의 진실을 포착할 수 있는 장르라는 작가의 인식이나 또는 기대가 투영되어 있는 듯합니다. 아주 인상적인 구절이 있었는데 『내 심장을 쏴라』의 마지막 부분에 실린 이수명의 다음과 같은 언급이었습니다. "이야기를 하는 동안, 온전히 나 자신이었다. 인생의 표면을 떠돌던 유령에게 '나'라는 형상이 부여된 것이었다. 그것이 내 안에서 나갈 수 있는지 확인하고 싶었다." 이수명의 이 말은 마치 정유정 작가 자신의 고백인 것처럼 들리더군요. 작품마다 소설가 혹은 이야기꾼의 위치를 점하는 인물들을 배치하는 이유가 있으신지요?

정유정   이게 참, 없어 보이는 대답인데요, 어딘가에서 했던 얘기기도 하고요. 저는 소설의 무대를 설정한 뒤에 세상을 축소해 배치하는 방식을 좋아합니다. 공간장악이 끝나고, 이야기의 얼개가 만들어지고, 이야기를 떠받칠 인물이 정해지면, 그가 맡을 임무와 정체성을 보여줄 수 있는 직업을 부여해요. 그러다 보니까 중요한 역할을 하는 인물들이 우연찮게 '작가군'에 속해 있더라고요. 저도 그걸 의식하고 있었던지라 『7년의 밤』을 쓸 땐 고민을 했습니다. 하지만 아무리 생각해도 안승환은 작가여야 했어요. 우선 그는 구조적인 면에서 필요한 인물이었어요. 그가 없으면 최현수의 일방적인 케이오 패니까. 이야기가 폭삭 무너지는 거죠. 그를 보조엔진으로 들어앉히고 나니까, 인물의 핍진성 문제가 있었어요. 그는 왜 사건을 방조하고 비극으로 굴러가게 만드는가, 여기에 대한 답이 마련돼야 했거든요. 대부분 안승환을 선한 인물로 보는 데 그것은 아니에요. 작가적 자아, 이야기를 향한 비열한 욕망을 보여주고 싶었던 건데, 참 아쉬운 부분입니다. 제가 인간 안승환의 인격과 작가적 자아의 충돌을 좀 더 선명하게 보여줬더라면, 선한 사마리아인으로만 남지는 않았을 텐데. 다음 소설에서 해결해야 할 과제인 셈이죠. 두 자아가 충돌하는 인물을 어떻게 구현해낼 것인지.

김경연　　선생님의 소설을 읽으면서 제가 아주 흥미롭게 주목했던 인물들이 여성입니다. 『내 심장을 쏴라』에서 이수명의 어머니, 『7년의 밤』에서 세령이나 강은주 같은 여성인물들은 사실 은주를 제외하고는 대부분 침묵하거나 폭력에 희생당하는 약자들로 그려집니다. 흥미로운 것은 이 여성인물들의 서사가 정유정의 소설에서 매번 누락되거나 삭제되어 공백으로 남는다는 것입니다. 이수명의 어머니는 정신이상으로 병원에 들어가고 자살로 삶을 마감하지만 무엇이 그녀의 생을 그와 같은 비극으로 몰아갔는지 소설에는 전혀 발설되지 않습니다. 열두 살 세령은 역시 같은 나이의 서원이 시종일관 발화의 주체가 되는 것에 반해 그 목소리가 실종되고 없지요. 은주는 예외적으로 자신의 서사를 부여받고 제 목소리를 내는 인물이지만 그녀의 말은 대부분 정당성을 인정받지 못하거나 진정성이 결여된 불완전한 말, 효력을 상실한 발화로 부인됩니다. 특히 모든 인물들의 결말이 명쾌하게 그려지는 『7년의 밤』에서 유독 은주의 행적만은 오리무중이죠. 때문에 안승환은 은주의 최후를 써야 하는 소설의 마지막 장을 결국 공백으로 남깁니다. 물론 이후에 은주가 영제에게 살해당했다는 여운을 주지만 그러나 여전히 명쾌하진 않은 것 같습니다.

　그 모든 것에도 불구하고 삶에 대해 긍정하고 세상과의 화해를 모색하는 선생님의 소설에서 이 결락의, 불투명한 여성서사는 어쩌면 말끔히 봉합될 수 없는 폭력의 흔적을 현시하면서 작가가 세상에 대해 여전히 유보적인 입장을 취하는 문제적 대목이 아닌가 생각되기도 했습니다. 그러나 또 한편으로는 여성을 침묵하고 희생당하는 약자로, 여성의 서사를 부재와 결락의 서사로 남기는 것이 여성에 대한 작가의 인식 부족에서 연유한 것은 아닐까 생각되기도 했습니다. 이런 해석에 관해 선생님은 어떻게 생각하시는지요? 아울러 정유정 선생님께서 여성인물들에 관해 어떤 생각을 갖고 계신지도 궁금합니다.

정유정　이 문제점은 저 자신이 익히 알고 있는 부분입니다. '그녀'를 내세우면 곧장 제 자신이 튀어나오고, 그걸 두려워하다 보니까 서사가 아예 결락되거나, 단선적인 캐릭터로 그려지거나, 어지간하면 회피해버리는 모양새가 되는 듯해요. 『내 심장을 쏴라』가 나온 직후, 한 평론가분이 "여성 캐릭터의 겹이 얇다. 겹을 더 만들고 깊이를 부여하라"고 조언하신 적이 있습니다. 뼈아픈 지적이었죠. 다음 소설에서 반드시 극복해야 할 첫 번째 과제가 됐고요. 그러니까 『7년의 밤』에서의 강은주는 저 나름대로 약점을 극복하려 안간힘을 쓴 끝에 나온 여성인 셈입니다. 만족스러운 결과는 아니었지만 최소한 다음 소설에서 좀 더 나아질 만한 발판은 마련했다고 애써 자족하고 있습니다. 지금 쓰고 있는 소설에선 이 문제에서 스스로 도망치지 못하도록, 여성을 이야기의 한 중심에 세웠어요. 여성이 주인공이니만큼, 제 여성관도 자연스레 드러나게 되리라고 생각합니다.

김경연 다시 작품 밖으로 나와 최근의 문단 경향과 관련한 질문을 드려보고자 합니다. 정유정 선생님도 아시다시피 최근에 와서 장편소설 활성화 논의가 어느 때보다 활발하게 진행되고 있고, 아울러 문단의 관심이 단편에 쏠렸던 과거의 경우와는 달리 작가들의 장편소설 창작이 꾸준히 확대되는 추세입니다. 장편에 대한 요구가 새로운 돌파구를 찾지 못한 문학 내적인 필요나 출판 시스템의 강제라는 비판적 지적이 없는 것은 아니지만, 그럼에도 불구하고 근대적 의미의 장편(novel)을 넘어 지금, 이곳의 시대감각에 맞는 새로운 장편을 창안해야 한다는 요청에 동의하는 이들이 많습니다. 정유정 선생님께서는 등단 이후부터 줄곧 서사성이 강한 장편을 써오셨고, 또 대개가 장르소설적 성격이 두드러진 작품들이 많았는데, 최근 문단에서 일고 있는 장편소설 활성화 논의나 장편 창작 붐을 어떻게 바라보고 있으신지요? 또 장르소설에 대한 한국 문단이나 평단의 편견에 대해서도 할 말이 많으실 것 같습니다.

정유정 저는 장편 창작이 지금보다 훨씬 더 활성화돼야 하고, 다양한 장르의 장편이 세상에 나올 수 있는 분위기가 마련돼야 한다고 생각해요. 장르기법의 차용이 많아지는 건 자연스러운 흐름으로 보고 있고요. 그 흐름에서 지금껏 '주류'로 형성돼온 서사의 관습을 뒤엎을 수 있는 힘이 형성되기를 기대하는 중입니다.

장 콕토는 창조의 정신이란 보이는 것을 뚫고 들어가 감춰진 현실성을 드러내는 대결의 정신이라고 했습니다. 보이는 것을 뚫고 들어가기 위한 무기로 저는 장르적 서사를 택했습니다. 홀로 긴 세월을 갈아온 칼이고 제가 가진 밑천이에요. 대결의 정신이 미약하다는 비판은 성장의 묘약으로 감사하게 받을 수 있습니다만, 무기 자체를 평가의 근거로 삼는 건 적절해 보이지 않습니다. 각각의 방식 안에서 방식에 적합한 측량을 시도할 때, 숲을 균형 있게 키울 수 있다고 생각해요.

김경연 선생님의 소설을 읽다 보니 에드거 앨런 포나 레이먼드 챈들러, 레이 브래드버리 같은 작가들의 이름이 거명되고 있었습니다. 범죄추리물이나 SF 같은 장르소설의 거장들로 알고 있는데 아마도 정유정 선생님의 소설에 영향을 준 작가들이 아닌가 싶습니다. 이들과 더불어 선생님께 영감을 준 작가나 작품들에 관한 얘기를 듣고 싶습니다.

정유정 저는 영미문학의 영향을 많이 받았습니다. 극적 서사(찰스 디킨스)와 디테일한 리얼리티(존 스타인벡), 하드보일드한 문체(헤밍웨이), 느와르적 분위기(레이먼드 챈들러), 비정하면서도 묵직한 목소리(코맥 맥카시), 블랙유머(커트 보네거트), 소설 전체를 지배하는 강렬한 서스펜스와 정서적 심연구조(스티븐 킹)를 가진 작품들이었죠. 그중에서도 켄 키지의 『뻐꾸기 둥지 위로 날아간 새』는 제게 특별한 의미가 있는 작품이에요.

제가 열다섯 살이었던 해에 광주민주화항쟁이 일어났어요. 저는 남동생과 함께 광주로 소위 유학을 온 촌뜨기였죠. 시민군이 도청을 점령하고, 진압군이 광주외곽을 에워싸고 있던 어느 날 진압군이 도청진압작전을 편다는 소문이 돌았어요. 그날 저녁, 하숙집 주인부부와 하숙생들이 삼겹살에 소주를 한 잔씩 나눠 마시고 동네 사람들과 함께 도청으로 나갔죠. 시민군과 도청을 지키고자 평범한 시민이 목숨을 걸었던 겁니다. 하숙집엔 아직 어린 저와 동생만 남았죠. 어두워지면서 비가 내리기 시작했고, 가로등이 모조리 깨져나간 탓에 동네는 앞을 분간할 수 없을 만큼 어두웠어요. 어둠 속에서는 총소리가 쉴 새 없이 들려왔고요. 잠이 오질 않았어요. 무섭고, 떨리고, 가슴 답답하고. 군인들이 총을 들고 우리 집에 들어오는 건 아닐까, 도청으로 나간 언니오빠들이 끝내 돌아오지 않는다면 어쩌나. 잠을 잘수만 있다면, 그리하여 아침에 눈을 떴을 때, 하숙집 식구들이 돌아와 있다면 얼마나 좋을까, 생각했죠. 궁리 끝에 대학생 오빠 방으로 들어갔어요. 어려운 책을 읽으면 잠이 올까, 싶었던 거예요. 가장 재미없어 보이는 책을 골랐는데, 그게 『뻐꾸기 둥지 위로 날아간 새』였어요. 세로줄 판으로 된 낡은 책이었는데 딱 보기에 여섯 장만 읽으면 잠이 올 것 같더라고요. 방으로 가져와 책을 폈는데, 어느 순간 정신이 들어 보니 마지막 장을 넘기고 있었어요. 책을 덮고 나니까 책을 읽기 전보다 가슴이 더 답답했어요. 책의 마지막 장면만 생각하면 멀미가 나는 것 같고, 불붙은 숯덩이처럼 뜨거운 것이 위장에 들어앉은 것 같고, 숨을 쉬면 꺽꺽 목울음소리가 나고요. 바람을 쐬면 이 이상한 충격이 가라앉을까 하고 창문으로 기어갔죠. 그날 제방 창문엔 커튼 대신 두꺼운 이불이 달려 있었어요. 행여 총알이 날아오거나 불빛이 새어나가서 군인들의 이목을 끌까 봐, 주인아저씨가 달아주고 나간 것이었죠. 이불을 들추고 창문을 열었더니 어느새

동이 트고 있었어요. 하늘은 파랗고, 창밖 실내야구장 그물도 파랗고…. 그러다 문득, 총소리가 멎었다는 걸 깨달았어요. 세상이 너무도 고요하다고 느끼던 그 순간, 갑자기 울음이 터지더라고요. 눈물이 아니라 울음이요. 엉엉 소리를 내어 우는 오열하는 울음.

어린 시절 제게 누군가 "너는 커서 뭐가 될래?"라고 물으면, 1초도 망설이지 않고 "작가가 될 거예요" 대답하고는 했었어요. 그런데 "왜 작가가 되고 싶어?"라고 물으면 대답을 못 했어요. 아무리 생각해도 왜 되고 싶은지 알 수가 없었거든요. 그날 그 창가에서 터트린 울음이 바로 "왜?"에 대한 답이었어요. 나도 이런 뜨거운 감동과 가슴을 뒤흔드는 충격을 안겨주는 소설을 쓰겠다고. 이제 눈치 채셨겠지만, 『내 심장을 쏴라』는 켄 키지에 대한 오마주입니다. 언제든 한 번은 써야 할 소설이었던 거죠.

김경연　　저의 오독과 불민함으로 핵심을 빗나가는 질문들만 두서없이 드린 것 같은데 아랑곳하지 않으시고(?) 충실한 답을 주시니 부끄럽고도 감사합니다. 대담자의 마음을 뒤흔드는 아주 의미 있는 대화의 자리가 아니었나 싶습니다. 정유정 선생님의 소설을 읽으면서 소설을 읽는 일이 참 즐거운 것이라는 생각을 하게 되었습니다. 저를 몰아치는 서사에 압도당하면서도 그 몰입이 내내 흥미진진하고 유쾌했죠. 거기엔 한국소설의 또 다른 가능성을 엿본 흥분도 분명히 있었을 겁니다. 그래서 아마 지금보다 앞으로 더욱 정유정 선생님의 소설에 많은 것을 기대하고 요구하게 될 것 같습니다. 마지막으로 저의 미흡한 질문 때문에 미처 다하지 못하신 말씀들 자유롭게 얘기해주십시오.

정유정 저는 이제 막 걸음마를 뗀 작가입니다. 죽는 날까지 성장하는 작가이고 싶고요. 사실 저는 장르문학이니, 본격문학이니, 경계 무너뜨리기니, 하는 것에는 별 관심 없습니다. 제게 중요한 것은 들을 가치가 있는 이야기를 할 수 있느냐, 그 이야기를 얼마나 그럴싸하게 할 수 있느냐, 하는 점입니다. 소설이 '이야기의 예술'이라는 제 고집은 아마도 변하지 않을 것입니다. 대담 준비하시느라 고생 많으셨어요. 그리고 무엇보다 말할 수 있는 자리를 마련해주신『오늘의문예비평』에 감사드립니다.

김유진

이사
다시 여름이 오다

이사

김유진

　이사를 했다. 일산에 짐을 푼 지 1년 2개월 만이다. 작년 봄, 나는 진정한 독립을 하게 되었다며 한껏 들떠 있었다. 부모님과 룸메이트들로부터 벗어나 온전히 홀로 살게 된 것은 처음이었다. 집을 옮긴 후, 만나는 모든 사람들에게 이사 소식을 알렸다. 출판사 술자리, 인터뷰, 낭독회, 심지어 수상소감을 말할 때에도 이사 이야기를 했다. 혼자 지내는 것에 대한 비감과 모로 서야 간신히 보이는 반쪽짜리 공원전망에 대해, 대단히 특별한 경험이라도 되는 양 떠들어댔다. 일산으로의 이사를 거의 모든 지인들에게 알렸을 때 즈음, 나는 일산을 떠나야 하는 이유를 손가락으로 꼽아보고 있는 스스로를 발견할 수 있었다.

　이사에 특별한 계기가 있었던 것은 아니었다. 이사의 당위성을 몇 가지로 추려낼 수는 있겠지만, 그것은 어디에 짐을 풀어도 느낄 법한 사소한 불편, 지속적인 문젯거리에 불과했다. 그러나 이사의 필요성을 찾아내자마자, 나는 하차를 앞둔 지하철 승객이 의자에서 엉덩이를 반쯤 떼어내듯, 집과 거리를 두기 시작했다. 그즈음엔 이 이사가 처음부터 계획되어 있었던 것이 아닌가 하는 생각마저 들었다.

이삿날이 가까워지자, 나는 이 이사를 홀로 해치우겠노라 다짐했다. 이사를 도와주겠다고 호의를 베푼 주변사람들에게, 짐이 워낙 적어 혼자서도 충분하다며 가볍게 거절했다. 그것은 사실이었다. 책상을 제외한 모든 가구가 옵션으로 구비되어 있었던 데다가, 열 평 남짓한 원룸이었으므로 집기를 채워 넣는 데에도 한계가 있었다. 나는 포장이사를 부르는 대신 용달을 불렀다. 내 짐은 내가 싼다고 호기를 부렸다. 짐은 크게 옷과 책, 그리고 부엌의 조리도구와 그릇들로 나눌 수 있었다. 이곳으로 이사를 왔을 때, 가져온 짐은 2호짜리 박스 8개가 전부였다. 이번엔 그보다 많은 열두 개의 박스를 준비했다. 살다 보면 조금씩 짐이 늘어간다는 사실 정도는 알고 있었다. 그러나 그것은 틀렸다. 짐은 조금씩 늘어나는 것이 아니라, '기하급수적으로' 늘어난다고 해야 옳았다.

이사 3일 전 자주 사용하지 않는 물건들부터 천천히 정리하기 시작했다. 나에겐 평생에 걸쳐 써도 다 쓰지 못할 0.3mm 샤프심과 지우개, 만년필 리필 잉크, 색이 제각기 다른 스테이플러 심, 내가 좋아하는 볼펜과 200원짜리 수성 펜 수십 개가 있었다. 이것은 2007년 장기 여행을 떠나기 전에 미리 사두었던 것이었다. 유럽의 높은 물가에 지레 겁을 먹었던 탓이었는데, 결론적으로는 별 차이도 나지 않았을뿐더러 아직 1/10도 채 쓰지 않아, 집을 옮길 때마다 달고 다녀야 했다. 모두 새것이라 버릴 수도 없었다. 내 수납함 전체가 그런 식이었다. 당장은 필요하지 않지만, 언젠가 필요할지도 '모를'

것들이 여섯 칸을 가득 채우고 있었다.

　이사 전날 저녁이 되었을 무렵에야 비로소 현실을 직시할 수 있었다. 짐은 터무니없이 많았다. 특히 책을 정리할 때에는 비명을 질렀다. 책은 바퀴벌레처럼 집 어딘가에서 끝도 없이 나왔다. 크고 무겁고 글자가 깨알같이 작은, 한 번도 펼쳐본 적 없는 양장본들이 세를 과시했다. 자정이 되도록 책장 외에는 모든 게 그대로였다. 하나씩 수집한 그릇들과 독일제 스테인리스 냄비, 환경호르몬을 염려하여 모두 유리로만 사두었던 밀폐용기, 화장실의 자질구레한, 그러나 버릴 수도 없는 살림들이 그제야 눈에 들어왔다. 어머니에게 전화가 왔다. 첫 마디가, '짐이 생각보다 많지?'였다. 나는 금방이라도 울 것처럼 고개를 끄덕였다. 나에게는 이렇게 많은 물건들이 필요치 않았다. 실제로 쓰이는 것은 전체의 1/4도 되지 않을 것이었다. 책 역시 마찬가지이리라. 간소함과 단순함이 내 삶의 장점이라고 생각했는데. 일순 혐오감이 일었다. 사는 것의 자질구레함은 어떻게 해도 피해갈 수가 없는 것이었다. 어머니는 웃으며 '원래 살림이란 게 그런 것'이라고 덧붙였다. 나는 잊고 있었다. 어머니는 평생에 걸쳐 이사를 해온, 이사의 달인이었다.

　내 기억에, 우리는 족히 서른 번은 이사를 했다. 서울에 신접살림을 차린 어머니와 아버지가 목포로 내려간 것을 시작으로, 우리는 매년, 혹은 반년에 한 번 유랑을 하듯 전국을 떠돌았다. 목포에서 대전으로, 다시 서울로, 그리고 청주로 오갔다. 완전히 정착이라도 할 듯 모든 세간을 세심히 놓아두었다가도, 언제 그랬냐는 듯 트럭에 실었다. 어떤 때에는 짐을 다 풀 겨를도 없이 다시 박스 안에 넣기도 했다. 이사가 잦을수록 가구들은 자연스레 마모되고 부서져나갔기 때문에 우리는 값싸고 편리한 것들로 집을 채웠다. 시간이 지남에 따라 다용도실에 넣어둘 박스들도 번식해갔다. 지금은 쓰지 않지만, 한때 쓰였다는 이유로 버릴 수 없는 것들이 많아졌다. 한 번 손을 탄 물건들엔 애정이 생기기 마련이었다. 나는 전학을 다닐 때마다 아이들에게 작별의 편지를 받았는데, 모아두고 보니 작은 상자 하나 분량이 되었다. 상자는 비나 눈에 젖었다 마르기를 반복하며 곳곳에 주름이 지고 검버섯 같은 얼룩이 생겼다. 내가 '이사'라는 단어를 배우기 전부터 이사를 해왔으므로, 나는 우리의 유랑을 자연스레 받아들였다. 계절이 다가오면 물과 풀을 찾아 이동하는 순록의 무리처럼, 새로운 거처를 찾아 떠나는 것을 자연의 이치쯤으로 생각했던 것 같다. 나는 비닐천막을 씌운 트럭 보조석에 앉아 차창 밖으로 쏟아지던 폭설을 신기하고 안온한 마음으로 바라보았다. 쏟아지는 비를 뚫고 도로를 달리는 찻소리를, 새벽녘 보풀처럼 새하얗게 이슬방울이 앉은 인부들의 머리통과 젖은 어깨를 멀찍이서 보았다. 이사는 우리의 일이었지만, 내 일은 아니었다. 나는 상자를 옮겨본 적도 거의 없었다.

이사를 내 일이 아니라고 받아들이듯, 나는 거의 모든 좋고 나쁜 사건의 바깥에 있었다. 처음엔 나이가 너무 어린 탓이었겠지만, 시간이 지나도 그 위치는 변하지 않았다. 오랜 시간 동안 나는 환경에 수동적인 자세를 취하고 있었는데, 모든 일들의 원인은 내가 아닌 외부에서 발생한 것으로, 나와는 무관하다는 생각이 있었다. 사건을 받아들이고, 변화된 환경에 적응하면 그만이었다. 모든 가정사에서 재빨리 벗어나, 멀찍이서 뒷짐을 지고 바라보는 것이 나의 특기였다. 어머니에겐 이사가 혀를 내두를 만큼 지긋지긋한 일이었겠지만, 나에게만은 서늘하고 아름다운 풍경으로 남아 있다. 훗날 어머니가 회고하는 가족 내부에서 발생한 많은 사건들을, 내가 지나치게 냉정하게, 혹은 낭만적으로 받아들이는 경향이 있는 것도 그 때문이었다. 나는 내면이 언제나 물처럼 고요하기를 바랐다. 그것을 위해서라면, 무심하게, 혹은 무감하게, 누전차단기의 전원을 내리듯 단호히 눈 감을 수 있었다.

내가 짐을 옮길 수 있을 만큼 자랐을 무렵부터는 우리의 세간도 감당할 수 없을 만큼 불어나, 포장이사를 불러야 했다.

이삿짐 싸는 일은 아침 9시 반이 되어서야 마무리되었다. 책상의 몸체와 다리를 분리하다 발가락을 찍혔다. 새끼발가락과 발등에 걸쳐 새파랗게 멍이 들었지만, 아플 시간이 없었다. 삼십 분 후, 초인종이 울렸다. 나는 플라스틱 박스를 등에 이고 들어서는 인부들의 낡은 운동화를 바라보며, 나의 임무가 끝이 났음을 깨달았다. 온전히 나만의 짐을 싸는 데에도 삼 일이 걸렸다. 좁은 집이 금방이라도 터져나갈 것 같았던 세간들을, 큰 것 안에 그보다 조금 더 작은 것을, 그리고 그 안에는 더 작은 것들을 포개 담으며 짐의 부피를 줄여나가던 어머니와 아버지의 필사적인 노력을, 구차하고 보잘것없다고 느꼈던, 그러나 이사의 핵심인 그 작업의 가치를 이제야 깨달은 셈이었다.

부동산에서 보증금을 받고 돌아오자, 짐은 모두 빠져나온 상태였다. 이삿짐 아저씨는 모든 서랍을 열어, 남은 짐이 없는지 확인했다. 나는 멀뚱히 서서, 빈 방을 바라보았다. 문 바깥에서 대기하고 있던 청소업체에서 기다렸다는 듯 청소도구를 챙겨들고 집 안으로 들어왔다. 나에게 '부자 되세요'라고 말했다. 나는 무슨 뜻인지 이해하지 못해 한동안 침묵했다. 그러고는 이내, 그것이 새로운 거처로 떠나는 사람에게 하는 정형화된 인사치레라는 것을 기억해냈다. 우리는, 정확히는 어머니와 아버지는, 저 인사를 수십 번도 더 들었었다. '부자 되세요'라니. 이제는 나도 그 노골적인이고 순박한, 그리고 불가능한 인사를 듣게 된 셈이었다.

이 이사는 내가 앞으로 치르게 될 수많은 이사들 중의 하나로 기억될 것이다. 아마 이렇게 글로 옮기고 있으니, 조금 더 오랫동안, 자세히 기억하게 될지도 모른다. 살아나가며 감내해야 할 구차함을 외면하고자 했던, 그리고 외면하는 것이 가능했던 시기가 이미 지났음을 느낀다. 소설이 사는 것과 같다면, 이제 글을 쓰는 일도 그와 같이 받아들여야 하는 것이 아닐까, 하는 생각이 스쳐 지나갔다.

다시 여름이 오다

김유진 · 김필남

김필남　처음 당신과 통화를 했을 때 좀 당황했습니다. 당신의 목소리는 제가 예상했던 그것과 많이 달랐기 때문입니다. 그날 당신은 약속이 있어 나가는 중이라고 말했습니다. 당신의 명랑한 목소리. 그 목소리에서는 상대방에 대한 경계가 전혀 느껴지지 않았습니다. 예상치 못한 당신의 태도에 저는 해야 할 말들을 잊었습니다. 원고청탁을 부탁해야 하는데 엉뚱한 소리만 반복했습니다. 당신은 앞 뒤 맥락 없는 제 말을 정리한 뒤 청탁에 응해주었습니다. 청탁을 부탁하기 위해 준비해놓은 말이 산더미 같았는데 말이지요. 전화를 끊고 잠시 멍하게 있었습니다. 사실 당신에게 청탁을 하는 것이 쉽지 않을 거라고 생각했습니다. 당신이 청탁을 거절한다면 누구에게 의뢰를 해야 할까. 벨이 울리는 짧은 동안에 생각했습니다. 거절의 말을 기대하고 전화번호를 눌렀던 것 같습니다. 그런데 당신은 너무 쉽게 청탁에 응했습니다. 그러니까 당신은, 당신의 소설 속 인물들과 다르게 밝고 경쾌한 목소리를 가졌더군요.

　제가 읽은 당신의 소설 속 인물들은 음침했고 우울했고 불안했고 고독했고 결국은 또 혼자가 되었습니다. 그들은 파국의 끝에 겨우 살아남은 자들 같았습니다. 저는 소설가의 얼굴/목소리 또한 그럴 거라고 짐작했던 것 같습니다. 작가와 작가가 만든 이야기를 혼돈하지 않을 자신이 있었는데도 쉽게 혼동에 빠졌던 거지요. 그건 모두 당신의 소설 때문입니다. 책을 덮고도 당신의 이야기가 만든 그 여운은 한참 동안 지속되었기 때문입니다. 세 권의 작품집 중에서 장편소설『숨은 밤』(문학동네, 2011)을 마지막으로 읽었습니다. 소설을 읽고 난 후 끈적끈적한 땀이 온몸에 흘러내리는 것처럼 불쾌한 감정이 지속되었습니다. 당신의 소설이 그렇게 만든 겁니다. 그러니까 당신이 밝고 명랑한 사람이 될 수 없는 이유가 여기에 있었던 거지요. 이런 불쾌한 감정을 만드는 소설가가 명랑할 수 있다니!!

당신에 대한 첫 느낌을 전달하고 싶었습니다. 그것은 당신에 대한 느낌이라기보다는 소설을 읽고 난 후 당신의 목소리를 접한 내 혼란이라고 해야 옳을 것 같습니다. 사실과 이야기의 경계를 구분하지 못하는 저 같은 독자는 좀 난처하지요?

서론이 길었습니다. 단 한 번의 전화통화에 너무 많은 의미를 부여한 것 같습니다. 아직 인사도 하기 전인데도 말입니다. E-mail 대담에 응해주셔서 감사합니다.

김유진 제가 그날 반가운 약속이 있었나보네요. 음… 저 역시도 독서를 할 때엔 작품 안에서 작가의 흔적을 찾기 마련이니까요. 자연스러운 일이라고 봅니다. 게다가 제 책은 대체로 화자가 1인칭 여성형인 경우가 많으니까요. 화자에게서 작가의 목소리를 읽어내는 것은 무방하나, 설정과 이야기를 사실과 혼동하는 것은 곤란하겠지요.

김필남　대담을 시작하기 전 작가의 근황을 독자들에게 알려주면 좋을 것 같습니다. 세 번째 작품집『여름』(문학과지성사, 2012) 출간 이후 무엇을 하고 지냈는지, 이후 어떤 변화가 있었는지 알려주십시오.

김유진　책을 낸 직후엔, 제 작품집을 계속 들여다보는 일을 했습니다. 저에게는 무척 이례적인 일이었어요. 원고가 책으로 묶이기 전엔 수차례 읽기를 반복하는 편이지만, 출판 이후엔 책을 들여다보는 경우가 거의 없었거든요. 이번엔 작품집을 꼼꼼히 살폈습니다. 혹시 찾지 못한 오탈자가 있는지, 책의 형태를 띤 작품은 어떤 느낌인지. 특별히 이번 작품집에 더 애정이 가서는 아니고요. 사후관리(?)에도 신경을 써야겠다는 생각이 문득 들었어요. 책임감이 늘어난 탓인 듯합니다.

　지금은 작품집과 조금 무관한 생활과 생각을 하고 있습니다. 세 번째 작품집의 방향성에 관한 생각, 혹은 두 번째 장편소설의 실마리, 가장 큰 비중을 차지하는 것은 역시, 이 여름을 어떻게 견딜 것인가.

김필남　최근 작품『여름』부터 이야기를 해야 할 것 같습니다. 소설집에 실린 작품들은 모두 계절이 '여름'입니다. 벌레들이 기승이고, 땀이 비 오듯 쏟아지고. 폭우가 쏟아지다가도 순식간에 멈추고. 인간을 무력하게 만드는 그런 계절이 바로 여름이지요. 이 변화무쌍한 계절 속에서도 '푸름'에 대해서 놓치지 않고 있습니다. 꽃이 피고, 나무가 무성하고. 무기력하지만 청명함을 느낄 수 있게 합니다. 같은 시기에 쓰인 작품들이 아님에도 『여름』에 실린 작품들의 배경이 '여름'인데 의도한 건가요? 소설에서 '여름'이란 어떤 의미가 있는 건가요?

김유진　원고를 정리하다 보니 소설의 배경이 대체로 여름이라는 사실을 깨달았어요. 저는 기후에 따라 감정기복이 심한 편인데요. 여름은 변화무쌍하지요. 나무는 급격히 자라고, 음식은 쉽게 상하고, 벌레가 창궐하다가 순식간에 물에 떠내려가기도 하고요. 그 소란스러움이 폭력적이라는 생각을 종종 합니다. 급작스레 쏟아지는 소나기, 어찌할 도리 없는 장마나 폭염 같은 것도 마찬가지이고요. 아마 그런 성질이 평온한 일상, 혹은 감정에 파문이 일게 하는 외부적 요소라고 생각했던 것 같습니다. 소설집의 전반적인 분위기, 주제와도 맞닿아 있고요.

김필남　『여름』에 실린 작품들의 주인공들은 대개 이름 없는 존재로 홀로 살고 있습니다. 예를 들어 「눈은 춤춘다」의 '나'는 그와 그녀와 함께 살게 되지만 그들은 "감정을 분배하고 공유하는 것에 익숙한 관계일 뿐"이라고 정의 내립니다. 하지만 '나'는 혼자인 게 두려워 그들과 헤어지기를 원하지 않으면서도 또다시 "나는 혼자다"라고 생각합니다. 「A」에서도 '나'는 홀로 지내다가 'A'를 만나 함께 살게 되지만 결국 "나는 홀로, 도로를 걷기 시작했다"고 말하며 이야기는 끝이 납니다. 인물들은 외롭다고 말하지만 이는 다른 이들과 함께 살고 싶은 외로움이 아닙니다. 그들은 외롭다고 말하면서도 왜 타인과 소통하지 못하고 혼자인 상태를 선택하는 것입니까?

인물을 고립시키는 데는 어떤 이유가 있는지 여쭤보고 싶습니다.
(인간과의 소통보다 식물에 애정을 보인다는 건 제 생각일까요?)

김유진　　인간을 의도적으로 고립시키는 것은 아니고, 인간은 본래 고립되어 있다고 생각하기 때문인 듯합니다. 이 소설집은 고립된 자아, 인간관계와 무관하다고 생각했던, 혹은 무능한 개인이 자신에게 중요한 의미를 지니게 되는 누군가를 만나면서 생겨나는 불화에 관한 이야기가 주조를 이루고 있습니다. 개인이 진정한 사회화 과정을 겪는 것은 자신에게 소중한 타인을 만나고, 소통과 불화를 반복하는 것으로 이루어지는 것이 아닌가 하는 생각이 들었어요. 그 과정을 그리고 싶었습니다. 이 소설집의 화자들은, 이제 막 그 첫 발을 내딛은 셈이지요. 어떤 화자는 불가하여 다시 자신의 방으로 돌아가고, 어떤 화자는 조금 더 나아갑니다. 대체로 사람들이 그러는 것처럼. 그러나 이것은 끝이 아니고, 단지 시작일 뿐이라고 생각합니다.

김필남　　『여름』에만 국한된 것은 아닌 것 같습니다. 당신의 소설 속 화자들은 아이들이 많이 등장합니다. 그런데 이 아이들은 '아이답지' 않습니다. 소설에 등장하는 아이들은 혼자 살고 있으며, 부모라는 존재에 개의치 않으며, 또 부모가 있다 해도 의지하지 않습니다. 또 방치된 아이가 왜 그런 상태에 놓여 있는지 설명하지 않습니다. (『숨은 밤』 속 아이들은 왜 그런 상태에 놓여 있는지 설명하지 않으며, 「바다 아래서, Tenuto」는 인물이 왜 그런 어른이 되었는가를 어린 시절로 인해 그 상황을 짐작할 수 있게 합니다.) 아이들은 처음부터 혼자 있었던 것처럼 자연스럽게 행동합니다. '아이답지 않은 아이'라는 말은, 당신도 명시하고 있는데요. 그런데 아이가 아이답지 않다는 것, 그것은 읽는 이에게 굉장히 불편한 감정을 겪게 합니다. 그런데 생각해보면 '아이 같다'는 자명한 사실은 언제부터 생긴 것인지 생각해볼 수 있을 것 같습니다. 아이라는 개념이 누군가 보살펴야 하고, 감정적이어야 한다는 것은 정답이 아닙니다. 어쨌든 당신의 소설 속 '아이'는 어른이기도 하고, 타자이기도 하며, 유령이기도 합니다. 아이는 모호한 존재로 그려지고 있습니다. 당신은 이 불분명한 존재, 아이를 많이 그리고 있는데 여기에는 어떤 의도가 숨어 있습니까? 그리고 어른 같은 아이, 아이답지 않은 이 아이들을 통해 무엇을 말하고 싶었는지 알 수 있을까요?

김유진   오래전부터 어린이의 고독에 관심이 많았어요. 개인적인 경험이 계기가 되었을지도 모르겠네요. 저는 혼자 지내기를 좋아하는 편이었는데요. 전학도 이사도 잦아 동네에 친구가 별로 없었어요. 온종일 누워서 벽지를 본다거나, 책을 읽다가 1인 2역으로 받아쓰기 놀이를 하며 시간을 보냈습니다. 익숙하고 편안한 시간이었어요. 그러다 동네 아이들과 어울릴 기회가 생기기도 했는데, 저에게는 드문 일이라 기억에 많이 남습니다. 해질녘 집으로 돌아갈 때, 혼자 대문을 열고, 어두운 방 불을 켰을 때, 처음, 외롭다고 느꼈던 기억이 납니다. 아이들은 언제부터 외롭다고 느낄까. 고독은 어디서부터 시작된 것일까, 하는 생각을 자연스럽게 하게 되었지요.

오랜 시간 혼자 지내는 아이들은 머릿속에서 많은 것들을 상상합니다. 경계가 없는 상상 같은 것들, 사람과 사물, 꿈과 현실, 자아와 타자, 내면과 외면이 한데 뒤섞인, 일견 평화로운 세계지요. 시적인 세계이겠지요. 저의 머릿속에 오랫동안 살아남은 그러한 이미지들에 매혹되어왔던 것은 아닐까, 혹은 붙잡고 싶었던 것은 아닐까, 하는 생각을 해봅니다.

김필남 『여름』에 실린 단편들을 읽다 보면 어떤 사실에 대해 이야기를 풀어내기보다 그것을 관찰하고 그 상황에 대해 묘사하고 있다는 사실을 알 수 있습니다. 소설 속 인물들은 말이 없으며 감정(과거)은 잘 드러내지 않습니다. 인물들이 어떤 생각을 하는지 전혀 알 수 없습니다. 그래서 소설은 이야기보다는 혹은 인물의 내면보다는 일상에서 벌어지는 일들에 관심을 가집니다. 이것은 아주 사소한 것이라서 관심을 기울일 수 없는 것들이지요.

갈라진 땅. 틈에서 자라나는 민들레 잎사귀 위에, 호텔 방 창턱에서 보았던 작은 풍뎅이가 머물러 있었다. 그 풍경이 익숙해, 나는 한동안 자리를 뜨지 못했다.

-「우기」, 107쪽

분주한 일상에서는 볼 수 없는 미묘한 변화들, 계절의 변덕스러움 등을 볼 수 있게 합니다. 문명생활에 익숙한 우리들이 잊고 사는 것들이 아닌가 생각합니다. 이러한 방법은 기존의 작가들과는 다른 경향의 소설 방법을 구사하고 있는 듯 보입니다. 다시 말해 이야기는 최대한 감추고, 인물의 감정은 절제하고, 그 풍경(이미지)을 전달하려는 데 목적이 있는 것처럼 보이는데요. 여기에는 어떤 의미가 담겨 있습니까?

김유진 풍경으로 전해지는 감정들, 사소한 울림, 희미한 잔상이 지속되는 소설을 쓰고자 했습니다. 최근 몇 년간은 일상에 가까운 것, 너무 미묘한 변화여서 눈치채기 어려운 것, 말로 하기 어려운 감정이나 불화에 관심이 쏠렸던 것 같네요. 단번에 흥미를 느끼긴 어렵겠지만, 옆에 두고, 조금씩 시간을 함께 보내며 읽혔으면, 하는 바람이 있었습니다.

김필남 『여름』에서는 최대한 완화되는 듯 보이지만요. 첫 번째 작품집 『늑대의 문장』(문학동네, 2009)은 굉장히 그로테스크한 작품입니다. 세계의 종말을 예상케 하는 극단적인 면모를 보이고 있는 「늑대의 문장」이 등단작품입니다. 느닷없는 폭사 장면으로 시작하는 이야기, 원인을 알 수 없는 죽음들의 행렬, 개와 늑대, 사람과 짐승의 차이가 소멸하는 이야기는 굉장히 강렬하게 읽혔습니다. 이 작품을 쓴 계기가 있을까요?

김유진 「늑대의 문장」은 언젠가 꾸었던 꿈에서 시작된 이야기입니다. 장작더미에서 무수히 많은 노인과 아이의 시체가 불에 타고 있었는데, 종국엔 그것이 한 권의 책으로 태어나더라… 하는 내용이었습니다. 대학교 3학년 무렵 초고를 썼는데, 아마 그 당시 저의 소란스러웠던 내면이 발현된 결과가 아닌가 합니다. 그때 제가 본 세상은 무척 폭력적이었고, 저와 모든 면에서 불화한다고 생각했으니까요. 사는 것보다 죽는 것에 더 큰 관심이 있었던 때였고, 인간보다는 짐승의 아름다움에 끌리기도 했습니다.

김필남 『늑대의 문장』에 실린 작품들을 읽다 보면 반복되는 부분을 찾을 수 있습니다. 이야기가 대개 누군가의 죽음을 알리며 시작한다는 사실입니다. 「늑대의 문장」은 폭발로 희생된 "세 명의 여자아이"로부터, 「빛의 이주민들」에서는 언젠가는 벌어질지 모를 테러에 대한 두려움(곧 이은 남편의 죽음)으로부터, 「마녀」에서는 아름다운 엄마의 자살, 「목소리」는 물속으로 사라진 남자, 「낙타관광」은 관광버스가 계곡에 처박혀 사상자를 낸 것, 「움」은 움이 태어난 해부터 죽음이 있어왔음을 알려주고 있습니다. 이야기들의 시작은 원인 모를 '죽음'으로 둘러싸여 있는데요, 여타의 소설들이 죽음으로 이야기가 끝이 난다면 당신의 소설은 죽음으로부터 시작됩니다. 죽음은 세계에 대한 절망적인 상황을 알리기 위한 것인지, 절망적 세계에 할 수 있는 유일한 대항의 방법이 죽음인 것인지… 죽음으로부터 시작되는 이야기는 어떻게 볼 수 있을까요?

김유진 죽음은 세계의 절망과 상관없이 늘 있는 것이라는 생각을 합니다. 태어남과 죽는 것만큼 자연스러운 것은 없잖아요. 아마도, 주변의 것들이 일시에 사라져가는 와중에 가능한 오랫동안 살아남는 사람의 고달픔이나, 고독 같은 감정이 저에게 많은 울림을 주었던 것 같습니다.

김필남 『늑대의 문장』에 실린 작품들은 대개 파국으로 치달아가고 있는 극한의 세계를 그리고 있습니다. 소설을 읽으면서 궁금했던 부분은 '파국 이후' 즉, 비극을 경험하고 살아남은 자들에 대한 문제입니다. 이유를 알 수 없었던 폭사는 언젠가는 멈출 테고(「늑대의 문장」), 거구의 여자(「빛의 이주민들」) 등등은 또다시 삶을 살아가야 할 것입니다. '그럼에도 불구하고' 현실을 살아가야 할 인물들을 보면서, 작가는 소멸/파괴의 문제가 아니라 현실에 대한 희망을 말하는 것처럼 보입니다. 아마도 이는 당신이 견지하는 세계에 대한 태도가 아닐까 하고 조심스럽게 짐작해봅니다. 인물들이 살아갈 파국 이후의 세상은 어떤 모습일까요? 그들은 그토록 많은 죽음 앞에서 살아갈 수 있을까요?

김유진 위에 언급하신 대로, 첫 단편집에 실렸던 소설의 대부분은 급작스레 찾아오는 재난이나 죽음들을 그려내고 있지만, 결국엔 살아남는 사람의 이야기를 하고 있습니다. 살아남았으니, 앞으로도 살아나가리라 생각했습니다. 꼭 인간이 아니더라도, 영속되는 것, 제가 읽으며 자랐던 책이나 음악, 그림 같은 것들을 떠올리기도 했어요. 그러나 희망에 대해 생각해본 적은 없네요. 오래 살아남는 것이 좋은 것이라 말하기는 어렵지 않을까요.

김필남 『늑대의 문장』의 작품들이 파국·파괴·폭발 등의 강렬한 서사로 독자들의 시선을 장악했다면 『여름』의 작품들은 소소한 일상에 주목하려고 애씁니다. 『늑대의 문장』이 눈을 뗄 수 없게 만드는 작품집이라면, 『여름』은 한 호흡 쉬어 갈 수 있게 합니다. 시간상의 차이는 있겠지만 작품집의 변화의 계기에 큰 폭이 있는 것 같습니다. 작가의 삶에서 달라진 무엇이 있는가요?

김유진　단편집은 각각 5년과 3년이라는 시간을 두고 엮은 것이라, 저의 생각이나 관심사의 변화가 고스란히 담겨 있다고 생각합니다. 어린아이들이 거대한 동물에게 매력을 느끼듯이, 저도 크고 웅장한 이미지, 극단적인 설정에 이끌렸습니다. 형형색색의 변화무쌍한 이미지들에 이끌렸던 것은, 그 당시 저의 감정의 폭이나 세상을 바라보는 눈도 그러했기 때문이 아닐까요. 시간이 지나면서, 주변의 작고 미묘한 움직임들을 둘러보게 되는 것 역시 자연스러운 변화의 과정이 아닐까 하는 생각이 듭니다. 첫 작품을 쓰고 8년이 지났는데요. 그 과정이 저에게는 너무 자연스러워서, 딱히 무엇이 계기가 되었는지 알지 못하겠어요.

김필남　『늑대의 문장』을 논하는 문학평론가들의 글을 보면 빠지지 않고 언급하는 내용이 바로 '신화'의 느낌을 주고 있다는 것입니다. (이에 대해서는 충분히 논의된 것이라고 보고 더 이상 논하지 않겠습니다.) 『늑대의 문장』을 신화, 원시적, 고대의 이야기에서 그 원형을 찾을 수 있다는 논의에 대해서 어떻게 생각하나요? 그런 의도를 가지고 이야기를 구상한 건가요?

김유진　신화나 고대의 이미지를 읽어내는 것도 가능하다고 생각합니다. 소설은 어떤 방식으로든 다양하게 읽히는 것이 중요할 테니까요. 소설이 작가의 처음 마음과 다르게 읽혔다거나, 너무 멀리 갔다거나 하더라도, 그것 나름의 의미가 있을 겁니다. 소설을 구성할 때, 씨앗이 되는 이미지나 삽화들은 대부분 어떤 의도를 가지고 만들어진 것이라기보단, 우연히 머릿속을 스쳐 지나가는 것인 경우가 많습니다. 그것이 자라나면서, 이후 자연스럽게 파생된 이야기들과 미묘한 조화를 이루면서 하나의 소설이 완성된 것이고요. '신화'의 이미지는, 아마 대학시절 제가 자주 보았던 서적들, 혹은 그림의 영향일 수도 있겠습니다. 의도를 가지고 구성한 것은 아닙니다.

김필남　장편 『숨은 밤』을 읽으면서 든 생각인데요. 당신의 소설은 글자로 '그림'을 그리고 있는 듯한 느낌을 받게 합니다. 예컨대, 소설 중에 불이 나는 장면이 있습니다. 그런데 불타고 있는 마을을 묘사할 때 아비규환의 모습이 아니라 '나'는 그곳에 존재하면서도 관찰자의 시선으로 그것을 묘사하고 있을 뿐입니다. 마치 그곳의 풍경화를 그리는 것처럼요. 불타는 마을에는 긴박함이 사라지고 그림만 남게 되는 건 아닐는지요. 그래서인지 마을에 불이 나고 사람들은 도망가기 바쁜데도, '나'는 그 맞은편에 서서 평화롭기만 합니다. 놀라거나 당황하지 않고 그 장면을 관찰하고 있는 듯 보입니다. 이는 「늑대의 문장」의 소녀(혹은 이모)도 마찬가지입니다. 이러한 관찰자의 시선, 절제된 인물의 감정은 의미심장합니다. 인물들의 이 초연함, 감정 기복이 드러나지 않는 이것은 어떤 의미로 받아들이면 좋을까요?

김유진 소설의 화자들은, 이를테면 관찰하는 사람, 예술가의 시선을 은연중에 드러내고 있다고 생각합니다. 기록하는 사람은 언제나 사건의 변방에, 그러나 너무 멀지 않은 곳에 존재하기 마련이니까요.

김필남 위의 질문과 연결되는 질문입니다. 당신은 글자와 그림에 대한 문제를 생각하게끔 합니다. 이를테면 소설 속 인물들은 갑자기 글자를 읽는 법을 잊어버리고 아무리 글을 읽으려 해도 읽을 수 없는 상태가 되거나, 글을 읽어주는 사람에게 반한다거나(『숨은 밤』 '장') 그들은 글자를 잊은/쓸 수 없는 상태지만 대신 그림(상상하기)을 그릴 수 있게 됩니다. 자신만 읽을 수 있는 글자(그림)를 만들고, 그 글자를 통해 이야기들을 상상합니다.

　소설 속 인물들이 글자를 잊게 되는 것, 읽을 수 없는 것, 그로 인해 무엇이든 상상할 수 있는 것, 이것은 글자를 포기해도 다른 무엇으로도 이야기가 만들어질 수 있음을 의미하는 것 같습니다. 예컨대 글자로 만들어진 소설이 아니라, 그림을 그리는 것으로도 소설은 충분히 가능하다는 거죠. 글자가 아니라 다른 어떤 것으로도 이야기를 전달할 수 있는 것처럼 보이는데 이에 대해 말씀 부탁드립니다.

　이야기(글자)를 없애고 그것을 그림이나 상상하기만으로 표현 가능하다고 생각하나요? 당신에게 이야기(글자)란 어떤 의미인가요?

김유진 　문자라는 것은 제가 세상에 생각을 나타내는 도구이니까, 자연스럽게 나의 도구에 대해 곰곰이 생각해보게 된 것 같습니다. 한계점에 대해, 더 큰 가능성에 대해, 다른 도구들과, 이를테면 음악이나 미술, 춤과 비교해가며 곱씹게 되는 것이겠지요.

　제가 처음 글자를 깨우쳤던 순간을 기억하는데, 그 과정이 참 신기했어요. 글자를 모두 깨우쳤지만, 문장은 읽을 수 없었고, 문장을 소리 내어 읽을 수 있었을 때엔, 의미를 해석할 수 없었어요. 그 과정은 무척 답답하고 지루한 시간들이었습니다. 글자를 깨우친 지 얼마 되지 않았을 때엔, 종종 이름을 쓰지 못해 난처해진 적도 있었습니다. 언어를 깨우치는 것, 내가 내 이름을 적게 되는 것이 저에겐 무척 중요한 순간으로 남아 있습니다. 그러한 순간들을 소설속의 화자들도 겪게 하고 싶었습니다.

　제가 그림을 그리듯, 혹은 음악의 형식을 빌려 소설을 쓰는 것은, 역설적이게도 문자가 저에게 무척 중요하기 때문입니다. 저는 문자의 영역 안에서의 소설을 부정하지 않습니다. 더욱 깊이, 혹은 넓게 알고 싶을 뿐입니다.

김필남 　당신의 소설은 이야기를 최대한 배제하면서 빈 공간들의 이야기들을 상상하게 만듭니다. 「A」의 나가 여행을 온 계기를, 「늑대의 문장」의 폭사를, 『숨은 밤』의 소녀의 과거를, 사라진 '안'의 비극적 결말을, 소녀의 고독의 근원을, 소년 '기'가 학교에 다니고 싶었던 이유를 상상하도록 합니다. 이야기의 전모를 보여주지 않음에도 독자가 이야기를 메울 수 있게 합니다. 이야기를 비워두면서 이야기를 쓰게끔 만드는 소설가를 보며, 소설가들의 영역에 대해 생각해보았습니다. 이야기가 독자들을 만족시켜주지 못할 것을 알아챈 소설가들의 노련함 혹은 영민함. 그리하여 소설가는 독자를 소설가로 만들어내는 건 아닐까요.

당신이 내놓은 세 권의 책들은 모두 독자가 소설가가 될 수 있게 합니다. 이야기를 하지 않는 대신 이야기를 상상하도록 하는 것이지요. 그런데 엉뚱하게도 인물의 감정, '왜'에 대한 답변을 최대한 배제하고 당시의 상황을 묘사한다면 그것이 그림을 보는 것과 무엇이 다를까 하는 생각이 들었습니다.

김유진 소설은, 서사가 간소화되어 있지만, 서사를 부정하진 않았습니다. 인물의 감정을 절제하는 것과 배제하는 것은 다른 의미인 것 같고요. 있는 그대로 보여주려 하지는 않았어요. 모든 묘사와 풍경, 방향, 인물들의 행동은 저의 머리를 통해, 제가 드러내고자 하는 정서와 분위기, 감정의 결을 따라 만들어졌습니다. 한 폭의 그림처럼 읽히고자 했으나, 그림으로 보이고자 하진 않았습니다. 제가 쓰고 있는 것은 소설이니까요. 저의 조심스러움, 혹은 시도들이 때때로 혼동을 일으키는 듯합니다.

김필남 마지막 질문입니다. 지금 준비하는 소설이 있다면 알려주시면 좋겠습니다.

김유진 지금은 새로운 장편을 쓰기 위해 힘을 모으는 중입니다. 좀 더 구체화된 인물과 이야기를 생각 중입니다.

김필남　다시 여름이 왔습니다. 찌는 더위는 견디기 힘들겠지만 그 속에 초록이 있음을 기억하게 만드는 작품들이었습니다. 두서없는 질문에 응해주셔서 고맙습니다.

김유진　여름, 무사히 나시길 바랄게요.

고은규

최초의 나를 죽이다

암울한 세계, 명랑한 이야기

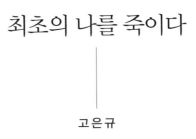

최초의 나를 죽이다

고은규

1970년 여름

1970년 여름, 나는 종로에 있는 모 산부인과에서 태어났다. 남편을 미워하다가 아이를 낳은 여자는 신경이 날카로웠다. 나는 여자의 태아였을 때도 불안을 느꼈고, 세상으로 던져졌을 때도 불안에서 벗어나지 못했다. 집에는 세 명의 아이가 더 있었다. 첫째는 의젓해 보였지만 억지로 어른 흉내를 내는 듯했다. 둘째는 얼굴이 밀떡처럼 하얗고 철이 없어 보였다. 여덟 살쯤 돼 보이는 여자아이가 아버지 무릎 위에 앉아 나를 노려보았다. 그 애는 엄마 자궁에서 먼저 탈출한 손위 언니였다. 나는 요람에 누워서 못생긴 가족들을 감상했다. 그들은 심통이 난 것처럼 웃지 않았다. 해산바라지를 하러 온 외할머니가 말했다. 고생도 이런 고생이 다 있을까. 이 복중에 아이를 낳을 게 뭐냐. 복중에 세상 밖으로 나온 내 수고로움에 대해서는 아무도 이야기하지 않았을 것이다.

밤이 깊을수록 아이들은 침울해졌다. 여자는 무슨 일 때문인지 남자에게 독을 발사했다. 남자도 질 수 없다는 듯이 아이를 낳은 여자에게 독 폭탄을 던졌다. 서로가 서로에게 맹렬하게 독을 쏘았다. 독은 물방울처럼 튀어 나를 포함한 네 명의 아이들은 본의 아니게 독물의 표적이 되었다. 그럼에도 불구하고 그 무더운 여름을 견디며 갓난아이는 부숭부숭 잘도 자랐다. 잘 먹고 잘 자고 잘 울지 않았다. 아마 태중에서부터 살아야 한다는 본능과 버림받을지 모른다는 강박 같은 게 몸에 새겨졌을 것이다. 내가 의젓한 갓난아이가 된 것은 어쩔 수 없는 일이다.

형제들은 입버릇처럼 투덜거렸다. 나는 그 애들 소리를 곱씹었다. 엄마 아빠는 만날 싸워. 정말 지겨워. 우리는 태어나지 말았어야 해. 마지막 말이 가장 슬펐지만, 그 말을 거부할 수 없었다. 유년과 사춘기를 거쳐 스물이 넘어서까지 나는 내가 존재해야 할 이유가 없다고 생각했다.

나는 1970년 내가 태어났던 그해 여름을 기억한다고 말하곤 했다. 그러면 하나같이 나를 비웃고 콧방귀를 뀌었다. 지난 주 일도 깜빡깜빡하면서 뭘 기억한다고? 개가 웃겠다! 나는 반박 대신 우리 집 개처럼 웃어주었다. 1970년 여름 풍경은 외할머니가 내 머릿속에 그려준 것이다. 그녀는 1970년 여름에 대해 사건 위주나 인물 위주로 이야기를 풀어갔다. 할머니는 서사를 좋아했고 기승전결의 짜임새를 선호했다. 이야기 속에는 질투와 암투가 있었고, 가난과 학대가 있었다. 상식 이하의 행동을 하는 자의 횡포가 있었으며 눈물을 터뜨리는 자는 늘 약한 사람들이었다. 착함은 늘 악함에게 패배했다. 할머니는 권선징악을 선호하지 않았다. 나는 갈등과 서사의 개념을 글도 깨우치기 전에 몸으로 익혔다.

할머니의 이야기는 때론 과장되기도 했지만 사실과 맥락에서 크게 벗어나지 않았다. 어린 내가 듣기에 참혹한 드라마였지만, 더 참혹하게 느껴지는 것은 그것이 내 가족사라는 점이었다.

"뭐, 이런 거지 같은 집구석이 다 있어?"

이야기를 듣던, 볼이 빨간 어린 여자아이는 함부로 말했다. 버림받고 싶다는 생각이 든 최초의 날이었다.

1980년 가을

어른들을 경계하며 유년을 보내던 나는 너무 빨리 비관과 낙담에 익숙해졌다. 그것을 촉발시키게 된 계기는 두 아이의 싸움 때문이었다. 어느 날, K와 C가 크게 다투는 일이 생겼다. K는 선생님들의 귀여움을 독차지하는 아이였다. 그 애의 엄마는 포니 자동차를 몰고 와 학교 운동장에 주차했다. 차에서 내릴 때 그녀가 보여주는 몸동작은 어린 우리들의 눈에도 참 멋있게 느껴졌다. 그녀가 학교 일에 물심양면으로 앞장섰던 사람이라 그랬던 건지 선생님들은 K 엄마한테 친절했다. 학교 앞 큰길 가에 있는 갈빗집을 지나다 유리문 너머로 K 엄마와 선생님들이 어울려 지글지글 갈비를 구워 먹고 있는 것을 종종 볼 수 있었다. 그때마다 막연하게 이상하다고 느꼈다.

C는 조용했고 아무도 주목하지 않는 아이였다. C는 형제가 아주 많은 집의 막내였고 그 애 부모는 연탄을 배달했다. 가끔 C의 점퍼에 검댕이 묻어 있으면 우리는 그것을 연탄자국이라고 놀렸다. 어린아이들이 어른보다 순수하다고 생각하는 것은 오산이다. 우리는 K를 앞에 두고 이야기할 때와 C를 앞에 두고 이야기할 때 다른 태도를 보였다. 어린 우리도 힘의 논리에 지배받고 있었다.

그런 그 둘이 싸웠다. 1교시 수업 중이었다. 교실 앞문이 벌컥 열렸다. K와 K의 엄마가 나타났다. 잠시 후 뒷문이 열렸다. C와 C의 엄마가 등장했다. 아이들 얼굴은 멍투성이였고 눈도 제대로 뜨지 못할 정도로 부어 있었다. K 엄마가 담임에게 화를 냈다. 담임은 머리를 숙이고 어쩔 줄 몰라 했다. K 엄마는 그다음 뒷문을 향해 자식 교육을 어떻게 시킨 거냐고 소리쳤다. 뒷문도 목소리가 아주 컸다. 질 수 없다는 듯이 소리를 질렀다. 담임은 앞문을 향해서는 주눅이 들어 있었지만, 뒷문을 향해서는 눈길도 주지 않았다.

우리는 어렸지만 앞문을 거침없이 열고 들어오는 K 엄마의 행동이 옳다고 생각하지 않았다. 짝과 나는 포니 승용차에 돌을 던지자는 약속을 했다. 아니면 못처럼 뾰족한 걸로 차 문을 아주 세게 찔러보는 것도 좋겠다고 했다.

두 명의 학부모는 교장 선생님의 중재로 교실을 떠났다. 담임은 우리 집 몽실이가 쥐약을 먹고 마당을 돌 때처럼 교실 안을 정신없이 뻉뻉 돌았다. 담임은 C에게 의자에 올라가 바지를 걷으라 했다. 담임은 플라스틱 자로 아이의 다리를 때리다가 목욕을 언제 한 거냐고 물었다. 담임이 플라스틱 자로 아이의 살갗을 긁었다. 오전 햇빛이 사선으로 들이쳤다. 살비듬이 허공을 쓸쓸하게 날렸다. 담임은 우리를 향해 청결과 가정교육이 중요하다고 말했다. 우리는 퉁퉁 부은 뺨 위로 C의 굵은 눈물이 번지는 걸 보았다. 짝과 나는 공책을 찢어 필담을 나눴다. 선생님 정말 이상해. 맞아, 이상해. 미친년 같아.

그때, 우리 뒷자리에 앉은 아이가 담임에게 다가가 그녀 귀에 대고 속삭였다. 그 애의 손바닥은 자신의 입과 담임의 귀를 완벽하게 가리고 있었다. 그 애는 일종의 프락치 짓을 하고 있었던 거다.

우리의 필담이 담긴 종이는 담임 손에 들어갔다. 그녀는 '미친년'이란 대목을 짚더니 누가 썼는지 말하라고 했다. 그 목소리는 침착하고 나직했지만 그녀의 눈동자는 그냥 붉은색이었다. 그 눈을 보자마자 나는 오줌을 지렸다. 사타구니가 금세 축축해졌다. 짝은 미친년이란 말을 하지 않았다. 나는 미친년보다 열 배는 더 센 욕도 잘할 수 있는 아이였다. 그런데 짝이 겁에 질려 울면서 잘못했다고 빌었다. 그날, C와 짝은 종아리를 맞았다. 담임이 나를 때리지 않았던 것은 그녀의 플라스틱 자에 내 오줌을 묻히기 싫어서였을 것이다. 매를 맞은 후, 우리 셋은 복도로 쫓겨나가 종례를 할 때까지 들어가지 못했다. 점심시간이 되자, 담임은 도시락을 먹어도 좋다고 했지만 복도에서 밥을 먹어야 할 정도로 배가 고프지 않았다. 수치심이 무엇인지 처음 느꼈던 순간이었다. 복도 창밖으로 가로수 잎이 아름답게 물들고 있었다. 푸른 하늘과 울긋불긋한 잎사귀들이 눈부시게 느껴졌다. 그 아름다움과 찬란함이 내 슬픔을 깊고 견고하게 만들었다. 나는 겨우 열한 살이었고, 어른이 돼서도 꽤 오랜 시간 그 순간을 증오했다.

1990년 겨울

스물한 살 겨울, 나는 글을 사랑했고 열심히 단편을 썼다. 내 소설에서는 선이 악을 보기 좋게 이겼고 악은 끝없이 추하게 묘사됐다. 그날은 버스에서 잘못 내려 굴레방다리에 있는 웨딩드레스 거리를 지나게 되었다. 추위 탓에 잔뜩 움츠리고 걸었다.

모녀로 보이는 두 명의 여자가 쇼윈도 앞에 서서 웨딩드레스를 구경하고 있었다. 그들은 새봄을 고대하는 사람만이 지을 수 있는 표정이었다. 그들은 나와 다르게 따뜻한 난로를 품고 있는 것처럼 포근하고 부드러워 보였다. 나는 그중 한 명을 알아보았다. 생기를 많이 잃었지만, 예전과 크게 다르지 않았다. 십 년 전처럼 어깨에 닿을 길이의 파마 머리를 했다. 금테 안경 속의 쌍꺼풀 짙은 두 눈도 그대로였다. 새부리처럼 뾰족한 입도.

담임은 쇼윈도에 걸린 웨딩드레스를 가리키며 이야기했다. 저 디자인은 좀 답답해 보이지 않니? 그녀가 가리킨 웨딩드레스를 보았다. 답답해 보이는 디자인이 맞았다. 담임은 고개를 돌려 나를 바라보았다. 내가 답답해 보였을까? 미묘하게 표정이 바뀌었다. 아마도 자신이 가르쳤던 학생이 아닐까 추측했을지 모른다. 나는 그들 옆을 지나쳤고 그들은 드레스 가게 안으로 들어갔다. 기운이 빠지는 느낌이었다. 시간과 함께 그녀는 내 안에서 완벽한 악마로 변신해 있었던 걸까. 그녀는 내가 생각했던 만큼의 악녀가 아닌지도 모른다. 기억이란 무엇일까. 기억은 시간을 이길 수 없는 것일까. 오랫동안 키워낸 악녀가 사라지자 서글픔이 느껴졌다.

2000년 봄

1990년부터 1999년 겨울까지 햇수로 꼭 10년이었다. 끄적거렸던 습작 소설 출력본과 원고가 저장되어 있는 디스켓을 공터로 가지고 나왔다. 십 년이란 세월을 감안해 본다면 턱없이 부족한 소설이었지만 열정적으로 글을 썼기에 후회는 없었다. 십 년이면 됐다. 이만하면 충분히 해봤다. 글쓰기에 대한 미련도 아쉬움도 없었다.

공터에는 드럼통이 있었다. A4 출력본을 집어넣고 라이터 불을 당겼다. 불이 잘 붙을 줄 알았는데, 생각보다 종이가 잘 타지 않았다. 내가 만들어놓은 인물들이 드럼통 안에서 꺼내달라고 비명을 지르는 착각이 들었다.

공터는 세차장 옆에 있었다. 세차장 주인이 다가왔다. 그 공터도, 그 드럼통도 세차장 주인 것인데, 주인이 객의 눈치를 보았다. 뭘 태우는 거냐고 물어서 내가 쓴 글이라고 말했다. 그는 아깝게 왜 태우느냐고 또 물었다. 퉁명스럽게 답했다. "그냥요!" 아저씨는 나를 목숨이라도 끊을 사람으로 본 모양이다. 살다 보니 마음먹은 대로 되지 않는 일이 많더라. 그리고 그래도 공을 들인 일은 언젠가 보답을 해줄 거라는 말을 덧붙였다. 내가 대꾸하지 않자, 설사 보답을 해주지 않는다 해도 공을 다질 때 행복하지 않았느냐고 물었다. 지금 생각해 보니 맞는 말이다. 글이 없었다면 20대는 더 참혹했을 것이다. 나는 글에 기대 십 년을 잘 버텼다.

원고를 태우고 집으로 돌아와 그 길로 선배가 추천하는 회사에 면접을 보러 갔다. 나는 내가 살던 세계와는 다른 삶을 살아가는 사람들과 일하게 되었다. 2000년은 버블시대였다. 내 가치도 거품처럼 높았다. 어쩔 수 없이 열심히 일에 매달려야 했다. 오전 6시에 일어나 출근해서 자정이 넘어 귀가했다. 어느 날, 집에 돌아오자마자 불도 켜지 않고 현관 앞에 주저앉았다. 쓸쓸했다. 내가 버렸던 소설의 인물들을 생각했다. K, 영훈, 옥화, 지니…… 그리운 사람을 영영 만날 수 없게 됐을 때처럼 마음이 저려왔다. 그런 밤이 몇 번 더 있었다.

그럼에도 나는 직장인으로 여러 해를 잘 견뎠다. 소설 대신 업무에 필요한 책을 읽었다. 글 쓰는 것에 대해서는 생각도 안 했다. 그런데 미국으로 가게 된 친구가 짐 정리를 하다가 내 글을 찾았다며 택배를 보내왔다. 스무 살 때부터 내 글을 성의 있게 읽어주던 몇 안 되는 친구 세희였다. 그 애가 보내준 소설 중 하나를 응모일이 가장 가까웠던 문예지에 기대 없이 보냈다. 당선이 되었다. 1997년에 쓴 낡은 글이 2007년 모 문예지에서 당선이 된 것이다. 그 일이 계기가 되었다. 떠나왔던 길을 나는 다시 더듬더듬 찾아가게 되었다.

또다시 공터로 가서 내가 쓴 글을 불태우지는 않을 것이다, 라고 써본다. 그러나 확신이란 얼마나 허망하고 빗나가길 잘하는가. 나는 미래를 모른다. 내 글쓰기의 끝은 아무도 모른다.

2010년 여름

사람을 죽였다. 여자였다. 나는 여자를 물에 버렸다. 흘러가는 여자의 몸을 물끄러미 보았다. 물은 따뜻하면서도 진물처럼 끈끈했다. 여자의 검은 머리카락이 구불구불 물을 따라 흘러갔다. 죄의식은 없었다. 미루고 있던 일을 끝낸 것 같은 기분이었다. 집으로 돌아와 창을 열어 세상 아래를 내려다보았다. 족히 이십 층 높이는 될 것 같았다. 소용돌이치는 세상으로 빨려 들어가도 좋겠다고 생각했다. 나는 두려움 없이 세상을 향해 뛰어내렸다. 솜처럼 가벼운 몸이 되었다. 아래로 떨어지면서 수없이 많은 창을 보았고 그 안에서 살아가는 사람들을 만났다. 그들은 풍부한 이야기를 품은 채 살고 있었다.

꿈에서 깨어난 날은 무더운 여름밤이었다. 스탠드 불을 켜고 먹먹한 기분에 사로잡혔다. 새벽의 고요가 내가 꾼 꿈을 더 생생하게 각인시켜 주었다. 사람을 죽이고도 담담했던 내 마음의 언저리를 더듬었다. 도무지 알 수 없었다. 욕실로 가서 손을 씻다가 커다랗게 울고 있는 여자를 보았다. 거울 속에는 물속의 검은머리 여자가 흘러가고 있었다. 내가 나를 죽였구나. 그리고 물에 버렸구나.

나는 최초로 나를 죽였을 뿐이다. 내 속에는 수없이 많은 내가 있었다. 왜곡하는 기억의 나, 도망치는 나, 위악적이고 위선적인 나, 달콤한 혀를 가진 나, 악취가 나는 나…… 나는 손톱처럼 자라고 있었다.

나는 또 다른 나와 정면 대결해야 했다. 그리고 화해해야 했다. 위로해야 했다. 나를 피하지 않는 일이 내 글쓰기의 시작이다.

암울한 세계, 명랑한 이야기

고은규 · 전성욱

전성욱 고은규 작가와 처음 인연을 맺은 것은 2008년이었지요. 그해 여름에 발표되었던 「반품왕」(『문학수첩』, 여름호)을 읽었고 저는 잡지에 그 평을 실었습니다. 지금 와서 다시 돌이켜보니 그 단편에는 이후에 펼쳐질 글쓰기의 행로를 가늠할 수 있게 하는 작가의 유전정보가 고스란히 담겨 있는 것 같군요. 세계의 음울함에 대한 비판적 인식과 그것을 희화화된 형태로 표현하는 발랄한 감수성. 인식과 표현의 선명한 명암은 소설의 아이러니를 발생시킵니다. 저는 그 '아이러니'가 바로 고은규 작가의 글쓰기에 내재한 어떤 매력이자 마력이라고 생각합니다. 이런 식의 비평적 서술이란 도도하게도 단정적이고 그래서 또 삭막한 것이지요. 그럼에도 그 아이러니에 대해, 그러니까 작가의 세계인식과 그 표현의 '거리'에 대한 작가의 생각이 먼저 궁금하네요.

고은규 「반품왕」을 통해 제 글쓰기의 행로를 가늠하셨다니, 이가 보일 정도로 활짝 웃고 말았습니다. '아, 들켰구나!' 숨바꼭질을 하면 술래에게 들키고 싶은 날도 있잖아요. 그때의 기분이랄까요. '나, 여기 숨었어요. 찾아줘요.' 하는 마음. 어찌 보면 의도를 들키고 싶어 글을 쓰는 게 아닌가 싶습니다.

「반품왕」과 『트렁커』와 『데스케어 주식회사』는 두드러지는 공통점이 있습니다. 모두 1인칭 시점으로 쓰였고 주인공은 젊은 여성이며 그들은 우회해서 말하는 법이 없는 직설적인 성격을 가졌습니다. 그리고 무엇보다 주인공들은 재기발랄하게 묘사되지만 그들이 처한 환경은 어둡고 서늘하고 때로는 한심하기까지 합니다. 『트렁커』의 온두와 『데스케어 주식회사』의 청미는 죽음과 밀착된 삶을 살고 있고요. 「반품왕」의 노라는 자본주의 시스템에 의해 역공을 당하는 소비자로 묘사되는데, 노라가 처한 현실도 암담하기 짝이 없습니다. 그런데 저는 암담한 이야기야말로 암담하지 않게 쓰려고 노력하고 있습니다.

차가운 이야기는 뜨겁게 쓰고 뜨거운 이야기는 차갑게 쓰며 무거운 이야기는 농담처럼 가볍게 이야기하는 게 제 소설의 특징입니다. 예를 들어 고독사를 씁니다. 무겁고 암울한 소재지요. 제가 가장 먼저 집중하는 일은 그릇을 찾는 것입니다. 고독사를 가장 효과적으로 담을 그릇을 찾는 것. 사람들은 이미 매체를 통해 고독사가 무엇인지 충분히 알고 있지만 그것이 자신의 일은 아니라고 생각합니다. 이웃의 일은 내 일이기도 하지요. 그리고 나에게 절대로 일어나지 않는 일이란 세상에 없으니까요. 암울한 주제를 우스꽝스럽기 짝이 없는 등장인물과 어처구니없는 상황을 통해 전달하는 표현 방법을 선택했습니다. 주제와 표현의 거리가 멀 때 아이러니가 발생하고 그에 따른 독특한 울림의 효과를 저는 당분간 선호할 생각입니다.

전성욱　물론 다른 많은 작가들도 세계의 어두운 심연에 고뇌하기
는 마찬가지지요. 그러나 세계의 부정성에 대한 인식이 작가의 체
험 속에서 육화되지 못한 경우, 대개 그 인식은 추상적이거나 관념
적인 것으로 뭉개져버리기 마련입니다. '체험' 대신 '지성'이 그것을
매개할 때 글쓰기는 때때로 황홀한 언어의 곡예로 비약해버린다는
인상을 참 많이 받습니다. 어떤 독자는 그런 관념의 유희 속에서 소
설의 즐거움을 찾기도 하는 것 같은데, 저는 고은규 작가의 소설을
읽다가 어떤 대목에서는 목이 메어 마른 눈물을 삼키기도 했습니
다. 그건 아마도 인물의 상처가 무뎌진 내 상처의 아픔을 자극함으
로써 어떤 공감을 불러일으켰기 때문일 것입니다. 그러므로 그 아
픔이란 사실 소설을 통한 공감의 즐거움이기도 한 것이지요. 그런
의미에서 『트렁커』의 후기는 저에겐 참 인상적이었습니다. 여기 한
번 옮겨볼까요.

　　나는 내가 존재하는 순간부터 지금까지 나한테 가해진 육체적
　정신적 고통을 기억하고 있다고 믿는다. 이것은 내가 겪었던 고통과
　괴로움과 슬픔이 내 육체에 고스란히 남아 있다는 것을, 인정했다는
　의미이다. 나는 상처를 통해 거듭나 현재의 내가 되었다는 사실을
　뒤늦게 깨달았다. 기억에서 사라진 무수히 많은 상처 앞에서 겸허하
　게 고개 숙이고 싶다.

　고백하건대 저는 이 대목을 읽으면서 작가에게 애틋한 마음을
느낄 수밖에 없었습니다. 꼭 껴안아주고 싶었어요. 아니 어쩌면 작
가의 품 안에서 제가 더 위로받고 싶어졌는지도 모르겠습니다. 저
언어들은 그냥 부려 쓴 문장이 아니지요. 저 기표들은 그럴듯한 기

의에 떠받혀진 것이 아니라 그 자체로 감정을 갖고 있는 듯합니다. 읽는 사람에게도 그 감정이 고스란히 전해지는 것은 바로 그런 이유 때문이 아닐까요. 무의식의 저편에 묻혀 있던 어릴 적 화상의 기억. '억압된 것은 다시 돌아온다'는 프로이트의 전언이 새삼 떠오릅니다. 당신은 그 되돌아온 기억의 체험 속에서 '기억에서 사라진 무수한 상처' 앞에서 겸허하겠다고 말하고 있는 것입니다. 그것은 작가로서의 어떤 결기처럼 여겨지기도 하는데 그 상처들에 대한 작가의 생각을 좀 더 듣고 싶습니다.

고은규 나를 이루고 있는 이 모든 것은 과거에서 비롯된 것이라는 당연한 이치를 저는 부정하고 지냈습니다. 내 몸을 이루고 있는 이 세포와 이 머리카락 한 가닥도 지나온 시간이 이룩한 것들이며, 뿐만 아니라 내적인 모든 것들도 과거에서부터 비롯한 것인데도 저는 과거와 현재를 단절시킨 채 생각했습니다. 나를 마주 볼 용기가 없어서 과거로부터 열심히 도망치고 싶어 했는지 모릅니다. 그런데 이러한 생각에서 자유로워진 것은 몇 해 전 여름에 있었던 일 때문입니다. 어쩔 수 없이 유년에 있었던 길고 재미없는 이야기를 꺼내야겠네요.

저는 네 살 때 큰 화상을 입었습니다. 무더운 날이었고 엄마는 저녁상에 올릴 삼계탕을 끓여두었다고 합니다. 아무리 어린아이라지만 미련한 구석이 있었나 봐요. 그 뜨거운 삼계탕을 뒤집어썼으니까요. 병원으로 데리고 가는데, 아이 머리카락이 쑥 빠지더래요. 엄마 팔에 제 살점이 묻어나고. 의사들은 엄마를 크게 나무랐다고 합니다. 애를 어떻게 봤기에 이 지경을 만들었냐고, 아이가 살 수 있을지 모르겠다고, 설사 산다 해도 화상을 평생 감내하며 살아야 할 거라고. 의사는 저를 큰 그릇에 담그고 거친 수건으로 사정없이 상처를 벗겨냈다고 하네요. 병동을 뒤집어놓는 아이의 비명 소리를 들은 사람의 전언에 따르면 어차피 죽을 거면 차라리 고통 없이 빨리 죽는 게 아이에게 좋겠다는 생각을 했다고 합니다.

그런데 저는 이렇게 살아갑니다. 그때 입원 치료를 통해 상처의 흔적도 남아 있지 않고요. 의사 선생님들은 모두 기적 같은 일이라 했다는데요. 여러모로 감사해야 할 일이죠. 그런데 치료 과정에서 제가 받았던 육체적 스트레스가 심했던 모양이에요. 다치기 이전의 더 어릴 때 기억은 떠오르는데, 화상에 대한 기억만 사라졌습니다. 제가 지워버린 거겠죠.

몇 해 전 문제의 그 여름밤에 놀라서 깨어난 적이 있었어요. 치료 과정과 내 비명소리가 생생하게 떠오릅니다. 물소리가 먼저 들렸고, 아이 울음소리가 잇따랐지요. 거친 수건이 제 살갗을 지날 때 너무 아파서 소스라치게 놀랐습니다. 몸에 닿는 물의 느낌은 이가 시릴 정도로 차가웠습니다. 화상의 통증 못지않게 가려움을 참는 일도 고역이었습니다. 고통에 겨운 얼굴로 가려움을 참는 제가 보입니다. 수십 년이 지나 왜 그 기억은 불쑥 나타난 걸까요.

화상에 대한 기억은 어쩌면 저에게 하나의 예고였는지 모릅니다. 자라면서 겪게 되는 크고 작은 일들, 마음을 다치거나 누군가에게 상처를 준 일을 더 무서워하면서 살았는지 모릅니다. 결과적으로 기억을 단절시키고 과거로부터 도피하는 것은 공포를 더 부풀린 꼴이 됐습니다. 제가 겪은 일은 반드시 제 몸 어딘가에 남아 있고 현재의 나를 이루게 됐다는 걸 겨우 깨달았습니다. 내가 도망쳐 온 것이 있다면, 그 육체적, 정신적 상처가 모두 부활하여 나에게 말을 걸어오길 바랐습니다. 나를 지나간 모든 것들, 좋았거나 나빴거나 선하거나 악했던 그 모든 것들에게 감사하다는 말을 하게 됐습니다. 특히 사람에 대해서는 더더욱요.

『트렁커』는 그해에 완성한 소설이라 말씀하신 결기 같은 게 느껴질 수도 있을 것 같습니다.

전성욱 작품에 대해 본격적으로 이야기를 나누기 전에 한 가지 더 묻고 싶습니다. 대체로 소설가들은 소설집을 먼저 출간하고 그 다음에 장편을 펴내는 것 같습니다. 물론 단편과 장편이란 분량의 차이 이상으로 다른 글쓰기지요. 그럼에도 한국의 소설가들은 단편으로 등단해 이런저런 청탁에 응해 작품을 발표해오다가 그것을 모아 소설집을 출간하고, 이후 지면을 얻어 장편을 연재하거나 아니면 맹렬한 작가의식으로 전작 장편을 펴내는 식이지요. 고은규 작가는 한 문예지에서 단편으로 등단을 하고 몇 년 뒤에 제2회 중앙장편문학상을 수상했습니다. 그리고 수상작 『트렁커』(2010) 다음 책으로 장편 『데스케어 주식회사』(2012)를 펴냈습니다. 연재가 아닌 전작으로 장편을 쓴다는 것은 전업 작가가 아니고서는 결코 쉬운 일이 아닐 것입니다. 나름의 사정과 이유가 있지 않을까 싶은데 그 내력을 알고 싶습니다.

고은규 등단 후 문예지에 발표한 작품을 모아 단편집을 낸 다음 장편을 쓰면 참 좋겠지요. 작가들이 원하는 절차이기도 하고요. 그런데 저는 지면을 얻기 어려웠고 그러한 상황에서 단편을 계속 써야 하는지 의구심을 가졌습니다. 스치는 자리에서 만난 분들은 안타깝다는 듯이 조언을 해줬습니다. 주변에서 맴돌지 말고 중심으로 와라. 사람도 만나고 쓰고 있는 작품에 대해 적극적으로 이야기해라. 집으로 돌아오면서 생각했습니다. '도대체 '그들'은 어디에 있는지, 주변의 반대쪽은 또 어디에 있는지, 어떤 사람을 어디에서 만나야 하는지. 참내! 그런 두루뭉술한 조언은 나도 할 수 있겠다.'

소설 쓰는 사람이 할 수 있는 일은 소설에 집중해서 열심히 쓰는 것밖에 없습니다. 그것이 가장 바람직한 태도고요. 한 가지 결심을 하게 됐습니다. 제가 좋아하는 일이니 일단, 그 누구도 아닌 나를 위한 긴 글을 써보자고요. 충분히 가치 있는 일이었습니다. 장편을 쓰면서 제 글에 취해 혼자 좋다고 미친 사람처럼 킬킬거리고 웃었습니다. 어느 한 지점에서는 많은 눈물을 흘렸고요. 쓰면서 참 행복했습니다. 게다가 고맙게도 그 작품이 중앙장편문학상에 당선이 됐지요.

두 번째 장편은 첫 번째 장편이 나오고 7개월 후에 알라딘 웹진 '뿔'에서 약 두 달 반가량 주 5일, 일일 연재를 통해 발표한 작품입니다. 긴 글을 적어나갈 때 많이 고독합니다. 저뿐 아니라 대부분의 작가들이 엇비슷할 겁니다. 하지만 자기가 좋아서 하는 일이니 그 고독을 적극적으로 끌어안아야겠지요.

전성욱 이제 작품 이야기를 나눠볼까요. 『트렁커』는 멀쩡한 집을 놔두고 자동차 트렁크에서 잠을 자는 사람들의 이야기고, 『데스케어 주식회사』는 이른바 '고독사'를 처리해주는 회사를 차린 여자의 이야기입니다. 엉뚱하고 발랄한 소재와는 달리 그 내용은 유년의 상처와 트라우마 그리고 죽음에 걸쳐 있습니다. '트렁크'는 소설 속의 '유모차'와 마찬가지로 아직 어른으로 성숙하지 못한 사람에게 아늑한 자궁과도 같은 공간입니다. 그런데 동시에 그것은 '관'과도 같은 의미에서 죽음의 아늑함을 동시에 의미하는 것 같기도 합니다. 가족의 동반자살에서 살아남은 '온두'나 아버지의 폭력 때문에 트렁크로 숨어들어야 했던 '름'에게도 죽음이란 죽임으로부터 벗어나고 싶은 일종의 욕망인 것입니다. 죽음의 충동에 사로잡힌 '데스케어 주식회사'의 의뢰인들 또한 저마다의 삶에서 죽임의 공포에 시달리고 있기는 마찬가지고요. 그러므로 두 작품에서 '죽음'은 생의 의지의 또 다른 표현입니다. 그 인물들은 하나같이 죽임의 공포에 죽음이라는 타나토스의 욕망으로 맞서고 있는 것이지요. 두 권의 장편을 가로지르는 그 죽음이란 무엇으로부터 비롯된 것일까요.

고은규　『트렁커』와 『데스케어 주식회사』에 나타나는 '죽음'은 핵심적인 소재가 맞습니다. 참고로 제 등단작은 온갖 죽음에 대한 이야기로 범벅이 됐다고 봐도 무관할 겁니다. 앞으로 쓸 소설도 죽음이 주요 소재가 되겠고요. 죽음이 끊임없이 등장하는 이유는 무엇일까, 이 질문을 스스로에게 던진 적이 있습니다. 작가는 자신에게 가장 밀접하고 가장 절실한 것을 쓰게 마련인데, 생각할수록 죽음이란 소재가 저에게 그렇다는 결론에 이르렀습니다.

　저는 매우 자주 죽음에 대해 생각합니다. 거의 매일이다시피요. 최후의 순간, 나는 죽음을 어떻게 맞을 것인가. 내 목숨은 바람 앞의 등불처럼 예기치 않은 시기에 꺼질 수 있다는 생각이 든 건 사실 아주 어릴 때부터입니다. 그것이 절실하게 와 닿은 것도 꽤 오래 전이고요. 삶의 유한함이 쓰리게 와 닿을 때도 많지만, 그 유한함이 때론 아름답고 문득 좋아질 때가 있습니다. 그 유한함으로 인해 현재의 이 삶에 대해 성찰할 수 있으니까요.

집을 나설 때 나는 이 집으로 되돌아올 수 없을지도 모른다는 생각을 할 때도 많습니다. 그럼 신을 벗고 집으로 들어가 함부로 벗어놓은 옷가지를 정리하고 침대보를 매만지고 쓰레기통을 비우고 남에게 보여서는 안 되는 것들을 정리합니다. 어느 한 시절에는 내가 사라지기 전에 남겨두고 싶은 것들에 대해 집중하기도 했습니다. 남아 있는 사람들에게 의미 있는 것을 남긴다면, 그것이 소설이라면 어떨까, 생각하다가 부끄러운 생각이 들었습니다.

혼자 중얼거립니다. 소설이 이 시대에 그만한 가치가 있을까. 특히 내 글이 그러한 의미로 남을 수 있을까. 됐어! 남기긴 뭘 남겨. 차라리 아무것도 남기지 말고 떠나. 티끌 하나라도 남겨선 안 돼. 이 지구에 살면서 나는 많이도 잡아먹고 많이도 더럽히고 떠나는구나…….

앞서 말씀드렸듯이 작가는 자신과 가장 밀접하거나 가장 절실한 이야기를 쓰기 마련입니다. 작품마다 죽음이 주요 소재가 되는 건 어떻게 죽어야 하느냐에 제가 골몰하기 때문이지요. 조금 더 나아가 타인의 죽음에 대해서도 많은 고민을 하고 있습니다. 자연사, 사고사, 자발적 죽음, 타인에 의한 억울한 죽음, 그리고 죽음을 부추기는 이 자본주의 시스템에 대해서도.

전성욱 『트렁커』는 여러 이유들로 섬세한 작품입니다. 특히 근원적 상처와 그 치유를 통한 성장이라는 서사의 구성은 무척 짜임새 있었습니다. 그러나 그 정합적인 짜임새란 또 다른 의미에서, 사건의 우발성과 성격의 복잡성을 제어하는 폐쇄적인 틀이 될 수도 있습니다. 저는 솔직히 어린 시절의 상처를 간직한 남녀가 만나서 서로의 상처를 일깨우고 치유에 이르는 그 유순한 결말 처리가 조금은 아쉬웠습니다. 어쩌면 저는 그 결말을, 소설을 다 읽기도 전에 미리 눈치채고, 아마도 다른 결말을 애타게 기대했는지도 모르겠습니다. 환상이나 비논리적인 플롯을 통해서라도 현실적으로 그럴 법한 세계의 인과율을 거슬렀더라면 더 좋지 않았을까요. 상처(원인)가 반드시 치유(결과)되어야 하는 것은 아니니까요. 저는 지금 치유 불가능한 상처에 대해 말하고 싶은 것입니다.

고은규　이 질문에 대한 대답은 좀 피하고 싶었답니다. 아까는 들키고 싶었지만, 이번 숨바꼭질에서는 꼭꼭 숨어서 머리카락 한 올도 보이지 않게 하고 싶네요. 선생님 질문이 꼭꼭 숨으려 하는 제 뒷덜미를 잡아 끌어올린 느낌입니다. 유순한 결말이었다는 말씀에 안타깝게도 공감하고 있습니다. 독자가 예측하지 못하는 새롭고 낯선 방식의 결말이었다면 어땠을까. 책을 내고 두어 번 떠올린 적이 있습니다. 선생님 말씀대로 모든 상처가 반드시 치유되는 것도 아닌데, 름과 온두가 트라우마에서 벗어난다는 설정은 뻔하고 도식적일 수 있겠다 싶어요.
　『트렁커』의 등장인물을, 특히 름과 온두를 제가 악랄한 스토커마냥 끈질기게 괴롭히고 있더라고요. 그럼에도 좀 더 밀어붙였어야 했을까요. 저도 모르게 이 정도면 충분하다, 내가 말하는 바는 형상화 됐다, 고 믿어버렸습니다. 그리고 무엇보다 글을 시작할 때 저마다 가지고 있는 상처에서 벗어나는 길은 기억을 단절시키거나 왜곡시키는 게 아니라 정면 승부해야 한다는 결론을 가지고 시작했던 터라 결론을 말랑말랑하게 만들어버린 것 같습니다. 가장 안타까운

것은 지금도 독자의 예상을 전복할 말한 결론이 떠오르지 않는다
는 점입니다.

전성욱   『트렁커』의 '온두'나 『데스케어 주식회사』의 '청미'는 슬픈
기억에 붙들려 있지만 겉보기엔 도도하고 당찬 여성입니다. 그러나
그것은 위악적인 세계에서 살아가기 위한 일종의 위장술인 것처럼
느껴집니다. '온두'는 '름'을 만나 트렁크를 벗어날 수 있게 되고 '청
미'는 아빠를 진심으로 사랑하는 여자를 만나서 '레이첼' 이야기를
끝맺을 수 있게 됩니다. 사랑이 구원일 수 있는지는 단정할 수 없겠
지만, 이 두 여성에게 사람이 치유의 계기임에는 틀림없는 것처럼
보입니다. '청미'는 '먹규'와 끝내 사랑을 이루지 못하지만 별비와
나비와 기기, 니니, 디디, 그리고 F와 우락이와 진돗개를 통해 어떤
따사로운 마음에 가닿습니다. '온두' 역시 '들피집'의 아이들과 피와
아채와 옆집 만화가와 그의 애완견 마티스와 수연언니를 통해 그리
고 그 누구보다 '름'과의 만남을 통해 자기의 분열된 기억과 온전히
마주할 수 있게 되는 것입니다. 이처럼 만남과 인연은 상처로 비뚤
어진 마음에 평온함을 깃들게 하는 힘입니다. 이 비극적인 삶에서
그래도 그 인연들에 대한 믿음을 포기할 수 없다고 한다면, 세계를
바라보는 작가의 시선은 그 비판적 인식에도 불구하고 여전히 너그
럽고 따뜻하다고 할 수 있을 것입니다. 사람과 세상 모든 것과의 인
연에 대한 작가의 생각을 듣고 싶습니다.

고은규   『트렁커』의 온두와 『데스케어 주식회사』의 청미는 작가인
제 마음을 아프게 하는, 연민을 일으키는 인물입니다. 말하고자 하
는 바를 전달하기 위해서 그들이 처한 환경을 더 나쁘게 몰고 가야

했지요. 환경 때문에 상처투성이가 된 그녀들은 자신의 상처를 숨기기 위해 매사에 차갑고 무덤덤한 인물인 양 행동하지만 그들의 기본 정조는 어쩔 수 없이 우울과 슬픔에 뿌리를 두고 있는 존재들입니다. 낯선 사람들에게 정감이나 호의를 베풀 줄 모르고 갈등을 촉발시키는 인물들을 만나면 기다렸다는 듯이 불협화음을 일으킵니다. 그러나 종국에는 그들과 두루두루 어우러져 가는 모습을 볼 수 있습니다. 그것은 그녀들이 자신과 타인을 인정하거나 성찰했다는 의미이고 정신적으로 보다 단단해졌다는 뜻이기도 합니다. 이는 인물들에게 제 시선이 투영된 결과라고 볼 수도 있겠지요.

저를 자주 흔들어놓는 감정은 연민입니다. 연민이 저를 움직이게 하고 글쓰기를 재촉합니다. 지금도 도처에서 일어나고 있는 불합리

하고 비상식적인 일로 인해 고통받는 사람들이 많지요. 그때마다 사건을 똑바로 바라보는 힘이 필요합니다. 그에 따른 행동과 실천은 더더욱 중요한 문제로 자리 잡겠고요.

연민과 연대라는 말이 유독 소중하게 느껴지는 시대에 살고 있습니다. 타인의 불행을 진심으로 아파할 수 있는 감정이 필요합니다. 아프다고 소리치는 사람이 아무렇지도 않게 느껴지고, 자신의 프레임에 넣어 엉터리로 사건을 재해석하는 사람들이 많이 사는 사회는 나쁜 곳으로 굴러 떨어지겠지요. 문학이 낭떠러지를 지키며 미력하나마 울타리 역할을 할 수 있을까요? 이 질문에 대한 답을 지금도 찾고 있습니다.

전성욱 『데스케어 주식회사』에서 '먹규'의 달리기처럼 '청미'에게 '레이첼 이야기'는 자기 치유를 위한 필사적인 기투인 것 같습니다. 이야기를 통한 치유, 그것은 『트렁커』에서 '치킨차차차' 게임을 매개로 '온두'와 '름'이 서로의 억압된 기억을 발설하는 것과도 통합니다. 이야기의 가치를 새삼 되돌아보게 만드는 그런 장면들은, 마치 작가에게 있어 소설에 대한 자의식의 표현인 것처럼 생각되기도 하는데요. 소설의 죽음마저도 운위되고 있는 이 시대에 작가에게 소설이란 과연 무엇입니까.

고은규 어느 한 시절, 서사적인 것을 조금 부끄러운 것이라고 몰아가는 분위기에 편승한 적이 있습니다. 이야기를 배제하고 화자의 의식을 촘촘한 문장과 점철된 사유로 써보겠다며 어설프게 흉내 낸 적이 있습니다. 누군가 당신이 쓴 그것이 소설이냐고 물었습니다. 내가 썼는데, 내가 쓴 그 글의 정체를 모르겠더군요. 너는 소설인가, 일기인가, 아니면 낙서인가. 아무리 물어도 답이 없습니다. 친구 따라 강남 한 번 가본 적 없는 제가 시류 따라 소설을 쓰다니!

저마다 자신이 가장 잘 표현할 수 있는 주특기가 있더군요. 무엇이 훌륭하고 무엇이 부족하다고 말할 수는 없겠지요. 저는 소설만이 갖는 이야기의 힘을 믿습니다. 그 이야기의 힘은 시간을 이길 수 있을 거라 믿고 있습니다. 박경리 선생님의 소설이 저에게 의미 있게 남는 것도 그 때문입니다.

이야기를 적어나가면서 그 이야기를 통해 위로를 받았습니다. 미처 말하지 못한 것과 말하고 싶은 것을 우회적으로 돌려 소설 안에서 이야기할 때의 기쁨은 꽤 감동적입니다. 그것이 이야기가 가진 치유의 능력이라고 할 수 있겠지요. 제 글을 읽는 독자들도 미력하나마 그 위로의 기운이 닿을 수 있도록 욕심내서 쓰고 싶습니다.

전성욱 두 권의 장편으로 작가는 세계의 폭력적인 면모들을 특유의 유쾌한 상상력으로 반전시켜 보여주셨습니다. 아울러 유니크한 소재와 함께 상처받은 자들의 부대낌을 통해 이야기의 건강한 활력을 느낄 수 있게 해주었습니다. 얼마 전 경장편을 탈고했다는 소식을 들었는데, 지금 하고 있는 작업에 대해 그리고 앞으로의 계획에 대해 들려주시면서 이 대담을 마무리했으면 합니다.

고은규 얼마 전 500매 분량의 글을 탈고했습니다. 『트렁커』나 『데스케어 주식회사』보다 더 이전에 시작했던 작품이라 쓰다 말다 해서 햇수로 6년이 걸린 셈입니다. 참, 오래 붙들고 있었네요. 너무 오래 끼고 있어서 그런지 소설에서 콤콤한 냄새가 납니다. 지금은 통풍을 시키는 중입니다.

이번 가을부터 시작할 새 소설은 개인의 취향이 권력에 의해 어떻게 강제되는지에 대한 아주 침울한 이야기입니다. 대략적인 스토리를 들은 친구는 소재와 등장인물이 이전 장편들보다 더 어처구니가 없다며 혀를 끌끌 차네요. 제가 기대했던 반응이 그러한 어처구니없음이기 때문에 저는 칭찬으로 받아들였습니다.

글을 시작할 때 사랑하는 사람과 연애를 시작할 때처럼 설렙니다. 1000매를 채울 동안 제 감정은 극과 극을 오갈 겁니다. 충만한 기분에 사로잡혀 신명 나게 달리다가도 어느 날, 급제동이 걸린 것처럼 꼼짝 못 하기도 하겠지요. 다가올 가을과 겨울, 시간을 견디며 마지막 마침표를 향해 한 글자씩 채워 나갈 생각입니다. 생각해보면 이처럼 저를 단련시키는 작업이 또 있을까 싶네요.

저는 과월호 잡지는 빨리 처분합니다. 유일하게 버리지 않고 모아두는 잡지가 『오늘의문예비평』이에요. 제가 좋아하는 비평지에 지면을 얻어 덕분에 글쓰기를 돌아볼 수 있는 귀한 시간을 갖게 해주셨어요. 고맙습니다.

마지막으로 제가 사는 곳에서 부산 거제1동까지의 거리가 차로 380.4km가 되네요. 몸은 멀리 떨어져 있지만 『오늘의문예비평』과 전성욱 선생님을 마음 가까이에서 응원하겠습니다.

김성중

쿠바에서 만난 의자들
우리들의 교황

쿠바에서 만난 의자들

김성중

어느 날, 소설가들 다섯 명이 술을 마시면서 문득 자신을 작가로 만들어준 첫 문장에 대해 이야기를 나누었다. 한 사람이 말할 때마다 나머지가 와르르 웃었는데, 당사자의 성정과 닮아 있는 첫 문장을 다들 등단작에 썼기 때문이다.

차례가 되자 나는 얼굴이 벌게졌다.

'내가 아는 한 세상에서 가장 말하기를 좋아하고, 말을 많이 하는 족속은 의자다. 그들은 L자의 입을 가진 굉장한 수다쟁이다.'

우물거리는 내 말이 끝났을 때 문우들은 테이블을 치며 웃어댔다.

나는 특정 의자에 앉음으로써 작가가 된 사람이다. 도서관 의자가 불러주는 대로 글을 써서 투고했더니 그렇게 어려워 보이던 등단이라는 허들을 통과했다. 그 후로 여러 의자를 전전하며 살았지만, 세례를 베풀어준 사물이 의자라는 것을 잊지 않고 있다. 책상보다는 의자가 항상 더 중요했는데 아마도 내가 아무데서나 글을 쓰는 사람이고, 노트북으로 작업하는 소설가여서 그런 모양이다. 책상이 없을 때는 두 무릎이 책상 노릇을 하니까. 반면 의자가 없을 때는 오랜 시간 글에 붙들려 있기가 힘들었다…는 건 꼭 맞는 소리는 아니고, 작가가 된 계기가 위와 같은 탓에 의자는 내게 일종의 토템이 된 것 같다. 글쓰기의 토템, 나의 뮤즈.

우정의 집

지금 앉아 있는 의자는 숙소의 아스뚜르발 아저씨가 만드는 나무의자로, 무조건 구십 도로 앉아야 한다. 이 의자뿐 아니라 이 나라의 의자들이 대부분 이렇게 생겼다. 사물은 불편하지만 고집스러운 우아함이 있고, 사람들은 그런 물건들을 자부심과 염증이 반반 섞인 눈빛으로 바라본다.

두 달 전 쿠바에 도착했을 때 나는 정붙일 의자부터 찾았다. 소설 쓰기와 구상, 여행 에세이와 산문 등 한 보따리의 일을 함께 데려왔기 때문에 작업부터 해치우고 차차 여행을 돌아다닐 생각이었다.

먼저 찾아낸 의자는 아바나 대학 도서관 의자였다. 높은 천장에 길쭉한 창문, 고풍스러운 벽화와 나무로 된 집기들이 들어선 도서관은 한동안 나의 서재가 되어주었다. 그러나 도서관치고는 몹시 시끄러웠고(이곳 대학생들은 도서관에서 큰 소리로 떠들고 토론하는 것이 자연스러운 문화다), 동양 여자에게는 너무 높은 의자였기 때문에 발레리나처럼 발끝을 세우고 글을 쓰다 보니 종아리 바깥쪽이 뻐근했다.

그래서 두 번째의 의자를 수색하기 시작했다. 이 무렵 내가 사는 아바나 베다도의 골목골목은 눈에 익을 대로 익어, 어느 집의 빨래가 아직도 걸려 있는지를 훤히 꿸 정도였다. 그럼에도 간판이 없다 시피 한 쿠바에서 내가 원하는 조건의 카페를 찾아내기란 쉬운 일이 아니었다. 한동안 열심히 눈뒤짐을 한 끝에 이상적인 곳을 발견할 수 있었다.

Casa de la Amistad. 우리말로 풀면 '우정의 집' 정도가 될 것이다. 건물 복도를 지나쳐 옆으로 돌아가면 커다란 뜰이 나오는데 야외공연장이었던 곳을 카페테리아로 바꿔 사용하고 있었다. 이곳은 내가 원한 조건을 완벽히 갖추고 있었다. 탁자와 의자는 적절한 균형을 이루고 있고(탁자가 너무 높거나 의자가 너무 낮지 않고), 손님은 거의 없어 붐비지 않고, 우리 돈 칠백 원 정도로 매우 싼 커피는 맛이 기가 막히고, 시끄러운 살사음악 대신 올드 팝 연주곡을 틀어주고, 귀여운 고양이 세 마리까지 어슬렁거리는 정말이지 작가에게는 안성맞춤의 장소였다.

재미있는 것은 야외무대에 카페의 테이블들이 놓여 있다는 것이다. 몇 개의 계단 아래에는 관람석이던 넓은 뜰이 펼쳐진다. 무대에서 글을 쓰다가 이따금 고개를 들어보면, 보이지 않는 관객이 박수를 쳐주거나 눈살을 찌푸렸다. 그 관객은 미래의 독자라는 사람일 텐데 어느 비평가보다 엄격해서 좋은 말을 해주는 일이 거의 없었다. 나는 그와 눈을 마주치지 않기 위해 재빨리 고개를 숙였다.

말레꼰

해거름의 말레꼰을 향해 천천히 걸어가면 거기에는 또 다른 의자가, 아바나 시민 모두의 거실이 되어주는 기다란 의자가 놓여 있다. 도시의 가장자리에 누구나 앉을 수 있는 방파제가 있다는 건 근사한 일이다. 삼삼오오 무리 진 가족들이나 꼭 껴안고 있는 연인들, 낚싯대를 드리운 할아버지가 적당한 간격을 두고 자기만의 시간을 즐기고 있었다.

낮 동안 뜨겁게 달구어진 따뜻한 돌 위에 앉아 카리브 해를 바라보았다. 나는 항상 경계선에 서서 이쪽과 저쪽을 동시에 바라보는 일에 끌렸다. 안과 밖을 비교하기보다 경계선에서만 발생하는 일렁거림을 좋아했다고 해야 옳을 것이다. 경계는 침범으로 얼룩지고, 이쪽에서의 의미가 저쪽으로 넘어가는 순간 전혀 다른 것으로 뒤바뀐다. 때문에 묘한 공포와 관대함, 그리고 긴장이 어리기 마련이다.

말레꼰의 방파제는 그런 의미에서 모종의 경계선이 된다. 바다로 시선을 돌리면 이백 킬로미터 너머에 세계에서 가장 큰 자본주의 국가인 미국이 있고, 바다를 등지고 앉으면 고집 센 사회주의 국가 쿠바의 모습이 눈에 들어오니 말이다. 경계선과 상관없는 것이 하나 있는데, 바로 야구다. 적대적인 두 나라 국민 모두 야구라면 사족을 못 쓴다는 사실이 나에게는 참 신기하게 여겨진다.

한때 이 바다에는 멕시코의 황금과 잉카의 은이 몰려들었다. 착취와 폭력으로 긁어온 수많은 보물이 범선에 실려 스페인으로 출항할 날들을 기다리고 있었을 것이다. 천혜의 바람이, 돛을 팽팽히 부풀리기만 하면 스페인으로 저절로 보내줄 바람이 바로 이곳에서 시작되기 때문이다. 나는 그 바람에 휩쓸려간 수많은 상인과 군인과 해적들의 운명에 대해 생각했다. 저 바다는 일종의 유적지다. 보통의 유적지가 폐허인 데 반해 여전히 매끄러운 푸른 육체를 한 채 이따금 방파제 너머로 물벼락을 끼얹는 장난스러운 바다의 밑바닥에는 해적 영화에 늘 등장하는 스페인 금화들이 가라앉아 있을 것이다.

나는 또 돛대의 중간쯤에 앉아 이마에 손을 대고 먼 곳을 바라보는 일등 항해사의 모습을 떠올렸다. 바람의 방향을 귀신같이 아는 자들, 허공에서 코를 킁킁대기만 해도 항해의 갈피를 헤아리는 자들, 이들의 지혜는 곧 쓸모없이 변할 것이다. 석탄만 있으면 아무 방향으로나 갈 수 있는 영국의 증기선이 나오고 종래에는 바다와 바람조차 필요 없는 비행기가 뒤따를 테니까. 항해사의 예감 같은 것을 떠올리면 우수나 회한이라고 불러도 좋을 감정이 밀려왔다.

아바나의 번영은 한동안 더 이어졌다. 사탕수수 무역이 절정에 달했을 무렵, 올드 아바나는 라스베이거스의 이전 모습이었다. 스페인식으로 지어진 호텔 세비아에 가면 로비에 마피아의 사진들이 즐비하다. 한 층을 통째로 빌려 혼자 사용하는 알 카포네, 흥청망청한 갱스터들의 파티, 혁명 당시 몰려온 시위대가 카지노의 유리창을 깨는 모습이 차례로 액자에 담겨 있다.

대통령의 길에서 혁명광장으로

23번가를 따라 G에 이르면 네모 반듯한 나무와 야자수로 잘 단장된 '대통령의 길'이 나온다. 공원은 많지만 등받이가 있는 벤치는 흔치않은 이곳에서 제법 편한 의자들을 만날 수 있는 곳이기도 하다. 때때로 이곳에 앉아 킨들에 담아 온 이북을 읽거나 음악을 들었다.

이 길에는 라틴아메리카의 영웅들 동상이 줄줄이 이어져 있는데,

살바도르 아옌데나 시몬 볼리바르같이 익히 아는 사람들도 있고, 처음 보는 이름의 에콰도르 대통령 같은 이도 있다. 돌덩이 속 영웅들은 대부분 전사라는 운명을 맞이했는데, 치열한 라틴아메리카의 역사를 반영하는 듯하다.

이십 분가량 걸어가면 혁명광장이 나온다. 쿠바의 독립영웅 호세 마르띠가 대승을 거둔 곳에 조성된 것으로 혁명탑과 동상이 세워져 있다. 체 게바라의 생애도 놀랍지만 호세 마르띠의 삶 또한 경이롭다. 왜 그런 사람이 있지 않은가. 신화가 되기 위해, 영웅이 되기 위해 태어난 것 같은 사람들. 대단한 시인이자 문필가였으며, 열여섯 살에 감옥에 투옥되어 6년 동안 쇠사슬을 찬 채 살았고, 이십대에 외교관이 되어 여러 나라를 돌아다니고, 교육자, 정치이론가, 번역가 등등의 직업을 거쳤으며, 외국에서 당을 만들어 본토로 쳐들어와 승리를 거두고, 외세와 싸우다 전장에서 생을 마감한 마르띠의 삶을 보면 길지도 않은 인생에 이렇게 많은 일들을 한 것이 믿어지지 않는다. 이곳에 오기 전까지 쿠바 혁명에 대해서만 책을 읽어온 나는 혁명 역사의 상당 부분이 독립 운동의 역사에서 전승된 사실을 새로이 알게 되었다.

혁명탑 계단에 앉으면 사방으로 트인 아바나의 시내가 한눈에 보인다. 멀리 깜삐똘리오의 둥근 지붕이 보이고, 조금 더 왼쪽으로 옮기면 아바나 리브레 호텔이 보이고 이런 식으로 말이다.

어떤 의자에 앉을 것인가. 나는 계단으로 이루어진 지금의 이 의자를 내려다보며 막연히 중얼거렸다. 낯선 나라의 여러 의자를 전전하면서 많은 이야기를 들었다. 이 일렁거림이 내 종이까지 도착하기에는 아직도 많은 시간을 통과해야 할 것이다. 그리고 참 이상하지. 이렇게 멀리 떠나왔는데 때때로 더 먼 곳으로 가보고 싶다.

그러니까 '먼 곳'은 내 마음 속에만 있는 지명인 듯.

'먼 곳'으로 이어지는 길에는 이야기를 잘하는 의자들이 아주 많이 놓여 있다는 것을 나는 잘 알고 있다.

우리들의 교황

김성중 · 윤인로

윤인로　소설집 『개그맨』(문지, 2012)에 실린 「허공의 아이들」을 거듭 읽었습니다. 끝끝내 「허공의 아이들」로 먼저 말문을 열 수밖에 없었음을 양해해 주셨으면 합니다. 거기 나오는 소녀의 질문들 속으로, 그리고 그 질문들을 머금고 있는 어떤 절멸의 사태 속으로 저자신 스스로가 깊게 이끌리고 있다는 느낌을 오래도록 지울 수 없었기 때문입니다. 소설가 김성중에 의해 구성되고 있는 고민의 힘과 방향. 그것들에 대해 궁금했었고, 그래서 묻고 싶었고 듣고 싶었습니다. 번거로울 수 있는 저의 그런 바람을 먼 곳, '쿠바'로의 여행 또는 이행을 앞두고서도 물리지 않고 수락해 주셔서 감사합니다. 첫 질문은 소녀의 꿈에 관한 것입니다. 지상이 끝없는 깊이의 여러 블랙홀들로 구멍남과 동시에 15세 소년과 소녀의 집은 뿌리째 뽑혀 공중으로 떠오릅니다. 세상엔 두 사람만 있으며 다른 모든 생명들은 사라지고 없습니다. 이 파국의 상상력은 소녀의 꿈속에 출몰하는 '시드'라는 이름의 하얀 손이 하는 일과 맞닿아 있습니다. "꿈속에서 시드는 이 세상을 거두고 다른 세상을 건축하려는 신이었다." 선생님께서는 세계를 끝내고 재건하는 신성한 힘을 어떤 인식의 과정 속에서, 어떤 의지의 방향 속에서 착목하게 되셨던 것인지요?

김성중　세계는 언제나 태어나고 끝장납니다. 종말론 또한 어느 시대를 막론하고 군중이 즐겨 부르는 노래임을 잘 알고 있습니다. 힘든 시기를 살아가는 사람들에게 이 고통이 곧 끝난다는 것, 공평하게도 모두 함께 끝난다는 것만큼 달콤한 가사는 없을 테니까요. 한마디로 종말 타령은 지겨운 유행가지요.

　그럼에도 제가 '세상의 끝'과 '최후의 인간'을 떠올려 본 것은 저에게 소설의 펜이 생긴 이래, 달리 말해 제가 작가가 된 이래 줄곧 이어졌던 현실의 상황 때문인 것 같습니다. 언제부터인가 지구 한쪽에서는 내전이 끊이지 않고, 너무 많은 사람이 '항상' 죽어가고 있습니다. 제1세계에서도 파산의 뉴스가 끊이지 않고 대부분 사람들이 평범한 일상을 유지하는 것에도 불안을 느끼고 있지요. 펜을 들고 세상을 보니 여기저기 파국 아닌 데가 없었습니다. 슬프게도 종말을 맞은 지구를 떠올리는 건 전혀 어려운 일이 아니었습니다.

　예를 들어 살던 집의 대출금을 못 갚아 쫓겨났고 때마침 직장에서도 해고된 이가 있다고 칩니다. 그에게 '건물은 뿌리 뽑혀 공중으로 올라가고 땅은 끊임없이 무너져 내리고 있다'라는 상황은 그저 소설이라는 그릇에 담았을 뿐, 비유나 은유가 아닌 현실 자체이지요. 갈수록 존재감을 잃어가는 사람들을 '투명해져서 사라졌다'고 설정하는 것 또한 대단한 상상력이 필요한 것이 아니었습니다. 「허공의 아이들」 속 배경들은 기름종이에 대고 세계의 윤곽선을 그리는 것만큼이나 '대놓고' 썼다고 생각합니다. 어려운 것은 그 상황에 놓인 소녀와 소년, 구체적 개인의 살아 움직이는 나날들이 었었습니다.

윤인로　기존의 세계를 남김없이 "꼼꼼하게" 부수는 손, 그 폐허 위에 혹은 그 폐허 너머에 다른 세상을 구축하려는 신(神). 소녀는 소년에게 말합니다. 그 문장은 끝과 시작이 헝클어져 있어 아름답습니다. "넌 그런 생각 안 해봤어? 사라진 사람들이 다른 세상 어딘가에 옮겨 심어지고 있는 중인 거야. 그러니까 지금은 종말이 아니라 새로운 세상이 시작되는 창세기인 셈이지. 우린 선택된 걸까, 아님 누락된 걸까?" 세계의 파국과 신생의 동시성을 선사하는 저 신의 손은 무엇입니까, 라고 물어도 되는 것인지요? 그 손은 '보이지 않는 손' 같은 편재(遍在)하는 통치술과 어떤 관계를 맺고 있는 것입니까, 라고 물어도 괜찮은 것인지요? 그런 신성한 힘은 「버디」의 의료등급 프로그램 'MG7'으로 대변되는 현대의 통치구조를 끝내려는 힘인 것인지요? 그 힘과, 「버디」의 불복종적 인물들의 힘을 지탱하는 "약[藥]의 파시즘"이라는 한 구절은 별개의 것인지요, 아니면 상관적인 것인지요?

김성중　물론 관련이 있습니다. 세대를 걸쳐 최종적으로 생산해낸 어떤 시스템이 있고, 그 시스템의 배터리가 다 되었을 때 다시 수많은 인간들이 일어나 배터리를 갈아 끼우는 작업이 반복되어 온 것을 우리는 역사에서 배웠습니다. 벤야민이 신화적 폭력에 맞서는 신적 폭력이라고 명명한 힘 말입니다.

　'보이지 않는 손'에 맞서는 '보이는 손'이 있다면 무엇일까요? 그 손은 당연하게도 우리의 팔에서 뻗어 나온 두 손, 나의 두 손이겠지요. 약하고 무디고 쉽게 다쳐 잘 아물지도 않지만 바로 이 손이야말로 유일한 손입니다. 역사를 뜯어내지는 못해도 내 자신의 역사는 뜯어낼 수 있다는 의지 같은 것들이 모이면 '신적 폭력'이 도래할 수 있다고 생각합니다. 어휴, 너무 거창하게 말해서 두려운 생각이 들지만 아무리 생각해도 우리가 기대할 수 있는 것은 우리의 두 손에 달려 있는 것 같습니다. 그 손

을 치켜들게 만드는 다른 상상들, 꿈과 질문들이 새로운 서사를 이뤄나갈 시기라고 생각합니다. 이건 작가로서가 아니라 독자로서 예감하는 부분입니다만.

윤인로 소녀의 질문. "반쯤 저버린 신"을 향해 소녀가 던지려 했던 바로 그 질문. "사라지는 세계에서 성장하는 것은 무슨 의미가 있을까?" 이 물음은 공중의 집에 홀로 남은 채로 부쩍 자란 소년이 들었던 소리, "뼈가 자라는 소리"와 이어져 있는 듯합니다. 그리고 절멸의 세계 속에서 뼈가 자라고 돋는 이 소리의 이미지는 「간」의 마지막 문장, "그리고, 내 귀는 조금씩 자라는 중이다."와 상관적으로 읽

힙니다. 선생님께서는 맥락과 배치가 다른 상황 속에서도 뼈가 자라는 것과 귀가 자라는 것의 상관성을 염두에 두셨던 것인지요? 아니라면, 선생님께서 저 뼈와 귀의 자라남을 병치 혹은 대치시켰을 때 구성될 수 있는 건 무엇인지요? 돌파구인지요, 막다른 길인지요?

김성중 둘 다입니다. '증오가 완료될 때 기원은 시작된다'라는 근사한 말이 있습니다. 곰곰이 되씹어 보니 동의하지 않을 수 없었습니다. 증오하던 어떤 세계가 완료된다면, 그것은 새로운 세계의 시작이 될 것입니다. '사라지는 세계에서 성장하는 것이 무슨 의미가 있을까?'라고 회의하던 소녀는 결국 소멸해버립니다. 소년이 소멸하지 않은 것은 그가 무너지는 세계 속에서도 자신을 인지(보존)하고 있기 때문일 것입니다. 그러나 무엇으로 인지할까요? 단 한 명이던 타인마저 사라진 세계에서 소년이 존재감을 느낄 수 있는 것은 아무리 생각해도 성장 중인 자신의 육체를 의식하는 순간밖에 없을 것 같더군요. 이 짧은 소설이 끝나고 종이 밖으로 걸어 나간 소년 역시 소멸의 운명을 맞을지도 모릅니다. 하지만 키가 크고 뼈가 굵어지는 자신을 인지하는 순간, 소멸에 맞서는 짧은 불멸의 순간에는 분명히 스스로를 감각했으리라 생각합니다. 그렇지 않고서야 '뼈가 자라는 소리'를 들을 수 없겠지요. 저는 이 소리가 세계가 무너지는 소리만큼이나 거대하다고 생각합니다.

「간」에서 주인공은 자신의 트라우마를 끝내 찾지 못하지만 그것이 분명히 존재하고, 그 때문에 자신이 유의미한 간을 가진 토끼라는 것을 깨달으며, 풀지 못한 수수께끼가 있다는 것을 알아차린 순간부터 귀가 자라납니다. 정답보다 수수께끼야말로 어떤 출발선이 되어 준다는 생각입니다.

제가 신비롭게 여기는 찰나 중의 하나는 인간이 어느 때보다 자신을 유령 같고 백지 같다고 여기는 순간에 의외로 존재감이 찾아온다는 겁니다. '난 유령 같아. 백지 같아'라고 느끼는 자기 자신을 인식할 수가 있어서, 그러니까 그 사실을 인지하는 자기 자신을 또한 번 인식하기 때문에, 아이러니하게도 존재감이 찾아옵니다.

윤인로 다음 한 문장을 읽으면서 오늘 이곳의 사회적 삶의 한 단면을 떠올리게 됩니다. "어디에도 맞서 싸운 적이 없기 때문에 소년의 근육과 분노는 무용지물에 불과했다." 갈수록 근육은 붙고 분노는 쌓이는데 그걸 쏟아낼 표적은 어디에도 보이지 않는 난국 혹은 허무. 분노와 참여와 선언과 봉기를 독촉하고 장려하는 이야기들 속에서 때때로 적의 위치와 운행에 대한 불투명한 서술을 볼 때의 어떤 막막함. 「버디」에는 이런 문장이 있습니다. 적이 개시되지 않고 꽁꽁 숨을 때, 그땐 결국 우리가 숨진다는 것. "증오가 있어서, 부당하고 치졸한 것을 혐오하는 자신을 의식할 수 있어서 보다 젊고 인간적일 수 있던 것이다. 그런데 적이 죽고 증오가 문을 열고 나가자 감정의 한 축이 무너져버렸다. 이런 식으로 내 세계는 점점 더 비워질 것이다." 저의 질문은 이런 것입니다. 선생님께 적(敵)이란 무엇입니까. 이렇게 바꿔 물을 수도 있을 것 같습니다. 선생님의 적은 어떤 시간 속에 있습니까, 혹은 선생님의 적은 어떤 시간을 직조하는 중입니까. 적대해야 할 적이 사라진 상황 속에서 소녀는 "자신과 소년을 묶어주는 단 하나의 끈이 오지 않을 미래"일 거라고 생각합니다. 미래(未-來), 오지 않을 시간으로서의 미래. 또는 늘 이미 도래하고 있는 미래. 선생님께 적은 언제 개시되는 것인지요?

김성중   저는 증오를 옹호합니다. 다만 구김살 없는 증오를 갖게 되길 바랄 뿐입니다. 적은 제가 증오하고 싸워야 하는 대상입니다. 막연하지만 이런 이미지입니다. 썩어서 물큰하게 녹아내리는 과육에서 나는 향내 같은 것. 우리를 유혹해 투항해 버리라고 속삭이는 모든 목소리들, 그리고 그 말에 이끌리는 나의 내부들. "이 거대한 무의미에 너도 용해되어 버려"라고 주문하는 모든 것이 적들입니다. 따라서 적은 외부와 내부에 다 같이 깃들어 있겠지요. 우리는 느슨한 그물망 같은 존재여서 외부의 적은 삼투압의 원리에 따라 내부로 스며들기 일쑤니까요.

자본주의란 말은 종교만큼이나 신비적인 것이 되어 버렸고 또 다른 주의나 이즘 같은 것으로는 적을 호명할 수 없습니다. 따라서 무엇이든 그 사람 자체의 목소리를 무화시키며 '어차피 너는 아무런 힘도 의미도 없으니 너 자체가 되기를 포기하고 이쪽으로 건너와서 우리와 함께 달콤하게 썩어 가자'고 속삭이는 모든 목소리를 적. 이라고 부르고 싶습니다.

윤인로   고통과 비애라는 것이 절망과 죄에서 비롯하는 것이라면, 그 절망의 원천과 죄의 근원에 스스로가 가장 아끼고 사랑하고 돌봐왔던 것이 놓여 있음을 자각한다는 것은 처절하고도 처참한 일이 아닐까 합니다. 「머리에 꽃을」에 나오는 수하일라가 바로 그런 처참 속에 있습니다. 제게 그녀는 '나'의 지금을 구성하는 '타인'의 존재에 대해 더 사고하기를 요청하는 인물이었습니다. 이 점에서 「게발선인장」의 할머니를 지시하는 문장들은 섬뜩한 동시에 마음 아픕니다. "그녀는 자신이 만들어낸 괴물이었지만 자신을 넘어서는 괴물이었다. 너무나 완고하게 너그러운 그녀. 어떤 의심으로도

어지러워지지 않고 어떤 악감정으로도 흐트러지지 않은 채 빛나는 선함. 무시무시한 선함. 신의 자리에서 내려와 인간의 길로 가지 못하도록 고통을 안겨주는 선함." 타인을 향한 아낌과 모심과 돌봄이 자신의 삶을 지탱하기 위한 폭력이었음을 자각하는 순간의 도래. 그들과 함께 『개그맨』의 타자론을 함께 구성하고 있는 인물들로 저는 굳이 인생의 제1권을 펼쳐 보이려 하지 않는 '버드케이지' 사람들을 그 자체로 받아들이면서 고통에 행복하게 동참하고 있는 「개그맨」의 '나'와, '버디'를 자기 삶의 종교적 믿음으로까지 고양시켰던 「버디」의 '나'를 꼽고 싶습니다. 버디의 죽음은 나에의해 이렇게 표현됩니다. "나의 교황이 죽었다." 이는 제게 고양된 타자론으로 다가왔습니다. 선생님께 타인은 무엇입니까. 교황으로 인지되는 타인, 어떤 신성으로서의 타자란 선생님의 어떤 의지가 반영된 것입니까?

김성중 첫 책을 묶고 보니 많은 인물들이 '둘로 된 한 쌍'이더군요. 요철을 가진 사람들이 철커덕 맞물리면서 기묘한 관계를 형성하는 일은 참 흥미로운 것 같아요. 그런데 그 요철이란 게 결국은 자기 자신에서 흘러나온 전파이기 때문에, 타자에게 나의 어떤 면들, 부족하거나 갈망한 욕망을 마구 상징화시켜서 덧씌우는 게 아닐까

요? 따라서 나의 교황은 가보지 않은 세계에 대한 우수, 체험하지 않은 일에 대한 회한 같은 것들로 빚어져 찬란하지 않나 싶습니다.

솔직히 털어놓자면 저에게는 특별한 타자도 없고, 또 특별한 자기애도 없습니다. 타자를 생각하면 자아를 생각하게 되고, 그러면 일정한 감정에 사로잡혀 제 내면의 이미지가 떠오르는데요. 그건 그저 '붐비는 마음' 같은 것이랄까요. 텅 비어 있다가 특별한 찰나를 이루는 요소들이 어떨 때는 전부 다 확장된 나인 것 같고, 어떨 때는 온통 바깥만 밀물처럼 밀려, 나는 죄 사라진 것 같고 그러니까요. 그런 면에서 저는 참 제 얘기 할 거 없고 줏대 없는 작가다 싶어요. 다만 이 삼투압의 힘으로 조금 더 골똘해질 수밖에요.

윤인로 「내 의자를 돌려주세요」에 들어 있는 문장에 기대어 선생님의 여행에 대해, 다시 말해 쿠바로의 이행에 대해 질문 드리고 싶습니다. "나는 같은 비애를 가진 이들과 그곳을 여행하고 싶다. 우리에게 말을 건네던 모든 사물들이 떠다니는 성운. (…) 그곳은 우주의 고물상 같겠지만 우리들의 낡은 꿈이 모인 가장 아름다운 별일 테니까." 선생님의 쿠바는 분명 고통의 공통성에 대한 각성 속에서 수행되는 여행일 거라 지레짐작해 봅니다. 우주의 고물상, 그 성운 속으로의 여행. 어쩌면 부서져 공중에 뜬 세상의 모든 부품들이 다른 세상의 구성을 위해 옮겨질 수 있는 힘이란 바로 그 고통의 고물상에서 발생하는 것일지도 모르겠습니다. 선생님의 쿠바란 무엇인지요? 이 마지막 질문에 대한 답변만큼은 꼭 쿠바의 어떤 '의자' 위에서 작성되기를 기원해 봅니다. 자기 위에 앉은 이의 삶을 때로는 섬세하게 듣지만 때로는 월권을 자행하며 개입하는 바로 그 의자 위에서 말입니다. 그러므로 제게 선생님의 쿠바는 무엇입니까라

는 물음은 선생님이 앉아 계신 쿠바의 의자는 어떻습니까라는 물음
과 다르지 않은 것으로 여겨집니다. 그 먼 곳에서, 그것이 무엇이든
너무 심하게 앓지는 마시길 기원하겠습니다. 감사합니다.

김성중   의자 얘기라면 할 말이 많으니, 마지막 질문을 제 산문의
주제로 삼을까 합니다. 한참 생각해야 할 질문을 주셔서 감사드립
니다. 현문에 우답도 많았겠지만 이건 다 제 앞에 놓인 모히또 탓이
고요, 말의 갈피를 헤아려 주시리라 믿습니다. 아디오스!

최진영

오늘도 무사히

또 다른 질문을 부르는 문장

작가산문

오늘도 무사히

최진영

어쩌다 소설을 쓰게 되었습니까?

듣고 또 들은 질문이다. 나는, "습관적으로 글을 쓰다 보니 그 글이 어느새 소설이 되었어요."라고 대답하곤 했다. 거짓말은 아니지만, 성의 있는 대답도 아니라는 생각이 든다. 이번 기회에 차근차근 쫓아가 볼까 한다. 어째서 쓰게 되었는가, 왜 하필 그것이었는가……를 탐구해보고 싶지만, 이런저런 이야기를 두서없이 늘어놓으며 내가 만든 미로 속에서 속절없이 헤맬 내 모습이 벌써 눈에 훤하다. 이유란 어차피 일이 일어난 후에 붙이기 나름이고, 애당초 소설을 쓰겠다 작정하고 시작한 글쓰기도 아니니까. 이유 없이도 나는 썼고, 쓰다 보니 소설이 되었다. 그러니 이것은 마치, 이미 태어나 잘 살고 있는 사람에게 너는 왜 태어났느냐고 묻는 것과 비슷하지 않은가란 생각도 들지만, 아무튼, 이 글을 마칠 때에는 무엇이든 찾아내길 바란다. 엉망진창 뒤엉킨 조각 중에서도 고집스럽게 한자리 차지한 채 엉덩이를 떼지 않는 단 한 조각을. 그래, 그러면 좋겠다. 정말 좋겠다.

어릴 때 이사를 자주 했다

초등학교만 네 군데를 다녔다. 부모님이 단칸방과 일자리를 쫓아 짐을 꾸리고 트럭을 타고 다 풀지도 못한 짐을 다시 트럭에 실을 때마다, 나는 얌전한 옷가방처럼 실리고 또 부려졌다. 아버지는 광부였다가, 다섯 평도 안 되는 〈성실 전파사〉 주인이었다가, 평택 또는 함백 산골짜기에 화석처럼 틀어박혀 있는 철광소의 기술자였다. 지금은 봉화 어디쯤에서 여전히 전기와 관련된 일을 하는데, 정확히 어떤 일인지 듣고 또 들어도 나는 자꾸 까먹는다. 아버지는 내 경험이나 머리로는 도무지 알아들을 수 없는 일을 하며 나를 먹여 살렸다. 아버지의 일을 제대로 이해하진 못해도, 태풍이나 홍수나 폭설이 닥치면 나는 아버지를 걱정한다. 그런 게 아버지의 일을 무척 방해한다는 것만큼은 아니까. 어머니는 『끝나지 않는 노래』의 쌍둥이 자매처럼 국민학교를 졸업하자마자 직물공장에서 돈을 벌었다. 한때는 〈동그라미 분식〉에서 쫄면이나 김밥을 만들어 팔았는데, 이 년 정도 그 일을 하다가 다시 공장으로 들어갔다. 수지가 안 맞았나 보다. 어머니의 김밥을 먹으며 나는 아홉 살에서 열한 살이 되었다. 〈동그라미 분식〉 옆에는 〈멕시칸 치킨〉이 있었고, 우린 멕시칸과 화장실을 같이 썼다. 화장실에서는 언제나 걸쭉한 튀김 냄새가 났다. 처음엔 참 고소한 냄새라고 느꼈는데 곧 날벌레처럼 성가신 냄새가 되었고, 결국 지린내보다 지독한 냄새가 되었다. 난 지금도 치킨집에서 치맥을 먹다가 화장실에만 가면 그 시절 그 화장실을 떠올린다. 화장실에 쪼그려 앉아 맥주 같은 오줌을 질질 누고 있노라면, 잠자리 안경을 썼던 멕시칸 주인아저씨가, 열 살이나 되어서도 이불에 오줌을 지리던 그 시절의 내가, 나눗셈을 풀지 못해 저물녘까지 나머지 공부를 하며 쪽팔려하던 내가, 나머지를 할 때마다 너무 고팠던 배가, 땅거미 진 운동장과 오래 입은 내복의 엉덩이처럼 축 늘어져 있던 골대 그물이, 어머니가 땋아준 디스코 머리, 장미 꽃봉오리를 닮은 검정 원피스, 아버지 돈을 훔쳐 돼지바를 사먹다 들켜서 딸기잼처럼 빨갛게 부풀어 오르던 내 손바닥, 또 도둑질 하면 손목을 잘라버리겠다고 삐뚠 각서를 쓰던 그 손바닥, 그 각서를 보관해둔 아버지의 낡은 카메라 케이스 등등이 산발적으로 뻥 뻥 터지는데, 기억의 폭격 끝에 이를 때면 매번 이런 생각을 한다. 나는 정말 하나도 자라지 않았다고. 이어 생각한다. 잘하고 있다고. 잊지 말아야 한다고. 뭐든 기억해야 한다고. 기억이 바로 나라고.

그래서였을까?

친구들과 어울려 놀 줄 몰랐다. 왕따는 아니었던 것 같다. 때로 인기투표를 하면 표를 제일 많이 얻기도 했으니까. 예쁘지도 똑똑하지도 않고 주머니는 언제나 가벼웠는데 이상하게 그랬다. 착한 어린이 상도 몇 번 받았다. 아이들은 좋아하는 아이나 착한 아이로 종이쪼가리에 '최진영'이란 이름을 적어놓고도, 같이 놀자며 최진영의 손을 잡아끌지는 않았다. 낯선 이에 대한 호기심과 신비감이 아이들의 관심을 자극했던 것이겠지. 더불어 적당한 거리감도. 그러다 실은 되게 시시한 애라는 게 들통 나기 직전에 나는 다시 전학을 가고, 새로운 곳에서 또 낯선 이가 되고, 아이들은 희고 조그마한 새 것에 흥미를 보이고, 흥미가 달아오르기도 전에 기나긴 겨울방학이 시작되고…….

그렇게 나는 얄팍한 호감을 얻는 데는 선수가 되고 무리 지어 함께하는 일에는 병신이 됐다. 고무줄이나 숨바꼭질 같은 놀이는 물론이거니와 체육 시간의 피구, 미술 시간의 협동 그림, 조별학습, 각자 도시락을 펼쳐놓고 삼삼오오 모여드는 점심시간도 마찬가지. 운동회, 야영, 소풍, 수학여행도 그랬다. 그런 시간이 닥치면 나는 혼자 벌벌 떨었다. 누구랑 무엇을 어떻게 해야 하는지, 도대체 감을 잡을 수 없었다. 홍콩할매보다 소풍이 더 무서웠다. 떠는 것을 들키지 않기 위해 나는 혼자 골똘한 생각에 빠진 척했다. 마침 심각하게 생각할 것이 있는데 생각할 때는 혼자 있는 게 더 편하니까, 혼자를 선택한 척 연기한 것이다. 그 시절의 내게 짠! 하고 나타나 무슨 말이든 건넬 수 있는 얼토당토않은 기적이 주어진다면, 나는 이렇게 말해줄 거다.

걱정 마. 넌 계속 그렇게 살 거야. 혼자라는 것은 죽음과 같아서, 그 순간만 견딘다고 해결되는 문제가 아니더라고.

열두 살 무렵 전학을 딱 멈추었다

부모님이 주말부부가 된 덕이었다. 떠돌지 않는데도 나는 여전히 혼자여서, 더는 부모님을 탓할 수도 없었다. 중학생이 되면서 소풍이나 점심시간 따위를 꺼리지 않게 되었다. 혼자 멍청하게 앉아 있는 것도, 홀로 싸돌아다니는 것도 창피해하지 않았고, 어울려 노는 친구가 아예 없는 것도 아니었는데…… 이상하게도 나는 계속 혼자라는 생각이 들었다. 누군가가 친해지자고 다가오면 슬금슬금 도망갔고, 같이 어울리더라도 친한 사이라고 생각하지 않았다. 친하다는 생각 자체가 겁났다.

내면이 치명적으로 난장판이 되는 사춘기였다. 그때부터 썼다. 아무거나 썼다. 닥치는 대로, 생각나는 대로, 아무 서사도 인과도 감동도 반성도 없이 고자질하듯 휘갈겼다. 글을 썼다기보다 토해낸 셈이다. 생각하는 척 연기하는 대신 뭐라도 쓴 것인데, 써야만 했다. 내 앞엔 바이올린이나 도화지나 사람이 아니라 너무도 흔한 종이와 펜이 있었으니까. 받아쓰기와 숙제를 반복하며 깨우친 글자는, 배우긴 어려웠지만 쓸모는 굉장했다. 몇 개의 자음과 모음을 이리저리 끼워 맞추기만 하면 보이지 않는 감정 따위를 표현하고 남기고 다시 들여다볼 수 있었다. 쓰기 시작하면서 죽고 싶어졌는지 죽고 싶다는 생각이 자꾸 들어서 쓰기 시작했는지 모호하지만, 그즈음 나는 죽고 싶다는 생각을 참 자주 했고 주로 그와 관련된 글을 썼다. 사춘기여서 그랬을 수도 있고, 우울증일 수도 있고, 겁이 나서, 외로워서, 혹은 어떤 복수심 때문일 수도 있고, 그 모든 게 이유일 수 있는데, 그런 생각은 요즘도 한다. 그리고 여전히 소설 아닌 글을 휘갈기며 매일 종이를 낭비한다. 그렇게 보내는 시간이 나를 살린다.

시작은 그랬다

노트 한 권으로 한 달을 못 버틸 만큼 마구 써댔다. 그 시절 읽은 책이라곤 『어린왕자』와 『나의 라임 오렌지 나무』와 교과서와 문제집뿐이었으니, 어쩌면, 읽기 전에 쓴 셈이다. 대학생이 되어서는 아무도 없는 대강의동 옥상에 주저앉아 도서관에서 빌린 책을 읽으며 시간을 보냈다. 생각하는 척 연기하는 대신 읽기 시작한 것이다. 매일 시와 소설을 읽다 보니, 토사물에 가까운 나의 글도 점점 시와 소설을 닮아갔다. 어영부영 졸업했다. 돈을 벌기 위해 학원 강사 일을 시작했고, 여전히, 밤마다 글을 썼다. 그것 말고 무엇을 해야 하는지 알 수 없었다. 쓰는 행위는 잠들기 전 양치질처럼 당연한 것이 되어 있었다. 밤마다 쓰던 그것이 나름 소설의 꼴을 갖춰가나 싶을 무렵, '네가 쓴 이것 소설 맞다'며 『실천문학』에서 상을 줬다. 그때까지 내가 꾸준히 글을 쓰고 있다는 사실을 아는 사람은 단 한 명뿐이었다. 친하다는 생각 자체를 겁냈듯, 내가 글을 쓰고 있음을 누군가가 아는 것에도 겁을 냈다. 나는 활자중독증도 난독증도 없고 잡은 책은 게으르게 읽고 금세 잊는다. 독서량은 적고 아는 것은 매우 없어서, 때로는 동굴에 처박혀 세상 모든 명작을 섭렵하고 엄청난 공부를 한 뒤 노인이 되어서야 소설을 써야 하는 것 아닐까 하는 초조를 느낄 때도 있다. 그리고 또 때로는, 앞으로 딱 팔 년만 더 쓰다가 소설 따위 써본 적 없다는 듯 시치미 뚝 떼고 살아야겠다는 비린 욕심을 부리기도 하는데, 생각은 생각일 뿐이고 미래는 나의 관심사가 아니므로, 일단 지금은 쓴다. 써야 한다. 그래야 산다. 내가 아는 것은 여기까지다.

그렇다. 써야 산다

열 몇 살부터 그랬다. 쓰지 않으면 살 수 없다고 말할 수는 없다. 왜냐하면, 안 쓰고 살아본 적 없으니까. 삶을 의식하면서부터, 그러니까 죽음이란 단어가 내 안에 들어선 그때부터, 쓰며 버틴 날들이 훨씬 많으니까. 사람이 그립고 정이 고플 때마다 글자를 꾹꾹 눌러썼다. 감정과 감각과 사람을 글자로 만들기 위해 애썼다. 아무리 써도 본연의 감정에 미치지 못하고 미칠 수도 없는 그 짓을 반복했다. 그런다고 갈증이 해소되는 건 아니지만, 적어도 문을 열고 뛰어나가 아무나 붙잡고 내가 여기 분명히 존재함을 확인하는 미친 짓만은 피할 수 있었다. 소설을 말하는 게 아니다. 글 자체. 쓰는 행위 자체. 낡고 닳은 그것을 이리저리 뒤섞는 내 의지 말이다.

글을 종교 취급하는 게 아니다. 공기 같은 것이라고 비유할 생각도 없다. 애초에 글 아닌 다른 것을 선택했다면, 나는 아마 그것에 기생하며 살았을 것이다. 무엇이든 필요하니까. 입과 귀와 심장과 마음이라 믿고 싶은 뇌를 가진 사람, 때문에 내키는 대로 왔다가 멋대로 떠나고, 혼자가 아닌 나를 혼자이게 하는 사람 아닌 무언가가. 인간의 온갖 감정을 아끼고 사랑하고 갈구하면서도 겁내고, 어디에 갖다놔도 혼자가 되는 습성을 가진 내게, 글쓰기란 죽지도 도망가지도 않는 훌륭한 숙주다. 나는 그것에 냉큼 들러붙었다. 분하거나 슬프거나 외로워서 살기도 죽기도 무섭던 열 몇 살의 어느 밤이었다.

내 앞에 종이와 펜이 있었다.

나는 나를 쓰다가 무사히 잠들었다.
그런 날이 오늘까지 반복되고 있다.
소설을, 쓰게 되었다.

또 다른 질문을 부르는 문장

최진영 · 김필남

김필남　안녕하세요. 이메일 대담에 응해주셔서 감사합니다. 최근 소설집 『팽이』(창비, 2013)가 출간되었습니다. 소설집 출간 축하드립니다. 『팽이』 출간 이후 어떻게 지내고 계신지 궁금합니다. 독자들에게 근황을 알려주는 것도 좋을 것 같은데요, 요즘 굉장히 바쁘시지 않나요?

최진영　글쎄요. 전혀 바쁘지 않아요. 출간과 관련된 일은 북 콘서트 한 번, 인터뷰 한 번, 라디오 녹음 두 번이 전부였고요. 그런 일은 잠시 외출하는 것과 다르지 않아서 저는 출간 전과 똑같은 일상을 반복하고 있어요. 다른 작가 분들은 출간 후 많이 바쁘신가요? 저는 그게 궁금합니다. (웃음)

김필남　저도 잘 모릅니다. (웃음) 소설집이 나오면 못 보던 사람들도 만나고, 기자도 만나고 북 콘서트도 하고 바쁘지 않을까 하고 제 나름대로 생각해보았지요. 그럼, 본격적인 대담에 앞서 몇 가지 질문 드리고 시작해볼게요. 얼마 전 출간된『팽이』에 실린 소설들을 읽으면서 최진영 작가의 행보가 남다르다는 생각을 했습니다. 다른 작가들이 단편소설집을 출간하고 그러니까 단편소설로 이름을 알리고, 장편소설을 쓰는 것과 다르게 최진영 작가는 장편소설 두 권을 먼저 낸 다음 단편소설집을 출간했습니다. (물론 등단은『실천문학』에서 단편소설로 했지만요.) 창작의 고통을 비교할 수는 없겠지만 단편소설을 구상하는 것보다 장편소설을 쓰는 작업이 시간과 노력이 더 드는 일이 아닌가요?

최진영 그것이 남다른 행보라면, 제가 남다르고자 의도해서 그렇게 된 것은 아니고요. 단편으로 등단했지만 등단 후 원고 청탁이 없었어요. 발표한 소설이 없으니 소설집을 묶을 수도 없었고요. 그러다 2010년에 한겨레문학상을 받고 난 후부터 단편 청탁이 들어왔어요. (소설집에 실린 소설 대부분이 2010년 이후에 발표된 작품이에요.) 등단은 2006년에 했지만 작품 활동은 2010년부터 한 셈이죠. 책 한 권을 묶을 만큼 단편이 모이는 동안 장편소설을 하나 더 쓰게 된 것이고요.

저는 장편도 단편도 좋아요. 창작을 고통이라고 생각하지도 않고요. 물론 글이 잘 안 써질 때 답답하고 괴롭긴 하지만, 그것을 고통이라 말할 수는 없을 것 같아요. 장편 소설을 완성하는 데 시간이 더 드는 것은 사실이지만, 장편, 단편 나눌 것 없이 소모되는 에너지는 비슷해요. 어차피 하루에 쓸 수 있는 분량과 집중할 수 있는 시간은 정해져 있으니까요. 장편은 몇 개월 동안 그 세계에 빠져 한 번에 쭉 써내려가는 재미가 있어요. 단편은, 한 편 쓰는 데는 상대적으로 시간이 적게 걸리지만, 단편을 모아 소설집으로 묶으려면 장편보다 더 오랜 시간을 기다려야 하니까…. 사실 저는 아직 잘 모르겠어요. 장편과 단편의 차이랄까…. 그저 무엇이든 쓰는 것 자체가 좋아요.

김필남　이런 말을 해도 좋을지 모르겠는데요. 최진영 작가님의 답변을 듣다 보니 마음이 아픕니다. 많은 작가들의 등단 이후 생활을 엿보는 것 같아서요. 등단하고 4년 동안 마음고생이 심하셨을 것 같습니다. 그런 의미로 등단작품인 「팽이」를 단편소설집의 제목으로 내건 이유도 유추할 수 있을 것 같습니다.

　다음 질문은요. 최진영 작가의 소설은 일상적인 이야기라기보다는 굉장히 '센' 이야기라고 생각하며 글을 읽었는데요. 그런데 센 이야기인데도 세다는 생각은, 소설을 다 읽고 나서야 들더군요. 그만큼 몰입이 잘 되는, 잘 읽히는 소설을 쓰는 작가라는 생각을 하게 됩니다.

　또 평이한 문장임에도 허를 찌르는 문장(대표적으로 "엄마의 구멍을 찢고 바깥으로 나왔던 그때 그 순간, 나는 이미 끝을 경험했는데")들이 많아 읽으면서도 깜짝 놀란 적이 많습니다. 단문으로 쓰였기 때문인지 속도감 있게 읽히며, 장면들이 영화의 이미지처럼 단번에 머릿속으로 떠오르기도 합니다.(영화처럼 즉각적으로 이미지화되는 것) 본격적인 질문에 들어가기에 앞서 작가는(세 권의 작품집 모두에 해당) 소설작법에 있어 어떤 점을 중요하게, 강조하는지 궁금합니다.

최진영　저는 제 글을 읽는 분이 문장에 대해 고민하기보다 이야기 자체를 생각해주길 원해요. 소설을 읽는 시간보다, 소설을 다 읽고 책을 덮은 후, 제가 던진 질문에 대해서, 혹은 마음에서 저절로 생겨난 여러 의문에 대해서 생각하는 시간이 더 길고 깊길 원하고요. 그래서 문장은 최대한 쉽고 간결하게 쓰려고 노력합니다. 아이나 어른이나 금방 읽고 쉽게 이해하되, 이해가 또 다른 질문을 부르는 문장을 쓰고 싶어요.

첫 번째, 당신 옆을 스쳐간 그 소녀의 이름은

김필남 　장편 『당신 옆을 스쳐간 그 소녀의 이름은』(한겨레출판, 2010, 〈이하『그 소녀』〉)은 폭력적인 아버지와 무기력한 어머니한테서 도망쳐 나온 소녀가 '진짜 엄마'를 찾기 위해 떠돌아다니는 이야기입니다. 떠돌이 소녀가 장미언니, 태백식당 할머니, 폐가의 남자, 각설이패, 유미와 나리 등을 만나면서 벌어지는 이야기를 차례로 보여주는데 그런 점에서 『그 소녀』는 피카레스크식 구성을 취한다고 볼 수 있죠. 또 마치 영화에서의 로드무비 형식을 취하는 것 같기도 합니다. 이런 구성을 취한 이유가 있는지 물어도 될까요?

최진영 　아무래도 제가 하고자 하는 말을 가장 잘 전달할 수 있는 방법이어서겠죠. 소녀가 여러 장소에서 다양한 사람들을 만나야 했으니까요. 그 소설을 시작할 때 구성에 대한 고민은 하지 않았어요. 등장하는 인물과, 그들을 통해 무엇을 보여줄 것인가에 대해서만 생각했습니다. 구성은 자연스럽게 따라온 것 같아요.

김필남　『그 소녀』를 읽다 보면 루카치의『소설의 이론』의 그 서정적인 첫 문장이 떠오릅니다. "우리가 갈 수 있고, 또 가야만 하는 길을 밤하늘의 별이 환히 밝혀주는 시대는 얼마나 행복했던가?" 루카치는 소설을 "문제적 주인공이 본래의 정신적 고향과 삶의 의미를 찾아 길을 떠나는 동경과 모험으로 가득 찬 여정"이라고 정의했는데요, 이 부분을 보며 소설 속 '소녀'가 생각났던 것도 삶의 의미를 되찾기 위해서 '여행(험난한 여정)'을 시작했기 때문일 겁니다. 그런데『그 소녀』의 소녀는 정신적 고향으로 절대로 찾아갈 수 없을 것 같습니다. 소녀는 자신과 비슷한 상처에 시달리는 유미, 나리, 상호 등을 만나며 깨달아가죠. 자신을 알아보고 따뜻하게 눈길, 손길을 건네는 사람들은 자신만큼이나 가난하고 배고프고 추운 사람들이라는 사실을 말입니다. 그리고 자신이 가짜라고 태워버렸던 것들이 가짜라면 세상에 진짜는 하나도 없다는 냉혹한 현실을 받아들이게 됩니다.『그 소녀』에서 소녀를 바라보는 이 역설적인 시선은 어떻게 만들어진 것인지 궁금합니다.

최진영　누구인지는 모르지만 루카치란 사람, 참 멋있는 말을 했군요. 근데 그 시대는, '갈 수 있고, 그 길을 별이 환히 밝혀주는 시대'는 과연 얼마나 행복했을까요? 행복하기만 했을까요?

　저는 '정신적 고향'이 무엇인지 모르겠어요. 정신적 고향에 가면 삶의 의미가 있나요? 행복이 있나요? 스스로 행복할 줄 모르는 사람이, 정신적 고향을 찾으면 저절로 행복해지나요? 희망이란 어딘가에 있는 것을 찾는 것인가요, 없는 그것을 스스로 만드는 것인가요? 소녀와 유미의 상처를 비슷하다고 말할 수 있을까요? '부모답지' 못한 부모를 두었다는 사실만으로 두 사람의 상처를 비슷하다고 묶을 수 있나요? 가난하고 배고프고 추운 사람들은, 그렇다는 이유만으로 정신적 고향을 찾을 수 없을까요? 정말 그렇다면, 겨우 그런 것이 '정신적 고향'일 수 있을까요? 소녀가 만났던 사람들이 가짜였을까요? 소녀는 자신을 사랑하다가 버린 사람을 가짜라 생각하고 태워버리지만, 그게 과연 소녀의 진심이었을까요? 상처를 견디기 위해 그렇게 생각할 수밖에 없었던 것은 아닐까요? 소녀에게 진짜란, 무슨 일이 있더라도 자신을 절대 버리지 않는 사랑이었을 텐데, 소녀를 떠날 수밖에 없었던 사람들도 결국 그런 사랑을 바랐던 것 아닐까요? 그것을 찾아서 만나고 헤어지고 도망치고 누군가에게 상처 주고 상처 받는 일을 반복하는 것 아닐까요? 독자들에게는 소녀와는 다른 진짜와 가짜의 기준이나 의미가 있지 않을까요? 아니, 진짜란, 가짜란 무엇일까요? 세상과 사람을 그렇게 손쉽게 나눌 수 있을까요? 소녀의 이분법은 타당한 것일까요?

그런 질문을 던지고 싶은 질문이네요. 저는 사람들이 제 소설을 읽고 이와 같은 질문을, 아니, 이보다 더 광활하고 다양한 질문을 던지길 원해요. 저는, 소녀가 만난 사람들 중에 가짜는 아무도 없다고 봐요. 제 기준으로는 그렇습니다. 소녀는 그들과 함께일 때 분명 행복해했고 더할 수 없이 만족했으니까요. 그래서 이별이 고통스럽고, 이별을 받아들일 수 없고, 하지만 그들과 함께할 수 없으니, 그들을 가짜라고 생각할 수밖에 없었겠죠. 가짜니까 날 버린 거야. 진짜라면 절대 그럴 리 없는데, 하고. 글을 쓴 사람으로서 제가 말할 수 있는 것은 겨우 이 정도예요.

김필남　또 이 소설이 어떻게 구상된 건지도 함께 듣고 싶습니다.

최진영　세 번째 한겨레문학상 응모작이었어요. 처음 쓴 장편으로 응모했을 때 본심까지 올랐기에, 그래도 내 소설이 나쁘지는 않은가 보다 싶어 다른 장편을 써서 다시 응모했는데 그때는 예심에도 들지 못했어요. 통장에 잔고는 없고 나이는 서른을 향해 달려가던 때라서, '이번이 마지막이다'라는 생각으로 썼더니, 그 소설이 당선작이 되었어요. 마지막이라고 생각은 했지만 마음가짐이 그랬을 뿐, 그때 당선되지 않았더라도 저는 아마 계속 썼을 거예요. 그래도 마지막이란 마음가짐이 있어서, '에라, 모르겠다. 될 대로 돼라. 소설에 쓰려고 그동안 모아두었던 인물을 다 써버려야지. 하고 싶은 말도 맘껏 다 할 거야. 진짜 내 맘대로 쓸 거야'라는 생각으로 소설을 시작했어요. 그러니 구상은 아주 쉽게 끝났어요. 소설 속 인물들은 이전부터 내 안에서 무럭무럭 자라 문이 열리기만을 기다리고 있었으니까요.

'소녀가 집을 나와 이러저러한 사람들을 만난다.'

그게 구상의 시작이자 끝이었어요. 덕분에 아주 단순한 구조의 소설이 되어버렸죠.

김필남　끝을 상상하면 처음이 열린다는 것이 참 아이러니합니다. 끝이라고 생각하는 그 순간까지 얼마나 많은 좌절과 고통을 느꼈을지… 그런 시간이 있었기에 좋은 작품을 볼 수 있는 거겠죠?

『그 소녀』도 그렇고 『끝나지 않는 노래』에서 '이름 없음'에 대한 문제는 연속적으로 드러나는데요. 특히, 『그 소녀』에서 소녀는 온전한 이름조차 갖지 못하고 떠돌아다닙니다. 가정폭력에 시달려 뛰쳐

나와야 했던 집에서는 '이년'이었고, 황금다방에서는 '언나'(어린아이의 강원, 경상지역 방언)였고, 잠시나마 행복을 느꼈던 태백식당에서는 '간나'였습니다. 서울에서 비슷한 상처를 지닌 또래들과 어울리며 '유나'라는 그럴싸한 이름을 얻기도 했지만 역시나 그보다는 '이년', 'XX년' 등으로 더 많이 불렸고요.

『끝나지 않는 노래』에서 봉선과 수선의 이름은 태어나고도 한참 후에나 지어졌습니다. 그것도 엄마가 지어준 이름이 아니죠. 엄마는 쌍둥이들 얼굴을 분간하지 못해 이름들을 아무렇게나 부르기도 하죠. 이름을 가진다는 것, 호명된다는 것은 세상에서 살아가도 된다는, 살아 있음을 인정받는 것을 의미하는 것일 수도 있는데요. 작가는 소설에서 이름, 특히나 여성들의 이름을 지어주기를 꺼리는 것 같다는 생각이 들었습니다. 여기에 이유가 있을 것 같은데요.

최진영 제가 꺼린다기보다 소설 속 인물이 처한 상황이 그런 것 같아요. 소녀는 하나의 단단한 이름을, 누군가가 정성들여 지어주고 기억하고 꾸준히 불러주는 이름을 가질 수 없는 상황이었고, 수선과 봉선이 태어난 시대는 여자아이에게 제대로 된 이름을 지어주지 않는 때였으니까요. 저는 그런 시대와 인물을 비켜가지 않는 것이고요. 저는 오히려 이름에 집착하고 그것을 집요하게 물고 늘어지는 쪽이에요. 이름 지어주기를 꺼렸다면, 애당초 이름을 언급하지도 않았거나 가볍게 넘어갔겠죠. 그것에 의미를 부여하지도 않았을 것이고요.

두 번째, 그 끝나지 않는 노래

김필남 『끝나지 않는 노래』(한겨레출판, 2011)는 '죽음'이 어떻게 발생했는지, 그 시작부터 이야기하고 있습니다. 『그 소녀』의 경우 태어나는 그 순간부터 시작하고 있고요. 즉, 작가의 소설은 한 개인의 탄생에서부터 죽음까지의 삶을 내밀하게 파헤치고 있다고 보입니다. 그런데 다르게 보면 이는 인간의 탄생부터 죽음 즉, '불행사'에 집중하는 것처럼 보이기도 하는데요, 불행한 삶을 살다가 결국은 죽음들로 귀결되는 이 방식이 참 서글프게 와 닿습니다. 소설 속에 나타나는 인간의 불행 즉 파국, 죽음에는 어떤 의미가 있을까요.

최진영 소녀의 결말은 불행하지만, 그렇다고 해서 소녀의 인생을 통째로 불행하다고 말할 수는 없지 않을까요? 소녀가 장미 언니와 태백식당 할머니와 각설이와 폐가의 남자와 함께할 때는 분명 행복해했으니까요. 그 상황에 만족했고, 더 큰 행복을 욕심내지도 않았죠. 그런 그들과 헤어지는 순간이 불행한 것이고요. 소녀에게도 행복한 순간이 분명 존재했는데, 이별과 결말에서 드러나는 불행과 고통의 농도가 더 짙기에, 소설을 다 읽은 후에는 소녀의 불행만을 기억하게 되나 봅니다. 『끝나지 않는 노래』도 마찬가지. 그녀들에게도 분명 행복한 순간은 있었거든요. 그래서 저는 『그 소녀』 속 소녀와 『끝나지 않는 노래』 속 그녀들이 불행하기만 한 삶을 살았다고는 생각하지 않아요.

죽음이 불행한가 그렇지 않은가에 대해서는 각자 생각이 다를 것인데, 저에게 있어 죽음이란, 네, 무서운 것이에요. 그때를 아무도 알 수 없고, 그 이후도 알 수 없으며, 혼자 견뎌야 하는 이별이니까요. 인간이라면 누구나 죽죠. 그러니 우리 모두는 결국 불행해지는 것일까요? 죽음 자체보다는, 어떻게 죽느냐가 중요한 것 같아요. 물론 어떻게 살았느냐가 더 중요할 테고요. 소녀와 은하의 죽음은 비참하지만, 그들이 죽었다고 해서 그들의 삶을 통째로 '불행한 삶' 이라고 말하고 싶진 않습니다.

김필남 금방 한 질문과 연결될 수도 있는데요. 은하는 고시원 사람들과 연대가 불가능해 보이고, (고시원이란 공간 자체가 소통불가능성을 의미하지 않나요?) 봉선, 수선 자매 또한 그들의 삶에는 공감하지만 연대가 불가능해 보입니다. 『그 소녀』에서 소녀도 결말에 이르러 또래 친구들과 연대를 이룬 것처럼 보이지만 이 공동체의 삶은 미래를 상상할 수도 없이 모든 것이 금방 끝나버립니다. [결국 '죽음(파국)'으로] 우리가 사는 이 사회에서 연대, 공동체의 삶을 영위할 수 있는 최소한의 희망은 불가능하다고 생각하는 건가요? (그래서 인물들은 죽음을 맞이하는 건가요?)

최진영 은하는 죽어가는 지혜 옆에서 그녀와 자신의 생존을 기도합니다. 수선과 봉선은 가부장제에 기대지 않고 두 사람의 힘으로 함께 아이를 키우고요. 아빠 없는 아이라고 애들이 놀리면 "난 엄마가 둘이야!"라고 대꾸해주라 말합니다. 소녀가 각설이 패와, 폐가의 남자와, 또래 아이들과 함께 보낸 시간을, 함께 돈을 벌고 잠을 자고 밥을 먹으며 서로의 등에 기댔던 그 시간을 우리는 무엇이라 불러야 할까요. 연대란 무엇인가요? 소설 속 인물들이, 그들이 처한 상황에서 무엇을 더 할 수 있을까요? 그들에게 그보다 더 과감하고 혁명적인 행동을 기대한다면, 그것은 타당한 기대일까요?

또한, 희망이란 무엇인가요? 제가 아는 희망이란 어딘가에 있는 것을 찾는 것이 아니에요. 그것을 가지려면, 스스로 만들어야 합니다. 영화 〈쇼생크 탈출〉의 팀 로빈스가 숟가락으로 벽을 파서 터널을 만들 듯이. 희망은 없어요. 희망이 필요하다면, 직접 만드는 수밖에 없습니다. 소녀와 두자와 수선과 봉선과 은하는 그들의 희망을 스스로 만들며 살았어요. 희망 속에서 절망을 만나고, 절망 속에서 서로를 알아보고, 희망 없이도 충분한 삶을 꿈꾸면서. 그러다 누군가는 죽고, 누군가는 죽지 않았죠. '죽음=희망의 부재'란 간편한 등식에 동의하고 싶진 않아요. 죽음 자체만 본다면 당연히 희망이 부재할 수밖에 없죠. 그러므로 결말이 아닌 과정을, 죽음이 아닌 삶을 봐야 한다고 생각합니다. 희망은 사는 동안 만들어가는 것이니까요. 희망과 절망은 공존합니다. 희망이 없다면 절망 또한 없어요. 희망의 안개에서 절망에 걸려들고, 절망을 통과하면서 희망을 만지고, 그런 것 아닐까요?

이를테면 이런 것이죠. 제가 엄청 애써서 희망이란 자전거를 만들었습니다. 그 자전거를 타면 어디든 갈 수 있을 것 같은데, 그러려면 체인에 기름도 치고 타이어에 바람도 넣고 비탈길과 굽은 길도 조심해야 하고, 자동차도 조심해야 하고, 자전거를 도둑맞지도 말아야 해요. 자전거를 타고는 바다도 절벽도 건널 수 없어요. 저는 소설을 통해 '희망이란 자전거를 만드는 과정과 그 완성'이 아니라, 그 자전거를 타고 떠나는 여정에 대해 말하고 싶습니다. 희망이란 자전거의 아름다움이 아니라, 그 자전거에 깃든 위험과 고난까지 샅샅이 보고 싶고요. 그 자전거를 타고 도착할 곳이 어디인지 저는 몰라요. 모르니 말할 수 없고요. 행여 알게 되더라도 말하고 싶지 않습니다. 그건 제 몫이 아니에요.

김필남　희망은 누군가에 의해서가 아니라 내가 만들어야 한다는 말이 인상적입니다. 〈쇼생크 탈출〉을 언급해서서인지 소설집 「팽이」의 내용이 생각납니다. 「팽이」의 주인공 '재이'가 〈쇼생크 탈출〉을 이야기하며 팀 로빈스처럼 숟가락으로 건물 벽을 뚫듯이 '루시'는 힘들게 돈을 벌어 보냈을 건데, 힘들게 번 이 돈을 이제 보내지 않는다는 것은 어른이 된 '재이'가 스스로 (돈을 벌어서) 희망을 만들어야 함을 의미하는 것이겠죠? 작가님의 답변을 듣고 소설들을 다시 읽으니 더 공감이 가네요.

『끝나지 않는 노래』와 『그 소녀』는 여성수난사에 대한 관심이 지대하다는 것을 알 수 있습니다. 작가의 소설에 여성은 무엇을 의미하는가요? 또한 작가가 생각하는 여성(특히, 아직 어른이 되지 않은 '소녀')의 의미는 무엇인가요?

최진영　어떤 의미가 있다기보다(의미를 붙이자면, '소녀의 시선으로 서술하면 인간과 세계의 부당함과 부조리를 더 적나라하게 서술할 수 있으므로'라고 말할 수도 있을 테지만) 제 성격과 가치관이 소녀의 그것과 비슷합니다. 제게 익숙하고 편안한 시선과 목소리를 사용해서 이야기를 풀어내는 것이고요.

김필남　이와 반대로 소설에서 그려지는 남성의 의미도 궁금합니다. 남성은 여성의 성(性)과 노동을 착취하거나 가족을 책임질 수 없는 무능력(술주정뱅이)한 인물로 등장합니다. 어떤 의미로 남성은 여성에 비해 굉장히 평면적인 인물인 것 같기도 하고요. 이에 대해서 어떻게 생각하시나요?

최진영　남성을 주인공으로 쓴다면 남성의 삶과 내면을 입체감 있게 풀어내야겠지요. 우연찮게 두 편의 소설 주인공이 모두 여자여서, 상대적으로 남성에 대한 시선이 협소하게 표현되었습니다. 여자와 남자의 의미를 구분할 의도는 없었고요, 그저 이런 사람, 저런 사람의 이야기를 하고 싶었습니다. 여자나 남자의 이야기라기보다 한 시대를 살아가는 '사람'의 이야기로 읽어주시면 좋을 것 같아요.

김필남　『끝나지 않는 노래』는 새벽 고시원에서 불에 갇혀 죽어가는 은하의 독백과 두자에서부터 은하·동하 남매에 이르는 삼대의 가계사가 교차하면서 동시에 진행되고 있는데 읽으면서도 참 특이하다고 생각했습니다. 이 교차하는 시선/시점은 어떤 의미에서 발생하는 건지 말씀해주실 수 있을까요?

최진영　초고는, 소설 마지막에 은하 이야기가 통째로 들어갔었어요. 초고를 읽으신 편집자 분이, 은하 부분이 두자나 쌍둥이 자매의 이야기에 비해 힘이 너무 약하다고 말씀해주셨어요. 그래서 이야기의 힘을 분산시키려고 은하의 이야기를 쪼개서 사이사이 삽입하는 형식으로 고쳤습니다. 덕분에 이야기에 긴장감이 생겼다는 감상도 있고, 은하의 독백이 자꾸 튀어나와 오히려 가독성을 방해한다는 감상도 있어요.

김필남　저는 은하의 독백 때문에 소설에 긴장감이 생겼다는 입장에 한 표 던지겠습니다. (웃음) 은하의 죽음과 삼대의 가계사, 거기다 한국 역사 문제까지도 포함하고 있는데요. 많은 이야기들을 굉장히 섬세하게 풀어내고 있습니다. 이 이야기들을 함께 풀어내는 의도를 물어봐도 될까요.

최진영   뭐랄까, 이 세계를 움직이는 것은 소수의 영웅일까, 아니면 99%의 서민일까. 종종 그런 생각을 합니다. 영웅은 멋지고 훌륭하고 숭고하지만, 모두가 영웅이 될 수는 없잖아요. 저는 한 명 한 명의 서민이 이 세계를 굴리는 데 힘을 싣고 있으며, 이 세계가 어딘가로 조금씩 움직이고 있다면, 그들의 힘 때문이라고 생각해요. 소설 속 두자와 쌍둥이 자매는 아주 미미한 개인이에요. 그들은 세계가 어떻게 굴러가는지 관심을 기울일 여력조차 없지요. 지금 눈앞에 닥친 삶이 위험하고 고되니까요. 똑똑한 사람들이 소중한 가치와 대의를 주장하고 퍼트릴 때에도, 혹은 욕심 많은 지도자가 사리사욕을 채우기 위해 이 세계를 마음대로 주무를 때에도 두자와 쌍둥이 자매는 당장 오늘 먹고살 양식을 만드느라 그 목소리에 귀를 기울일 수 없죠. 하지만 소수가 만들어낸 풍파에 큰 타격을 받아요. 누가, 어디에서, 어떻게 만든 파도인지도 모르는 채로.

그 이야기를 하고 싶었어요. 현대사가 이렇게 흘러왔는데, 그것에 의심을 품을 여유조차 없이 살아온 사람들, 하지만 그 바람과 파도에 큰 타격을 받아 생이 고달파질 수밖에 없는 서민들. 여기, 그들이 있다고. 생각보다 아주 많다고. 조금 더 나아간다면, 우리가 그들과 얼마나 다른지 물어보고 싶었어요.

세 번째, 팽이의 그 기이한 운명

김필남   독자의 입장으로 『팽이』를 읽는 내내 분노했습니다. 보고 싶지 않은 진실을 눈앞에서 확인한 것 같다고 해야 할까요. 우연찮게 부모님의 묘지에서 발견한 '돈가방'을 두고 형제와 그의 아내끼리 치고받고 싸우고, 결국 끝을 보는 서사나, 남편이 성폭행범으로 의심받고 있는 상황에서 이를 부정하고 싶지만 긍정할 수밖에 없게 되는 서사는 일상에서 충분히 일어날 수 있는 사건이기 때문에 더 공감이 갔고 화가 났던 것 같습니다. 이렇듯 소설들은 일상에서 시작해 파국으로 치닫는 과정을 덤덤하게 표현하고 있는데, 갈등을 던져주고 있지만 봉합하려는 시도 따위를 하지 않아서 의아했습니다. 뒤에 이야기가 더 있을 것 같기도 한데, (급하게) 끝나는 느낌이랄까요. 어떤 비평가는 이런 방식을 '거칠다'라고 표현한 것을 본 적이 있는데요. (이 표현에 대해서 어떻게 생각하나요?) 이런 의도로 쓴 이유를 물어도 될까요?

최진영　갈등을 봉합하는 방법도 모르고, 봉합하고 싶지도 않으니까요. 그것을 소설적 상상력 혹은 인간적인 이해나 화해로 덮고 싶지도 않고요. 그런 결말은 어쩐지 거짓말 같고 무책임한 것 같아서요. 소설 자체는 허구지만, 허구를 지탱하는 뿌리는 진실에 가까워야 한다고 생각합니다. 제가 소설로 무엇을 할 수 있는지, 해야 하는지는 아직 잘 모르겠어요. 하지만 소설로 하고 싶은 것은 있어요. 질문을 던지고 싶어요. 제 역할은 거기까지인 것 같습니다. 해답이 아닌 질문을 제시하는 것. 그리고 독자들의 마음에서 솟아나는 대답을 듣고 싶어요. 그중에는 울분이나 공감이나 분노나 체념이나 또 다른 질문이 있을 수도 있고, 기가 막힌 해답이 있을 수도 있겠죠. 하지만 제 안에는 답이 없습니다. 넘쳐나는 것이라곤 헤아릴 수도 없는 질문뿐이에요. 사람은, 세상은, 우리는, 나는 그리고 너는, 도대체, 이게 다 뭐야?

김필남　『팽이』속 인물들은 중심이 되지 않는 주변부 인물들이 주인공으로 등장합니다. 그렇다고 사회에서 밀려난 존재는 아닌 평범한 인물입니다. 소설을 읽다 보면 이 평범한 인물들이 점점 괴물로 변해가는 것을 확인할 수 있는데요. 우리의 곁에서 봄직한 평범한 인물(부모나 친구)이라서 괴물로 변해가는 모습이 더 마음 쓰였습니다. 이런 인물을 등장시킨 이유가 있을까요?

최진영　괴물이라고 생각하지 않아서, 어떻게 대답을 해야 좋을지 모르겠어요. 그들이 괴물이라면, 적어도 제가 살고 있는 이 세계에서, 괴물 아닌 자는 없으니까요. 우선 저부터 말입니다.

김필남　그렇죠. 그들은 괴물이 아니라, 사실은 그 상황 속에서 그렇게 변해갈 수밖에 없는 약자들이죠. 그렇게 변할 수밖에 없기 때문에 더 마음이 쓰이더군요.
　『팽이』에 실린 단편소설들 대부분 갈등, 분노, 폭발, 공포 등으로 진행되고 있습니다. 이런 상황은 인간(인물)의 극한의 감정을 표현하는 것 같은데요. 사실, 이런 정서는 일상적인 것이 아니라 특별한 감정이지 않나요? 이 격한 감정을 지속적으로 가져가는 것에는 어떤 의도가 있을까요?

최진영　어쩌면 그런 작품을 쓰는 저 자신이 문제적 인물일 수도 있다는 생각이 들어요. 쓰는 자의 가치관과 정서가 반영될 수밖에 없으니까요. 저는 일상에서 평온이나 안정 같은 온화한 감정보다는 갈등, 분노, 공포, 불안 등을 더 많이 느끼거든요. 그런 감정에 담긴 채 하루하루를 비교적 고요하게 살아가고 있고요. 제겐 공포나 불안이 일상적인 감정입니다. 그러다 때때로 아주 잠깐, 거짓말 같은 평온이 찾아오기도 하죠. 그 평온이 너무 달콤해서 다시금 불안해지기도 하고요. 달콤한 그것을 최대한 내 것으로 느끼기 위해 그 순간에 최선을 다하고요. 그렇게 살고 있어요. 공포나 불안이 기본 정서이기에, 희망과 미래에 기대기보다 지금을 믿고 매 순간 최선을 다하면서.

김필남 작가님이 문제적 인물이라뇨. 저 또한 일상의 사건으로 인해 분노와 좌절을 느끼고 있습니다. 「돈가방」 외에도 여러 작품들이 결국에는 자본(돈)이 인간에게 끼치는 영향에 대하여 고민한 흔적이 많은 걸 알 수 있습니다. 이는 이 세상에 대한 풍자이기도 하고 또 회의적 시선 같기도 한데요… 이러한 자세는 어디에서 비롯된 것인지요. 이는 최진영이라는 소설가가 세계를 대하는 자세인 것 같기도 한데요… 작가가 보는 지금 이 세계는 어떤 모습입니까.

최진영 돈 자체는 긍정적이지도 부정적이지도 않아요. 사람이 돈의 성격을 만들죠. 그러니 이는 결국 '돈'이 아닌 '인간'에 관한 이야기에 가깝고요. 이 세계는… 너무 깊고 넓어요. 그러니 뭐라 말할 수가 없습니다. 세계의 본질을 꿰뚫는 통찰력을 가질 수 있다면 영혼이라도 팔 텐데. 그러니 저는 또 눈앞의 '인간'을 볼 수밖에 없고, 제 눈앞에 자주 등장하는 인간은 대개 저 자신이거든요. 저는 수많은 인간 중에서도 '최진영'이라는 인간을 탐구하는데 참… 이해할 수 없을 때가 많아요. '나'라는 인간이 얼마나 부조리하고 몰지각하며 자기중심적이고 비열하면서도 멍청하고 또 순진하며 단순한지. 아마도 저는, 세계 근처에는 가보지도 못하고 '나'를 탐구하는 데 평생을 다 쓸 거예요. 소설에 등장하는 갖가지 인물도 결국 다 저예요. 제가 본 저의 파편들이죠.

김필남   소설 속 이야기들은 희망(또는 '사랑')을 꿈꾸지만 인물들은 결국 소문과 폭력과 착취와 욕망이 난무하는 공간에서 길을 잃고 미로 속에서 빠져나오지 못한 채(「어디쯤」) 그렇게 살아갈 수밖에 없음을 역설적으로 보여주고 있습니다. 이들이 살고 있는 상황에 탈출구는 없어 보입니다. 현실의 모순을 적나라하게 보여주고 있어 굉장히 고통스럽지만 그런데도 또 공감이 갑니다. 있음 직한 이야기들의 연속이니까요.

그런데 작가의 소설들은 일상적인 이야기를 논하는 것처럼 보이면서도 이 탈출구 없음의 상태, 지금 현실의 적나라한 공간을 보여주기 위해 즉, 거대서사(사회모순)를 논하기 위해 달려가는 것 같다는 생각이 듭니다. (세 권의 소설 모두 거대서사를 논하는 거지요. 가족문제나 한국역사 내부에서 발생한 문제 등) 폭력에 맞서는 소시민을 앞세우고, 이 소시민은 저항이 불가능하다는 사실에 분노하고, 이 분노가 어쩔 수 없음을 확인한 후, 고발의 태도를 취하고, 결국은 사회의 권력체계를 무너뜨릴 수 없다는 사실에 소극적인 태도(죽음이나 파국의 길)를 취하는 것처럼 보이는데요. 미시서사에서 출발해 이 어마어마한 사건, 결론으로 나아가는 데는 어떤 의도가 있을까요.

최진영　그렇게 읽으셨다면, 그것이 바로 제가 파악하는 이 세계일 거예요. 그것에 어떤 의도가 있다기보다… 네, 현실은 모순으로 가득 차 있습니다. 전혀 합리적이지 않아요. 지금 당장 인터넷 창을 열어보세요. 말도 안 되는 뉴스가 실시간으로 올라오고 있잖아요? 어쩌면 모든 소식이 그렇지 않나요? 그런 세상에서, 저는 이렇게나 잘 살아가고 있습니다. 왜냐하면, 저 역시 모순적이고 비합리적인데다 이기적인 인간이니까요. 저도 이 사회의 모순에 한몫하고 있는 겁니다. 아니, 한몫이 아니라, 폭력적인 이 세계 자체가 바로 저 아닌가요? 하나도 다를 게 없죠. 그 명백한 사실이 저를 툭 치고 지나가는 순간마다 말할 수 없는 모멸감과 비참함을 느낍니다. 저는 아직 탈출구를 찾지 못했어요. 탈출 방법을 어렴풋이 알 것 같은 순간도 없진 않지만, 어렴풋이 아는 그것을 정답인 양 말하고 싶지도 않고요.

　이 세계와 내가 너무나 닮았다는 것.

　이 세계의 무자비함과 폭력성이 바로 나의 속성이라는 것.

　저는 이제 겨우 그만큼 압니다. 거기서 더 나아가지 못했을 뿐 아니라, 사실, 아는 그것을 받아들이기도 힘에 부쳐요. 그러니 저는 주장하기보다 보여주고 싶고, 말하기보다 듣고 싶어요. 각자의 탈출구, 각자의 희망, 서로 같을 수 없고, 같아서도 안 되는 무수한 욕망과 그것을 담은 삶, 고독하게 메아리치는 저마다의 질문을.

김필남　작가님의 작품을 사회적인 문제로만 접근을 한 것 같습니다. 우리가 살고 있는 시대·사회의 문제라서 그런 것 같습니다. 「팽이」, 「첫사랑」, 「엘리」의 경우는 위에서 언급한 소설들과 다른 이야기라고 생각되는데요. 이 소설들은 환상과 동화가 섞여 있기도 하고 또 시(詩) 같기도 한데요. 특히 「팽이」를 읽고 난 후에는 『그 소녀』가 생각이 났습니다. 집 밖으로 나온 '재이'가 (정말 세상으로 나왔다면) 세상 방방곳곳을 여행하고 있는 건 아닐까 하고요.

재이의 엄마가 떠나고, 어른같이 굴던 오빠마저 떠나고 홀로 남은 아이는 세상과 단절되고 혼자만의 우주를 만듭니다. 소설을 읽으면서도 '팽이'의 운명이 결국 멈춰버리고 마는 것처럼 재이도 어딘가로 옮겨지지 못하고 그 자리에서 고립, 사라지고 말 거라는 생각이 들었습니다. 아무와 만나려 들지 않는 재이를 보면서 외로움을 자신이 선택하는 것 같다고나 할까요.

> 고등학교를 졸업하던 해, 나는 민달팽이처럼 방에서 기어나왔다 (…) 방은 내가 떠나기를 기다렸다는 듯 제 안의 모든 사물과 기억을 한데 뭉쳐 둥글게 빚었다. 지구처럼 단단하고 둥그런 돌덩이가 되어버린 방을 등지고 나는 바다를 향해 걸었다. 받침이 있는 글자를 읽지 못하는 여자아이가 강아지풀처럼 마루에 앉아 짤각짤각 박수를 치고 있었다.
>
> ─『팽이』, 289쪽

평생 고립된 채 살아갈 것만 같던 재이가 집을 나오는 것으로 소설이 끝이 납니다. 위의 내용은 「팽이」의 마지막 문단입니다. 시(詩)처럼 느껴지기도 하는 부분인데요. "아무것도 이해할 수 없고 극복할 수 없는"(288쪽) 어른들의 세계로 재이가 '기어 나오는' 행위는 어떤 의미인가요?

최진영 「팽이」의 재이와 『그 소녀』의 소녀는 제 소설 속 인물들 중에서 저와 가장 닮았다고 할 수 있습니다. 제가 제일 잘 알고 쉽게 풀어낼 수 있는 재이와 소녀의 이야기로 등단을 하고 상을 탄 셈이지요. 그러니 만약 재이와 소녀가 읽는 분들의 마음을 조금이라도 흔들었다면, 그건 아마 인물을 통해 드러나는 진실성 때문 아닐까 싶어요.

재이가 방을 기어 나오듯, 저도 어른이 되었습니다. 어른이 되고 싶어서 된 게 아니라, 어른이 될 수밖에 없었죠. 어른이 되고 싶지도 않았고 될 준비도 안 되었고 어른이 뭔지도 모르겠는데, 세상이 나에게 어른을 강요한 느낌이랄까. 예전부터 자신의 의지와는 상관없이 '어른이 될 수밖에 없음'에 대한 슬픔이 있었어요. 아기들 보면 정말 무럭무럭 자라잖아요. 태어나자마자 계절마다 감기를 비롯한 갖가지 병에 걸리면서 면역력을 키우고, 그렇게 몸 안에 항체를 만들어 가고, 그 보들보들한 잇몸에서 딱딱한 이가 튀어나오고, 머리카락도 점점 굵어지고, 돌발진을 앓고, 다치고 아프고 나으면서 뼈는 단단해지고 피부는 두꺼워지고. 그렇게 몸이 먼저 어른이 되려고 자꾸 아프고 터지고 앓잖아요. 그런 모습을 볼 때면 대견하고도 슬퍼요. 참, 어른 되기 쉽지 않구나. 그런 생각도 들고…. 저는 아직도 기어가는 중입니다. 어디로 가야 할지도 모르겠고 가고 싶은 곳도 없지만, 더는 머무를 수 없고 머물러서도 안 되니까요.

김필남 이 작품은 등단작이기도 하면서, 세 번째 작품집의 표제작이기도 해서 작가에게는 애착이 더 가는 작품일 것 같은데요. 「팽이」가 어떻게 쓰인 소설인지 궁금합니다.

최진영 대학 졸업한 뒤 낮에는 학원에서 아이들 가르치고 밤이면 혼자 보따리처럼 앉아 글을 썼어요. 정말 나오는 대로 썼는데, 그것이 시 흉내도 내고 에세이 흉내도 내고 소설 흉내도 내더라고요. '이거 소설 같은데, 남들도 이걸 소설이라고 볼까?' 싶어서 응모를 했습니다. 「팽이」는 제가 쓴 다섯 번째 단편쯤 됩니다. 그러니 제겐 습작기라고 부를 만한 시기가 없었다고도 할 수 있고, 깊은 밤 노트에 처음 내 이야기를 적기 시작한 열다섯 살 무렵에 습작을 시작했다고 볼 수도 있고, 어쩌면 아직도 습작 중이라고 말할 수도 있어요.

등단 뒤 「팽이」를 단 한 번도 읽어보지 않았습니다. 부끄러웠거든요. 그러다가 소설집에 실으려고 칠 년 만에 다시 읽어봤어요. 소설집의 '작가의 말'에도 썼는데, 「팽이」를 읽으면서 '글을 쓰길 정말 잘했다'고 생각했어요. 작품이 좋아서는 아니고, 「팽이」를 썼던 그 시절, 까맣게 잊고 살던 20대 중반의 저를 만날 수 있었거든요. 아, 내가 이런 글을 썼구나. 그때 내 마음이 이랬구나. 이걸 다 잊고 살았구나. 글을 쓰지 않았다면 그 시절의 나를 영영 만날 수 없었겠다. 지금 쓰는 글도 지금의 나를 남겨서, 먼 훗날 내 앞에 불쑥 튀어나오겠구나. 그런 생각과 함께 글을 쓰길 정말 잘했다고 생각했습니다. 이건, '소설가가 되길 정말 잘했다'는 문장과는 많이 다른 의미예요.

애착이 가는 작품은 그때그때 제 정서에 따라 다릅니다. 「팽이」가 표제작이 된 이유는 두 가지예요. '팽이'의 이미지가 제가 쓴 단편들과 가장 잘 어울린다고 생각했습니다. 그리고 어쨌든, 「팽이」는 저의 시작이니까요. 시작을 잊으면 안 된다고 생각했습니다.

김필남　지금 준비 중인 작품이나 앞으로의 계획들 전반에 대해서 자세하게 알려주시면 좋을 것 같습니다.

최진영　올해 봄부터 가을까지 계간 『실천문학』에 장편을 연재했어요. 그 소설을 내년쯤 단행본으로 낼 계획입니다. 퇴고에 들어가야 하는데 어쩐지 용기가 나지 않아서 파일을 열어보지 못하고 있어요. 이번 소설집을 내고 이상한 겁을 집어먹었어요. 나는 원래 골방에 틀어박혀 허공에 대고 혼잣말하는 미친년인데, 내가 그렇다는 것을 이제야 깨달은 기분입니다. 하지만 또 무언가를 쓰겠지요. 아마 그럴 거예요. 그게 제가 사는 방법이고, 아직 다른 방법을 찾지 못했으니까요.

김필남　작가님의 세 번째 장편소설이겠네요. 소설을 빨리 읽을 수 있기를 기대합니다.

친구도 가족도 없는 적으로 가득 찬 사회, 불안과 불신이 팽배한 이 사회를 어떻게 살아야 하는가. 그에 대한 해답은 없는 것 같습니다. 작가님의 소설에서 왜 해답을 제시하지 않느냐고 묻는 것이야말로 어리석은 일이겠죠. 이 고통의 문제들을 생각하고 고민하는

것, 그것을 글로 보여주는 것, 이 문제 제시야말로 최진영 작가님의
작품이 주는 미덕인 것 같습니다.

오랜 시간 두서없는 질문에 답해주셔서 감사합니다.

이승우

커피전문점의 유목민들
법의 이면

커피전문점의 유목민들

이승우

1.

자주 걷는다. 가까운 곳에 올림픽공원이 있지만, 공원 대신 주로 거리를 걷는다. 공원을 걷는 날도 있지만 이 골목 저 골목 누비고 다니는 걸 좋아하는 편이다. 공중에 걸린 간판들, 길가에 나와 있는 물건들, 벽에 붙은 전단지나 낙서들, 폐업 세일을 하거나 새로 단장하기 위해 내부 공사를 하고 있는 가게들, 버스를 기다리거나 물건을 팔거나 어딘가로 바삐 걸어가는 사람들을 구경하는 것이 즐겁다. 구운 빵과 튀긴 닭에서 나는 냄새들. 달리는 자동차가 내는 소음들. 상점들에서 흘러나오는 노래들. 늘 거기 있는 것들, 대단하지 않고 특별하지 않은 것들. 없어도 아쉽지 않은 것들. 도시의 뒷골목을 차지하고 있는 것은 그런 것들이다. 자연은 때때로 나를 숨 막히게 한다. 나무와 산과 물과 하늘의 엄숙한 침묵과 엄격한 단조로움 앞에서 내 천한 정신은 자주 쉽게 위축된다. 그런 자연 속으로 들어가는 것은 경배이지 산책이 아니다. 시끄럽고 무질서하고 정리 안 된 거리는 만만하다. 만만해서 좋다.

다리가 팍팍해지면 커피전문점에 들어간다. 다리가 팍팍해지기 전에도 커피 향에 홀려 들어가곤 한다. 실은 홀리지 않아도 어차피 그곳에 들어간다. 그곳을 목표로 삼고 걸었기 때문이다.

늘어난 도시의 커피전문점들은 편하고 아늑하다. 넓은 창 안의 나무 탁자들은 다소곳하고 밝은 조명은 시원하다. 커피 향이 코에 스미면 애무를 받는 것 같다. 이들이 도시의 거리를 산책하도록 유혹하는 요인 가운데 하나이다. 내 산책길 곳곳에 커피전문점들이 문을 열고 있다. 두 해쯤 전에 이 거리에 커피 마실 수 있는 집이 하나도 없었으니까 모두 최근에 생긴 것들이다. 신기하고 이상한 일이다.

2.

국민 소득이 2만 달러를 넘기면 커피 소비량이 급격히 증가한다는 보도가 있었다. 커피 소비는 혹시 몰라도 커피전문점의 확산을 국민 소득의 영향이라고 단정하는 건 단견인 것 같다. 1년 사이에 소득이 그렇게 갑자기 늘어났을 리 없고, 커피 애호가들 역시 그렇게 갑자기 증가했을 리 없다. 이 이상하고 신기한 현상에는 무언가 다른 요인이 있다고 보는 것이 자연스럽다. 물론 커피전문점에서는 커피를 마신다. 그러나 커피를 커피전문점에서만 마시는 것이 아닌 것처럼 커피를 마시기 위해서만 커피전문점에 가는 것도 아니다.

커피전문점에 앉아 혼자, 또는 여럿이서 노트북을 펼쳐놓고 일하거나 책을 보는 사람들을 본다. 마주앉아 대화를 나누기도 하지만 마주앉아서 자기 일에만 열중하기도 한다. 무선 인터넷이 서비스 되지 않는 곳이 없다. 노트북과 스마트폰을 비롯한 휴대용 디지털 기기의 보급이 커피전문점들을 폭발적으로 양산하고 있다는 해석이 유력하다. 휴대용 물감의 출현이 인상파 화가들을 탄생시킨 것과 유사한 현상이 휴대하기 좋은 컴퓨터 기기의 보급에 의해 나타나고 있다.

공부하기 위해 도서관에 틀어박히거나 글을 쓰기 위해 집필실에 고립될 필요가 없어졌다. 도서관이나 사무실은 이제 붙박인 공간이 아니다. 공부하는 곳이 도서관이고 일하는 곳이 사무실이다. 이제 사무실과 도서관은 여기저기로 이동한다. 소설가들은 이제 집필실을 따로 만들지 않을 것이다. 전에는 글을 쓸 공간이 필요했지만, 이제는 글을 쓸 기기가 있으면 된다.

3.

소수와 직접 깊이 관계 맺는 것보다 다수와 간접적으로 얇게(이를테면 블로그나 트위터와 같은 사이버 매체를 통해) 관계 맺는 걸 선호하는 이들, 고립은 싫지만 몰두도 하고 싶지 않은 사람들에게 오늘날의 커피전문점은 맞춤하다. 더불어 있지만 지극히 개인적인 공간이 이곳이다.

함께 온 연인들이 각자 자기 스마트폰과 자기 노트북과 자기 책에 빠져 있는 모습은 커피전문점에서는 아주 흔한 풍경이다. 그들은 같이 있지만 각자 따로 있다. 각자 따로 있지만 같이 있다. 자기 안의 고립은 피하고 타인에 대한 몰두는 자제한다. 고립은 괴롭고 몰두는 불편하기 때문일 것이다.

오늘날의 유목민들은 자기 공간이 없어서가 아니라 자기 공간에 고립/몰두해 있는 것을 피해서 밖으로 나온다. 너무 조용하면 오히려 공부가 잘 안 된다고 학생들은 말한다. 어떤 교수는 연구실이 아니라 시끄러운 거리를 걸으면서 논문 구상을 한다고 말한다. 노트북을 들고 여기저기 옮겨 다니며 글을 쓴다는 소설가도 꽤 많아졌다.

4.

그러니까 커피전문점은 가장 이기적이고 가장 이타적인 공간이다. 가장 이기적이기 때문에 이타적이다. 이곳에서는 누구도 간섭하지 않고 제 할 일을 한다. 제 할 일이 없는 사람은 이 공간을 견디지 못한다. 제 할 일이 있는 사람은 제 할 일이 있기 때문에 다른 사람의 할 일에 무신경하고, 그래서 다른 사람을 제 할 일을 하도록 자유롭게 내버려둔다. 누구도 누구를 위하지 않고 누구도 누구를 금하지 않는다. 그래서 자기를 위한 일이 다른 사람을 위한 일이 된다. 위해서 아무것도 하지 않는 것이 위해서 한 일이 된다.

가령 손님과 종업원 간의 직접적이고 인간적인, 심지어 육체적인 접촉에 의해 지탱되었던 전 시대의 다방과 비교해보라. 다방은 커피를 매개로 인간이 만나는 곳이다. 다방의 커피는 인간에게 가는 길이다. 커피전문점에서는 만남이란 것이 아예 없거나 지극히 제한적, 간접적이다. 프랑스의 살롱이나 1950년대의 명동 다방을 기대할 수 없다. 커피전문점의 커피는 인간에게 가는 다른 길을 제안한다. 그러니까 접촉이 아니라 접속. 누군가와 어디에 함께 접촉하고 있는가가 아니라 누군가에게 어디에 접속해 있는가가 중요하다.

5.

집필실 없이 여기저기 옮겨 다니며, 유동하며 글을 쓰는 유목민 소설가들의 소설은 아마 달라질 것이다. 워드프로세서가 문장을 바꿨다. 카프카를 읽은 사람과 헤밍웨이를 읽은 사람의 글은 당연히 다르다. 바다를 보고 자란 사람과 텔레비전만 보고 자란 사람의 글도 마땅히 다를 것이다. 사랑을 하면 글이 달라진다. 다른 경험은 다른 글을 만든다. 커피전문점에서 글을 쓰는 사람의 글도 커피전문점에서 글을 쓰지 않는 사람의 글과 달라질 것이다. 환영할 일은 아니지만 우려할 일이라고 할 수도 없다.

어떤 사람은 사랑을 하고 있기 때문에 글을 쓰고 어떤 사람은 사랑을 잃었기 때문에 글을 쓴다. 어떤 사람은 카프카를 읽고 쓰고 어떤 사람은 헤밍웨이를 읽고 쓴다. 어떤 사람은 커피전문점에서 쓰고 어떤 사람은 집필실에서 쓴다. 이 사람은 이러하고 저 사람은 저러하다.

사람들은 어떤 작가에게 당신의 소설에는 왜 사회가 없느냐고 비난한다. 어떤 작가에게는 당신의 소설에는 왜 심리가 없느냐고 비난한다. 사회가 없다고 비난받은 작가에게는 심리가 있고 심리가 없다고 비난받은 작가에게는 사회가 있는데도 사회를 가진 작가의 사회, 심리를 가진 작가의 심리는 보지 않고, 사회를 가진 작가에게 없는 심리, 심리를 가진 작가에게 없는 사회만 문제 삼는다. 전기 기술자에게 왜 침대를 만들지 못하느냐고 비난하고 목공 기술자에게 왜 전기 배선을 할 줄 모르느냐고 윽박지르는 것과 같다.

비난에 몰려 자기가 가진 심리를 포기하고 자기에게 없는 사회를 (아주 서툴게) 쓰는 소설가와 자기가 가진 사회를 자제하고 자기에게 없는 심리를 (아주 서툴게) 쓰는 소설가들에 의해 소설들은 비

숫비슷해지고 고유성을 잃게 되고 의미가 없어진다. 비난이 몰려와
도 전기 기술자는 침대를 만들지 말고 아무리 윽박질러도 목공 기
술자는 전기 배선을 하지 말아야 한다. 전기 기술자에게 목공 기술
을 요구하지 말고 목공 기술자에게 전기 기술을 기대하지 말아야
한다.

6.

아침에 일어나면 노트북을 들고 나간다. 일곱 시에 일어나면 일
곱 시에 나가고 여덟 시에 일어나면 여덟 시에 나간다. 공원 대신 주
로 거리를 걷는다. 시끄럽고 무질서하고 정리 안 된 뒷골목은 만만
하다. 만만해서 좋다. 내 산책길 곳곳에 커피전문점들이 문을 열고
있다. 신기하고 반갑다. 넓은 창 안의 나무 탁자들은 다소곳하고 밝
은 조명은 시원하다. 커피 향이 코에 스미면 애무를 받는 것 같다.
그곳은 언젠가부터 작업장이 되었다. 실은 커피가 아니라 노트북이
그곳을 작업장으로 만들었다.

그러니까 산책을 나간다고 할 수 없다. 내 노트북은 산책을 위한
도구가 아니라 창작을 위한 기구이기 때문이다.

법의 이면

이승우 · 윤인로

윤인로 『생의 이면』(1992/1996)의 '나'는 '박부길'과의 '마주-봄(inter-view)'을 통해 박부길의 삶을 통째로 틀어쥔 죄의식의 심연을 드러내고, 그의 삶의 기이한 기구함 또는 기구한 기이함을 정면에서 마주하게 됩니다. 얼굴을 들여다보는 대면의 과정을 건너뛴 채, 글들만으로, 글들 간의 상호지시적인 그물 속에서의 의미의 전개와 이행에 관한 느낌만으로 선생님과의 인터뷰에 나서는 제가 저 마주-봄의 사려 깊음에 다가갈 수 있을지 자신이 없습니다. 아래 몇몇 질문들이 비평의 독백적인 일방성 너머에서 혹은 그 아래에서 의미의 '교통'을 상상해보려는 의지의 산물로 읽혔으면 하고 바라지만, 과연 그 의지가 실상과 온전히 포개지고 있는지는 확언할 수 없을 것 같습니다…. 『태초에 유혹이 있었다』(1998)의 한 대목을 통해 인터뷰의 물꼬를 틀까 합니다. "나는 창세기에서 죄와 법, 지식과 생명, 타락과 구원, 사랑과 죽음, 폭력과 죄의식과 구조악과 언어들의 혼잡을 본다."(「작가의 말」) 저는 이 문장이 1981년 데뷔 이래 30년 동안의 선생님의 글쓰기를 횡단하고 있는 여러 주제들을 고스란히 응축하고 있는 한 대목이라고 생각합니다. 『생의 이면』에서 '박정희'의 비상계엄 아래 신학대학을 다녔던 것으로 되어 있는 소설가 박부길은 자신의 미완성작 「지상의 양식」 속에다 "나는 도마(Thomas)의 편이다"라고 쓰고 있습니다. 박부길은 눈에 보이고 손으로 만져지는 것만을 믿는 신자였기에 자신은 결코 낭만주의자가 아니라고 선언할 수 있었습니다. 그가 생각하는 낭만주의는 두 가지 기능을 품고 있어야만 하는 것이었습니다. "아름다움을 취하는 기능"과 "자유로움을 수용하는 기능."(126쪽) 도마의 편이라는 것은 낭만주의의 그 두 가지 기능의 결여 상태에 관한 박부길의 자의식이 드러나 있는 대목이라고 할 수 있겠습니다. 박부길은 선생님보다 여덟 살 위이지만 깊이와 폭에 있어 선생님과 겹칩니다. 저의 첫 질문은 바로 그 결여에 관한 것입니다. 선생님의 어떤 결여들이 저 '죄와 법'으로 시작하는 주제들을 끈질기게 뚫고 들어가게 했던 것인지요?

이승우　결여가 아니라 결여에 대한 의식이 언제나 문제라고 생각합니다. 사람을 움직이는 것은 상태가 아니라 의식이기 때문입니다. 『생의 이면』의 '박부길'을 과도하게 엄살 부리는 자로 만든 것이 아닌지 모르겠습니다만, 결여에 대한 의식은 박부길에게는 결정적인 것인데, 그것이 글을 쓰게 하는 동력이기 때문에 그렇습니다. 나는 행복하지 않다, 혹은 행복할 조건을 가지고 있지 않다는 투의 자기 비하의 발언은 대개 현실에 대한 불만을 우회적으로 표현한 것이기 쉽지요. 현실에 대한 불만이 글을 쓰게 한다고, 적어도 박부길에게 그러하고, 내 경우에도 그렇다고 말할 수 있습니다.

　소설에 나오는 박부길의 고백, 아름다움과 자유로움의 결여는 다른 말로 동심과 서정의 결여라고 할 수 있을 것 같습니다. 더 직

접적인 또 다른 말을 찾자면 모성애의 결핍일 테고요. 그것들은 부드럽고 따뜻하고 아름답고 행복한, 모든 긍정적인 것들의 대명사이고, 또 원천이라고 할 수 있을 것 같습니다. 박부길에게 어느 정도는 내 자신을 투영한 것 같다는 고백을 하지 않을 수 없는 게, 박부길의 결여와 피해 의식이 좀 과하게(그러니까 좀 엄살 부리는 것처럼) 느껴지는 대목에서는 어떻게든 그런 느낌이 주는 무안함을 피해보려고 문장을 비틀고 굴절하고 했던 기억이 나거든요. 작가로서 나는 정서적 측면(아름다움을 취하고 자유로움을 수용하는 기능)을 타고나지 않았거나 그런 훈련이 덜 되어 있다는 '의식'을 가지고 있습니다. 그렇다고 그쪽이 부족하니까 다른 쪽을 개발해보자고 작정했던 건 아닙니다. 눈이 멀면 그 보상으로 다른 감각이 저절로 예민해지는 것처럼 저절로 개발된 무언가가 있었던 게 아닐까 싶습니다. 한쪽으로 문장을 밀어붙이지 못하니까 자연 다른 방향으로 밀고 갔었을 수도 있고요.

 '질투는 나의 힘'이라는 영화 제목이 절묘하다는 생각을 합니다. 질투는 결여의 상태를 받아들이는 자가 아니라 결여의 의식으로 괴로워하는 자의 자학이지요. 남을 괴롭히는 것이 아니라 자기를 찌르는 게 질투잖아요. 그런데 거기서 '살아낼' 힘이 나오는 게 역설이구요. 그러니까 질투는 일종의 처세술인 거지요. 무얼 얻으려고, 가 아니라 살기 위해서, 수치스럽지만, 질투하는 거지요.

윤인로 다시 '죄와 법'으로 시작하는 위의 한 문장을 가만히 들여다봅니다. 신, 신화, 탈신화화는 인용된 문장 안에는 들어 있지 않지만, 인용된 문장 안에 들어 있는 여러 키워드들을 응축하고 있습니다. 그런 뜻에서 신의 힘 혹은 신적인 것의 속성에 관한 탐구로 꽉 채워진 장편 『에리직톤의 초상』(1981/1993)은 선생님의 문학이 갖는 고유성의 뿌리이자 원천이라고 하겠습니다(저는 선생님의 소설이 우리 문학의 '오래된 새것'이라고 생각하는 쪽입니다). 그리스 신화 속의 인간 에리직톤(Erisichton). 여기, 하나의 에리직톤이 있습니다. 모든 문제의 시작이 "수직의 와해"에 있으므로 문제의 해결은 결국 "수직의 회복"(23쪽)일 수밖에 없다는 신학자 '정 교수'의 에리직톤. "인간의 인간에 대한 수평적 폭력은 그 이전에 신과 인간 사이의 수직적 폭력["신의 폭력", "하나님의 심판"]을 반드시 전제하고 있다"고 강조하는 정 교수는 "절대자와의 비뚤어진 수직 관계를 방치하고 인간 사이의 평등한 관계만을 기획하는 것"(115쪽)은 환상일 뿐이라고 생각합니다. 그에게 에리직톤은 여신 시어리어즈(Ceres)가 아끼는 성스러운 나무를 도끼로 찍어 넘긴, 신성의 테두리를 위반한 불경한 자였습니다. 성구(聖句)와 일상의 각성을 결합한 독특한 형식의 산문집 『향기로운 세상』(1991)에서 선생님은 이렇게 쓰셨습니다. "구원은 이 안에서 얼렁뚱땅 급조될 수 있는 것이 아니라, '은총처럼' 위로부터 하강해 오는 것이며, 죽어가는 이의 생명을 살리는 것은 이 세계 안의 정교한 설계나 치밀한 처방이 아니라, 바로 밖으로부터 뚫고 들어오는 신선하고 '무균한' 어떤 공기 (…) 라는 사실 앞에서 우리는 종종 눈물을 흘려도 좋을 겁니다."(31쪽) 세계의 '안'의 구원은 세계의 '위'의 회복을 통해 가능하다는 믿음. 선생님께 저 수직의 회복이란 무엇이며 '위'의 복구란 무엇입니까. 나아가 그런 수직의 회복 또는 신성의 복구와 귀환이 "돌연", "순간", "불현듯", "불시에", "갑자기" 같은 시간감각과 용접되고 있는 것은 어떤 의미를 갖는 것입니까.

이승우　에리직톤의 초상을 처음 쓸 때 나는 신학생이었습니다. 다른 자리에서 말한 바 있지만 아흐자라는 터키 청년에 의해 시도된 교황 저격 사건이 스물두 살의 신학생에게 가한 충격이 그 소설을 쓰게 했습니다. 그 이후 다른 에리직톤을 통해 정치신학적 입장을 추가함으로써 수직성에의 과도한 쏠림을 보완하긴 했지만, 세계를 이해하는 나의 근본적인 입장(세계관)이 그때로부터 아주 많이 달라진 것은 아닙니다. 요컨대 나는 우리가 사는 세상에 대한 인간의 책임과 자율적 설계를 중시하지만, 그와 동시에 인간의 생각과 힘으로는 어쩔 수 없는 영역을 인정하는 게 중요하다고 생각합니다. 그것을 신성의 영역이라고 하든 초월이라고 하든 신비라고 부르든 말이지요. 구원이라는, 사람들이 회피하고 싶어하는 단어를 부담 없이 쓰는 이유도 거기 있는 것 같습니다.

　다만 내가 경계하는 것은 인간의 자율성과 책임을 인정하지 않는 독선적이고 폐쇄적인 신성과 초월에 대한 일방적인 강조입니다. 그것은 쉽게 파시즘이 될 수 있는데, 신성과 초월을 인정하지 못하는 자율과 책임이 쉽게 빠질 수 있는 혼란과 무정부 상태만큼 위험하다고 생각합니다. 어느 쪽이든, 한쪽에 투항해버리는 것은, 무한한 충성만을 요구할 뿐 제어하거나 반성할 기제를 가지고 있지 않기 때문에 쉬운 삶의 태도일 뿐 아니라 위험한 태도이기도 하다는 것이 내 생각입니다. 수직의 회복을 좀 지나치게 강조한 것처럼 여겨지는 것은 우리 시대가 그 한 축을 더 많이 잃어버렸다고 생각하기 때문입니다.

순간성을 지시하는 단어들이 수직성의 회복과 신성과의 접촉을 이야기할 때 자주 사용되는 것은 그 만남, 그 구원적 사건(인간의 기획과 인간적 경험을 뛰어넘는)이 계시적 성격을 갖고 있다는 점을 드러내기 위해서인 것 같습니다.

윤인로　정 교수의 에리직톤 정 반대편에 또 하나의 에리직톤이 있습니다. 정 교수의 제자 '신태혁'의 에리직톤. 그는 권력의 시스템에 눈부신 휘광을 둘러쳐 인간을 복종케 하는 신화 속의 에리직톤을 탈신화화합니다. 태혁은 "수직과 초월의 논리는, 그것이 유포되어지는 상황에 대한 인식이 결여되어 있을 때는 종종 안정을 내세워 현상구조를 영구화하려는 정치적 테마에 절묘하게 흡수되고 만다"고 생각하는 신학도이자 투쟁가입니다. 그에게 에리직톤은 절대화한 권력의 상투적 전략을 깨고 찢으려 했던 자입니다. 그 연장선에서, 파라오의 권력에 대항했던 모세는 에리직톤의 후예가 됩니다. "모세는 (…) 에리직톤의 아들이다. 아니다. 모세는 비신화화한 에리직톤이다……"(193쪽) 정치적 혁신을 위한 실천의 동력이자 원천으로서의 신학, 또는 에리직톤들의 결속. 그것이 태혁의 신학, 정치신학이었습니다. 이와 관련해 단편집 『구평목씨의 바퀴벌레』(1987)에 들어 있는 「예언자론(論)」의 소설가 '김석'을 통해 질문 드리고자 합니다.

절필 와중에 김석이 기고한 「예언자를 기다리며」라는 글은 정치신학적 사고의 단편들로 중무장되어 있다는 느낌입니다. "예언자는 신의 강력한 힘에 압도되어 언어를 부여받은 자의 이름이다. 그는 '미리 말하는 자'가 아니라 '대신 말하는 자'인 것이다. 진정한 의미에서 예언자는 결국 대언자(代言者)였다는 말이다. 예언자는 미래를 사는 자가 아니라 현재를 꿰뚫어보고 지금 이곳에 신의 정의를 실현시키려는 자의 이름인 것이다. (…) 이 땅의 뒤틀린 역사의 방향을 바로잡으려 했다는 뜻이다. 오늘 우리는 또한 신의 입들을 기다린다."(99쪽) 자신의 소설이 신의 정의를 도래시키는 진정한 예언과는 동떨어진 것에 불과하다는 각성 끝에 그는 절필을 선택했고 성경을 읽고 있습니다. 잡지사 기자 '최종호'의 "이제 소설은 영영 안 쓰시겠군요?"라는 물음에 대해 김석은 한참 만에야 답합니다. "가능하다면, 가능하다면 안 쓰고 싶소. 안 쓰고 살 수만 있다면. 그러나 주 여호와께서 말씀을 주신즉 누가 예언하지 않을 수 있겠소?"(108쪽) 신의 정의에 대한 믿음이 역사의 뒤틀림을 교정하도록 요청하고 강제한다는 것. 그런 정치신학적 요청 곁에다가 "실패를 예감하면서도 써야 하는 글", "실패에 대한 예감 없이는 쓸 수 없는 글"(「작가의 말」, 『생의 이면』), "굳이 대답해야 한다면, 이 소설의 작가는 '무릅쓰고' 나가야 한다는 쪽이다"(「작가의 말」, 『그곳이 어디든』) 같은, 실패의 의미를 곱씹게 하는 문구들을 병치시켜 봅니다. 제가 생각하는 선생님의 정치신학이란 그렇게 '실패를 무릅쓰고 나아가는 것'에 다름 아니었습니다. 실패와 좌초에 대한 충실성이라는 토질에서 자라날 정치신학의 잠재성에 관해 선생님께서는 어떻게 생각하시는지요?

이승우   제 소설의 주인공들은, 어떤 뜻으로든, 매우 열악하고 불만스런 현실 속에 놓여 있습니다. 그들은 대개 중심이 아닌 주변에 있고, 힘이 없거나 세상에 대한 적응력이 떨어지고, 행동을 하는 대신 고민을 하고, 적자가 못 된 서자들입니다. 그렇지만 한편으로 그들은 그 불만스런 현실에 순응하거나 주저앉는 것이 아니라 그 현실 너머의 다른 현실을 추구하는 자들입니다. 이것(이곳)이 전부가 아니다, 아니, 확실한 이것(이곳)이 아니라 저것(저곳)—그것이 무엇인지는 불확실한 채로—속에 진실이 있다고(대개는 막연하게) 생각하는 자들입니다. 모든 좋은 것은 지금 여기에 없다, 라고 생각하기 때문에 다른 저기를 추구합니다. 그렇지만 현실은 확실하고 견고하기 때문에 이 추구는 거의 항상 실패합니다. 그럼에도 불구하고, 혹은 그런 것과 상관없이 사람은 추구해야 한다, 추구하는 것이 옳다, 추구하도록 되어 있다, 라고, 그것이 사람의 사람다움이라고 저는 생각하는 편입니다.

내 소설의 인물들은 거의 항상 개별적이고, 자폐적이라고 느껴질 정도로 내향적이고, 지나치게 자기 검열과 내부의 갈등에 민감하기 때문에 움직임이 느린 편인데, 어떤 현실에도 만족하지 못한다는 점에서 급진주의자들이지만, 어떤 확실한 다른 현실에 대한 전망도 가지고 있지 않다는 점에서 회의주의자들입니다. 어떤 확실한 다른 현실에 대한 전망도 가지고 있지 않음에도 불구하고 무언가를 추구하는 것이 삶이라고 생각한다는 점에서 실존주의자들입니다.

윤인로　　장편『그곳이 어디든』(2007)의 인물 '유'가 회사의 명령으로
유배당한 곳, '서리'. 비가시적이므로 불가지적인 권력의 은밀하고
도 모호한, 그런 만큼 더욱 섬찟한 전횡이 일어나고 있는 자리. 줄
여 말해 '카프카스러운' 시공간. 그곳은 전라도에 있는 특정한 장소
가 아니라 우리가 살고 있는 사회 그 자체라는 느낌을 받습니다. 두
루/고루 미치는 권력의 편재(遍在) 속에서는 "어디나 타지이고 이방
이기 때문에 그곳이 그곳"(27쪽)일 수밖에 없다는 것. 단편집『심인
광고』(2005) 속의「사령(辭令)」에도 '사회'라는 지명을 가진 곳으로
발령받아 가는 인물이 나옵니다. 하지만 가야 할 그곳은 사람들의
시력을 앗아간 원인 모를 괴질 때문에 봉쇄된 지 오래된 곳이었으
므로, 이미 그 발령은 "불가능한 발령"이었습니다. 그렇다고 그 발
령에 힘이 없는 것이 아닙니다. 발령은 끝내 '영(令)'이며, 영이므로
끝끝내 '법(法)'입니다. 불가능함에 뿌리를 둔 발령의 힘은 인물들
모두를 "불가능한 일이지만 그러나 하지 않으면 안 되는 일"(35쪽)
에 꼼짝없이 목매달게 하고 있습니다. 저는『그곳이 어디든』의 마지
막 문장들을 서리로 표상되는 저 발령의 구조, 법의 시스템이 찢어
지고 부수어지는 '파국(catastrophe)'의 사태로 읽었습니다. 바로 이
문장들입니다. "용암이 나무와 풀과 집을 태우고 그 위에 덮였다.
그 말이 맞았다. 시속 100킬로미터 정도의 빠른 속도로 흘러내리는
용암을 피할 수 있는 존재는 없었다. 움직이지 않는 것이나 움직이
는 것이나 마찬가지였다. (…) 서리의 길과 나무와 시내와 건물들의
흔적이 지워지는 모습을 연구원들은 망연자실, 긴 침묵과 형언할
수 없는 감정 속에서 그저 물끄러미 바라보기만 했다. 그들이 한 번

도 본 적이 없는 완전한 암흑이 세상을 점령했다. 땅이 혼돈하고 공허하며 흑암이 깊음 위에 있었던, 만물이 형상을 갖추기 전의 태초의 세상을 그들은 보고 있었다."(286쪽) 저의 질문은 이런 것입니다. 선생님께 법의 그물망을 내리치고 있는 저 심판으로서의 파국이란 어떤 것입니까. 「창세기」에 대한 재정의로서의 장편 『태초에 유혹이 있었다』에 그려진 파국의 이미지들, 곧 신의 법을 위반한 인간들에게 내려진 신의 선고들과 『그곳이 어디든』의 파국은 어떻게 같고 왜 다른 것인지요? 선생님께 파국과 신생의 동시성, 절멸과 재생의 합치란 무엇인지요? 파국은 삶(역사)의 진보에 어떻게 관계 맺을 수 있는 것인지요?

이승우   우리가 사는 세계의 조리 없음을 가장 합리적이고 가장 조리 있는 체계인 것으로 이해되는 '법'과 대비시켜 부각시키려는 의도가 「사령」과 『그곳이 어디든』 등의 작품 속에 들어 있습니다. 법의 그물이라는 말을 쓰셨는데, 법의 그물은 너무 성글고 너무 작아서 우리가 사는 세계를 다 덮지 못합니다. 다 덮을 수 없는데도 우

리는 그 그물을 덮고 살 수밖에 없다고 믿고, 그 그물 외의 다른 것을 외면합니다.

나는 인간이 좀 겸손해야 한다고 생각합니다. 우리가 사는 세계를 우리가 가진 그물, 법과 이성으로 다 덮을 수는 없다, 우리가 사는 세계는 우리의 이해의 그물 안에 다 들어오지 않는다. 이것이 우리가 겸손해야 하는 근거이고, 이것을 인정하는 것이 겸손의 방법입니다. 욥기는 이 질문을 가장 심각하게 가장 극적으로 던지는 책입니다. 왜 의인이 이유 없이 고통당하고 악인이 흥왕합니까, 라고 욥은 묻습니다. 명쾌한 답은 주어지지 않습니다. 내가 천지를 만들 때 너는 어디 있었느냐, 이 우주가 운행하는 원리를 네가 아느냐, 같은 질문이 거꾸로 주어지는데, 깊은 뜻을 헤아리긴 어렵지만, 인간이 이 세상 이치를 완전히 알 수 있다고 단언하지 말라고, 세상에는 인간의 이해에 갇히지 않는 일들이 수없이 많다고 충고하는 것 같습니다. 세계는 없다고 말하라는 것이 아니라 세계만 있는 건 아니다, 라고 말하라는 것입니다.

인간이 만든 완전한 세계의 불완전함을 극적으로 폭로하고 해체하는 방법으로 내가 알고 있는 것이 종말론입니다. 다른 방법을 몰라서 소설에 종말론을 씁니다. 물론 『그곳이 어디든』에 나타난 종말론이 전적으로 긍정적인 구원의 방법으로 그려진 건 아닙니다. 저는 이 종말의 사태가 불가피하다는 생각과 함께 이런 극단적인 것 말고는 다른 구원의 방법이 없는 현실의 안타까움까지도 표현하려고 했습니다. 안타깝지만 불가피하다는 생각.

종말론은 끝이지만 또 시작이기도 합니다. 물론 타락한 현실에 대한 절망과 심판이 전제됩니다. 그렇지만 심판으로서의 홍수를 보면, 종말의 목표는 심판이 아니라는 생각을 하게 됩니다. 세상은 파괴되지만 그로 인해 세상이 새로워집니다. 저는 심판은 갱신을 위한 것이라고, 실존적으로 읽고 싶습니다. 『그곳이 어디든』의 마지막 장면, 화산이 세상을 덮는 파국의 자리에, '그들이 한 번도 본 적이 없는 완전한 암흑', '땅이 혼돈하고 공허하며 흑암이 깊음 위에 있었던, 만물이 형상을 갖추기 전의 태초의 세상' 같은 만물이 창조되기 직전의 상태를 나타내는 창세기의 첫 구절을 그대로 써넣은 것은 그런 의미를 전하고 싶어서입니다.

윤인로　두 에리직톤, 그 사이. 그 사이에서의 흔들림 혹은 진동. 정 교수의 딸이면서 신학도인 '혜령'은 아버지와 같이 '수직'의 순수와 절대를 믿고 있었습니다. 독일에서의 유학이 실패로 끝난 후 그녀는 수녀원을 선택했고 그곳에서 수배자가 된 태혁을 우연히 만나게 됩니다. 태혁의 고통과 인간애를 이해하게 된 혜령은 그런 자신의 변화를 옛 연인이자 함께 신학을 공부했던 '나'(병우)에게 말합니다. 고통에 동참하는 혜령을 마주한 병우의 말은 선생님께서 생각하고 계시는 '윤리'와 그것의 힘에 관하여 생각하게 합니다. "사랑만이 사람과 사람 사이를 연결해 주는 것은 아닐 것이다. 어떤 의미에서는, 고통만이, 고통을 공유한 체험만이 진정한 상호이해의 조건인지 모른다. (…) 고통의 공유, 슬픔의 공식화—힘은 거기에서 나온다."(189쪽) 고통의 공유를 통한 삶의 연결, 혹은 고통의 네트워크. 선생님의 윤리학을 대신 말하고 있는 병우는 곧이어 저 두 에리직톤의 사이에 서게 됩니다. "그것들[수직과 수평]은 우리들의 삶을 가운데 두고 팽팽하게 긴장을 유지하며 흔들거린다. 삶은 움직이고 흔들리는 데에 뜻이 있다. 견고한 것, 딱딱하게 굳어진 것, 움직이지 않는 것을 나는 믿지 않는다. 그런 것에 우리는 희망을 걸 수 없다"(231

쪽) 병우의 이 흔들림과 진동의 의미를 거듭 곱씹으면서 저는 '위무(慰撫)' 받았습니다. 선생님께서는 거듭 수행되어야 할 신적인 것과 인간적(정치적)인 것의 관계에 대한 탐구란 병우의 저 사이-공간 속에서만 '가까스로' 가능한 것이 아닐까 자문하고 계시는 것인지요? 수직(신)과 수평(정치)에 대한 정 교수, 태혁, 혜령, 형석의 입장들이 그려놓은 '지형도' 그 자체를 다시 정의하기 위하여, 또는 『생의 이면』의 신학도 박부길이 그려놓은 비상계엄 아래에서의 4분면, 곧 정치적 진보와 보수를 좌우에 놓은 가로줄 위에 종교적 진보와 보수를 상하에 놓은 세로줄이 지나감으로써 만들어진 4분면이라는 '틀' 자체를 해체하고 재구성하기 위하여, 사이에서의 진동이라는 병우의 자리와 태도가 요청되었던 것인지요? 통치하는 자들은 그들이 구축한 틀 안에다가 자신들이 수락한 자리만을 배정함으로써, 대상을 느끼는 감각적 능력조차 할당하고 관리합니다. 병우에게 깃들어 있는 힘은 그런 관리의 시스템에 대해 어떻게 보다 더 구체적으로 치명적일 수 있을지 궁금합니다. 예컨대, 산문집『소설을 살다』(2008)에서 인용하고 쓰신 그대로, '아버지'라는 감옥의 지배로부터 벗어나고픈 욕망과 아버지라는 감옥을 개축하여 보호막으로 삼고픈 욕망 사이에서 거듭 회의하고 주저하는 카프카의 자리와 태도를 병욱과 비교한다는 것은 어떤 의미를 가질 수 있을는지요?

이승우　질문이라기보다 제 소설『에리직톤의 초상』에 대한, 더 덧붙일 것 없는 해설처럼 들립니다. 내 가장 오래된 소설에 대한 이야기가 새삼스럽기도 하고요. 굳이 부연하자면, 앞에서 한 말의 되풀이가 될 것 같은데, 저는 어떤 훌륭한 가치를 지닌 자리라고 해도, 한 곳에 고착하는 것은 악이 될 가능성이 있다는 생각을 가지고 있습니다. 비유하자면 우리 안에 천사뿐만 아니라 악마도 거느리고 있어야 한다는 것입니다. 자동적인 반응이 아니라 대립하는 극단들 사이에서 팽팽하게 맞서며 긴장을 유지하는 가운데 결단하는 것. 그렇게 한 결단만이 가치 있고 윤리적일 수 있다는 생각.

윤인로 『소설을 살다』속에 들어 있는 「프란츠 카프카의 '아버지께 드리는 편지'」의 한 대목을 인용함으로써 마지막 질문을 드리려 합니다. "'아버지'와 아버지가 상기시키는, 예컨대 법이라든가 제도, 신을 포함한 모든 권위에 대한 그[카프카]의 우유부단하고 불안정한 태도가 결국 인간의 운명을 부조리한 상황 속에 던져진 것으로 설정하게 하였을 것이다."(183~184쪽) '법'으로서의 아버지, 법을 만들고 부과하는 아버지적인 모든 것. 그런 아버지/법의 테두리를 위반하고 초과하는 작가들 곁에 선생님 또한 있을 것입니다. 바로, 살부(殺父). 아버지를 죽이려는 의지와 실천이 갖는 의미의 문제. 장편 『한낮의 시선』(2009)의 '나'는 "아버지와 아들의 관계를 건축자와 건물의 관계처럼 인식"합니다. 그런 그에게 아들이란 "아버지에 의해 지어지기도 하고 헐리기도 하는 것"(118쪽)이었습니다. 그런 그에게 아버지란 "달려나오고 옷을 입히고 잔치를 벌이는 아버지가 아니라 부정하고 쳐내고 잘라 내는 남자"(150쪽)였습니다. 아들은 아버지라는 태양을 늘 바라봐야만 하는, 향일성(向日性)의 생을 짊어진 자였습니다. 살부는 그 짐을 내려놓는 행위이되 그 행위 이후 아들의 삶의 향배는 하나같지 않습니다. 「그의 광야」(2005)에 나오는, '광야'를 속에 품은 '우창'의 살부, 섬찟하게 참혹한 삶의 하중을 감당하고 있어 똑바로 마주하기가 좀처럼 쉽지 않은 『생의 이면』의 박부길의 살부와 선산 방화 등등. 꺼려져서 주저하게 되는 물음, 위태

위태해서 걱정스러운 물음이 선생님을 향한 저의 마지막 물음입니다. 소설가 이승우와 소설가 박부길. 두 분께서는 오늘도 화해하셨는지요? 끝내 불화와 결렬의 감각 속에서만 서로를 마주할 수밖에 없는 것인지요? 아버지에게로 죄의식을 되돌림으로써, 아들이 그랬던 것처럼 고통당하는 아버지를 마주한다는 것, 달리 말해 "고통을 통해 (…) 아버지를 이해하고, 아버지를 껴안는다"(334~335쪽)는 것. 선생님께서는 이젠 어엿한 아버지가 되어 있는 저 아들들의 고통과 상처를 감싸안는 데 조금은 더 능수능란해지셨는지요? 아니면, 매번 처음인 것처럼 서걱거리는지요?

이승우   그 질문에 대한 답은 내가 아니라 내 소설을 읽은 독자들이 해야 하지 않을까, 싶습니다. 다만 이런 이야기는 할 수 있을 것 같습니다. 감정 이입 없이 쓸 수 없는 소설들이 있습니다. 소재 때문이기도 하고 의식 때문이기도 하지요. 소재, 또는 인물과의 거리가 문제이기도 하고요. 집필 순간의 심리적 환경과 관련 있기도 할 것입니다. 그런 소설들은, 읽는 사람도 마찬가지겠지만, 쓰기가 몹시 힘듭니다. 이 기준으로 말하자면,『생의 이면』을 쓸 때는 꽤 힘들었습니다. 이어지는 앞뒤 문장들의 보이지 않는 투쟁을 읽은 사람들이 있을 것입니다. 그러나『한낮의 시선』을 쓸 때는 그렇게 힘들었던 것 같지는 않습니다.『생의 이면』의 아버지와는 달리『한낮의 시선』의 아버지가 객관화된 아버지, 추상으로서의 아버지였기 때문일 것입니다. 제가 상징으로서의 '아버지'에게 좀 과한 역할을 맡기고 있는 건 사실인 것 같습니다. 여전히 능수능란해진 것 같지는 않습니다. 그렇다고 서걱거리지도 않습니다.

윤인로　'한 권만 더, 한 권만 더' 하다가 메일을 늦게 보내드려 송구합니다. '조금만 더, 조금만 더' 위무 받고 싶어 그랬습니다. 입말을 가장한 경직된 문어(文語)를 읽으시다가 곤욕을 치르신 건 아닌지 걱정입니다. 감사합니다.

이승우　곤욕을 치른 건 맞습니다만, 재미없는 내 소설들을 읽느라 윤인로 씨께서 더 고생하신 것 같습니다. 꼼꼼히 읽고 적절한 갈래를 따라 해준 코멘트들이 인상적이었습니다. 깊이 있고 섬세한 질문에 비해 대답이 부실한 것 같아 미안합니다.

서효인

시와는 별 상관없는 이야기
불온한 '파르티잔'의 목소리

시와는 별 상관없는 이야기

서효인

1. 미생물학자

어머니는 미생물학자가 되는 건 어떻겠느냐 물었다. 미생물은 아주 작은 생물이야. 사람의 눈에는 보이지 않는단다. 그럼 어떻게 봐? 현미경으로 들여다봐야 해. 믿을 수 없이 작은 것들이 제 몸이 낼 수 있는 가장 빠른 속도로 지치지 않고 꿈틀거리고 있지. 너의 손에도, 엄마의 가슴에도. 미생물학자가 될 수 없는 성질을 타고났다는 사실을 안 건 정규 교육을 받게 되고 나서 얼마 되지 않은 시간이었다. 나는 분석적이지 못했고, 꼼꼼하지 않았으며 무엇보다 산수(수학)를 미친 듯이 싫어하고 무서워했다. 주산 학원을 땡땡이치고 걸려서 말했다. 높고 험한 산을 오르는 것 같아요. 겨우 넘고 나면 또 있어요. 어머니는 내일부터 학원에 다니지 말라고 하였다. 그렇다고 시를 쓰게 될 줄을 처음부터 알았다거나 하는 건 아니다. 나는 역사를 좋아했다. 승자의 역사를. 미생물 말고 덩치가 큰 생물들, 다른 생물 안의 생물이 아니라 생물 바깥에서 생물을 호령하는 생물.

2. 서적 외판원

외판원이 집에 다녀가면 좁은 집에 책이 몸을 비집고 들어와 있었다. 책을 사면 함께 주었던 휴대용 오락기는 조악했고, 금방 싫증이 났다. 학원을 다니지 않았고, 선생은 촌지를 좋아했다. 어쩔 수 없이 책을 읽어야 했다. 책을 빼고 다시 꽂고 하는 동안 주공아파트의 어두운 층계참에서 울릴 어머니의 하이힐 소리를 기다렸다. 기다려도 또각또각 하는 그 소리, 들리지 않았다. 괜찮았다. 나에게는 40권 분량의 세계사 만화책과 세계사 100장면과, 웅진 위인전기가 있었다. 세계에 더 많은 나라가 있는데 왜 우리나라도 위인이 50명이고 세계 위인도 50명이야? 우리나라가 불쌍해서 출판사가 봐준 거야. 너도 불쌍한 사람은 봐줘야 해. 그때부터 김유신과 계백이, 태정태세문단세가, 오성과 한음이, 김구와 윤봉길이 모두 불쌍하게 보였다. 불쌍하게 보이는 건 불행한 일이었다. 우리는 불행한 자들의 후손이라 굳게 믿었다. 서적 외판원에게서 받은 책은 그 부피를 스스로 점점 늘려갔다. 비가 오면 불쌍하게도 젖었고, 나는 기필코 그것들을 말려 다시 꽂아두었다.

3. 개척교회 목사

하지만 세계의 위인들은 모두 승자였다. 그들은 민족과 개인의 영달을 스스로 구했다. 예수 위인전은 있어도 마호메트의 위인전은 없었다. 다시 살아나는 그의 모습은 왠지 멋져 보였다. 다시 살아나는 그를 믿지 못하는 패배자들은 역시나 불쌍해 보였다. 나는 이 땅에서 살고 싶지가 않았다. 굽은 허리와 숙인 고개의 패배자들이 득시글거리는 반도였다. 반도는 불쌍했다. 할머니는 절과 교회를 번

갈아 다니며 좀 잘살게 해달라고 투정을 부렸다. 우리 모두 가난한 사람들이었다. 가난한 사람들은 이길 수 없었다. 가난한 사람들은 불쌍했다. 나는 나를 불쌍하게 생각했다. 나는 나에게 최대한 주관적이었다. 나에게 말을 걸었다. 이곳에서 벗어나고 싶어. 이곳이 싫어. 교회에서는 성금을 걷었고, 승차권과 껌 뱉은 종이를 몰래 넣다 걸려서 목사에게 손바닥을 맞았다. 할머니는 더 이상 그 교회에 나갈 수 없게 되었다. 잘된 일인지도 몰랐다. 우리는 위인이 아니므로. 손바닥을 내밀었다. 목사가 말했다. 뒤집어. 손등은 손바닥보다 더 타격에 취약하다.

4. 미술 선생

위인은 세계사 만화에서 더욱 큰 활약을 했다. 가차 없이 사람을 죽이고 사정없이 영토를 넓혔다. 겁 없이 모험을 즐겼으며 죄 없이 사람을 죽였다. 선사 시대에 인간들은 매머드를 둘러싸고 거대한 생물이 피를 토하며 쓰러질 때까지 공격했을 것이다. 그들이 동굴 벽에 남긴 변변치 않은 그림에서부터 인간의 고등한 생활 방식에 대한 상상은 시작되었다. 왕이 죽으면 산 사람을 왕의 무덤에 함께 묻었다. 순장의 풍습은 그때 흙에 갇혔을 인간의 표정을 상상하게 해주었다. 내세에 대한 믿음으로 그들은 행복했을까. 아님 즉각적인 고통에 한껏 일그러졌을까? 인간은 의지적 존재가 아니다. 구겨진 표정을 그대로 그리고 싶었다. 교내 시화전에서 미술 선생은 수첩을 들고 시와 그림을 훑어보며 나름의 채점을 했다. 고등학생인 내가 쓴 시가 선생의 채점과 함께 순장되고 있었다. 그림을 그리지 않고 목판에 각 매직으로 시를 썼다. 미술 선생이 말했다. "나와."

나갔다. 그가 또 말했다. "장난해?" 대답하지 않았다. 그가 나를 때렸다. 내 표정은 일그러졌다. 인간은 누구도 위인이 아니었다. 우리는 모두 불쌍했다.

5. 중국인 유학생

좁은 방의 벽에는 늘 세계지도가 붙어 있었다. 가장 멀리에 있는 어느 나라의 해안선에 점을 찍고 그곳의 파도 소리를 듣고자 했다. 도망자의 욕구였을지도 모른다. 세상의 모든 국경선은 죽은 자의 시체를 이어 만든 것이라는 사실을 몰랐다. 마치 텔레비전에 가끔 나오는 전투기와 군함에 열광하는 열 살 꼬마의 열정처럼, 나는 멀리에 있는 모든 것을 사랑했다. 가까이에 있는 모든 것을 경멸했다. 정면의 파도를 응시하는 몽돌이 되었다. 최대한 눈을 가늘게 떴다. 근시가 되는 고통을 자랑스러워했다. 그건 아무것도 아니었다. 나도 아무것도 아니니까. 머리가 더 크게 되면 되도록 멀리에 가서 새로운 이름으로 새로운 언어를 쓰며 살리라. 다짐했다. 머리는 컸으나 그리 하지 못했다. 내가 간 곳은 중국의 작은 도시였고, 중국어보다 한국어를 더 많이 들어야 했다. 나는 중국어를 의도적으로 전혀 뱉지 않았다. 내가 사랑하는 중국인은 주성치와 구숙정이 전부였다. 일정을 함께한 중국인 유학생은 한국어를 잘했다. 그의 능숙한 한국어에 주눅이 들었다. 나에게 가장 먼 언어의 적확함을 유학생은 이미 지니고 있었다. 그럴수록 더 강하게 사투리를 썼다. 대륙에서의 소심함은 그 빛을 더욱 영롱히 했다.

6. 건축 기사

어릴 때 어머니가 돌아가신 친구가 있다. 녀석이 경험한 죽음을 우리 동네에서는 소문으로 공유했다. 살아있는 어머니가 친구의 죽은 어머니 이야기를 내게 들려준 건 녀석과 동네에서 어울리기 시작할 무렵이었다. 나는 녀석에게 잘해주고 싶었다. 하지만 녀석이 나에게 더 잘했다. 녀석은 집을 짓고 싶어 했다. 산티아고나 아바나가 어떻겠냐고 말했지만 녀석은 그곳이 어딘지 몰랐다. 나는 더 이상 나의 취향을 녀석에게 권하지 않았다. 나의 취향은 이상한 취향이자 나쁜 취향이었다. 녀석 취향은 김민종이나 안재욱 등의 미남 스타에게 향해 있었는데, 역시나 잘생긴 친구였다. 어느 날은 다 식은 탕수육을 먹으면서 죽은 어머니를 말하고 울었다. 쉽게 울 나이는 아니었다. 나는 울지 못했다. 남의 아픔을 받아들일 준비가 되지 않았다. 그건 내 일이 아니었다. 그때 나는 재수 없게도, 아픔을 객관적으로 형상화해 어떤 문장으로 만들고자 했다. 친구 녀석을 불쌍하게 보려고 했다. 어린 날 위인을 제외한 세계의 모든 인간을 불쌍하게 보았던 것처럼, 할머니를 불쌍하게 생각하고 가난을 지긋지긋하게 생각했던 것처럼. 녀석은 건축과를 갔고, 예쁜 여자를 만나고, 돈을 모으고 있다. 가끔 울 것이다. 부모와 조상은 우리를 눈물나게 한다.

7. 늙은 사서

시를 좋아하는 사람은 전부 이상했다. 시를 좋아한다고 말하고 시를 읽지 않았다. 대학 도서관에는 시집이 아닌 좋은 책이 너무나 많았고 그들과 때로 싸우고 때로 사랑해야 했다. 시간은 늘 부족하고, 시간 속에서 순장되는 순간은 웃을 수 있었다. 일그러지지 않았다. 불쌍한 사람들 사이에서 벗어날 수 있는 공간은 그곳이었다. 교양을 가르치던 강사가 하릴없이 도서관에 앉아 두꺼운 양장본을 읽고 있었다. 레비나스 아니면 들뢰즈. 계속 그를 쳐다보았다. 눈이 마주쳤고 인사를 했을 때 다른 세계가 열렸으면 했지만, 강사는 흔한 자판기 커피도 권하지 않았다. 다행히 시를 배우지 않았다. 배움은 모든 흥미로운 것을 신물 나게 만들었다. 당시에는 프랑스가 그랬다. 프랑스의 인간들은 모두 이상했다. 고대 중국이라면 책은 태워지고 그들은 황토에 묻혔을 것이다. 나는 피식 웃었다. 점점 무식해지고 용감해졌다. 시를 쓴다고 특별한 사람이 되는 것이 아니다. 시를 쓰기 위해서 시를 쓰는 것이 아니다. 시를 쓸 수밖에 없기 때문에 시를 쓰는 것이다. 나는 자판기 커피를 꺼내 그에게 건넸다. 독일 관념론 수업을 함께 들었다. 관념에 답이 있다. 관념은 구체를 만든다. 시를 끈질기게 생각했다. 그건 혹독한 일이었다. 늙은 사서가 졸고 있다. 아무도 답이 없다.

8. 해고 노동자

같이 살자. 22명이 죽었다.

9. 시인

한국어로 시를 쓰는 사람은 미생물학자가 되었다가, 미술 선생이 되고, 개척교회에서 피를 토하는 목사가 된다. 건축 기사이기도 하고, 낯선 땅의 유학생이며, 게으른 사서이다. 서적 외판원이자 해고 노동자이다. 그래서 종래에 시인이 되었다. 좋은 시를 쓰는 동료들과 함께 산다는 것은 무한한 영광이다. 선배들이 다져나간 시의 길을 망치지 않을 자신이 없다. 길이 없기 때문이다. 없는 길만 골라서 그들은 걷고 뛰고 날았다. 폭력과 억압에 대해 말하고 싶었다. 시인이라는 직함을 얻고 책을 내면서 할 수 있는 일이 생겨 기뻤다. 폭력과 억압을 앞에 두고 기쁘다고 말하는 내가 처참하다. 그들을 불쌍하게 보지 않기 위해서 몇 번이고 고개를 흔들고 마른세수를 했다. 실패했을지도 모른다. 나와 당신은 연결되어 있고, 연결은 지속된다. 우리는 검지 손톱 끝과 발뒤꿈치처럼 멀리에 있지만 한 몸이다. 고개를 돌릴 수 없다. 응시해야 한다. 일그러지는 표정을 오래 쳐다봐야 한다. 그렇게 믿고 있다. 내가 그럴 수 있어서 기쁘다. 시인이 되었기 때문이다. 한국시를 사랑한다. 한국시를 읽는 당신을 사랑한다. 이 말은 주술도 아니고 자폐도 아니다. 들여다본다. 실패하고 또 실패하고 또 계속되리라.

10. 아들

어머니, 저 흰 가운을 입고 현미경을 들여다보는 미생물학자가 되었어요. 믿기지 않겠지만.

불온한 '파르티잔'의 목소리

서효인 · 손남훈

소수의 승자와 다수의 패자, 소수의 승리를 향한 다수의 열망만이 '희망'이라는 이름으로 강요되고 있는 경쟁의 시대, 각개 전투하는 "소년 파르티잔"의 "분열"을 "행동 지침"으로 제안하고 "세계대전"을 시작한 서효인 시인의 도발적인 목소리를 『오늘의문예비평』에서 듣고자 합니다.

손남훈　작년(2011년) 김수영문학상 수상을 전후로 해서, 근래에 매우 바쁘게 지내오고 계신 듯합니다. 먼저 근황에 대해서 알려주십시오.

서효인　출판사에 취직을 하게 되었습니다. 첫 번째 시집을 내고 두 번째 시집이 나올 때까지 사실상 백수로 지내면서 여러 작업을 했는데, 이제 다시 직장인이 된 것이지요. 새벽에 자고 정오 즈음에 일어나는 습관에서 아침에 눈을 떠 밤에 잠드는 생활패턴으로 몸의 관성을 이동시키고 있습니다. 글 쓰는 일이 더욱 많아져서 괴롭지만 행복합니다. 괴로운데 행복하다니, 조금 변태 같지만, 그게 사실이군요.

손남훈　지금까지 시인께서는 『소년 파르티잔 행동 지침』(민음사, 2010), 『백 년 동안의 세계대전』(민음사, 2011) 두 권의 시집을 상재하셨습니다. 1년 동안 한 권씩 시집을 내신 상황인데요, 제가 보기에 『소년 파르티잔 행동 지침』과 『백 년 동안의 세계대전』은 시인이 세계를 바라보는 태도나 시적 대상에 대한 표현 양태가 다소 달라지고 있다는 생각이 들었습니다. 그 하나의 징후로, 첫 시집에는 으레 시인의 가족사와 관련되는 시편이 제출되기 마련인데, 『소년 파르티잔 행동 지침』에는 가족과 관련되는 시편이 거의 없고 파편적인 언급만 조금씩 나타나다가 두 번째 시집 『백 년 동안의 세계대전』의 「도자기 뼈」에서는 가족사의 일부분을 들려주기 시작합니다.

　개인사적 성장담으로 가득한 첫 시집은 개인적인 기록인 것처럼 보이지만, 동시에 그 시기를 함께 앓아온(시인의 표현을 빌려서 말하자면 '분노조절법을 익혀온') 또래 독자들에게 강렬한 공감대를 안겨주기도 합니다. 동네 오락실에서 게임을 했고(「거리의 싸움꾼」), 폭압적인 중고등학교 시절을 보냈으며(「분노의 시절」), "수화기 너머 합격과 불합격의 갈림길"(「밀레니엄 송가」)에 섰던 기억은 70년대 말 80년대 초에 태어나 90년대 후반 내지 2000년대 초반에 대학을 다닌 20대 후반에서 30대 초중반의 독자들에게는 생소하지 않기 때문입니다.

　이와는 달리, 부분적이기는 하지만 가족사를 들려준다는 것은 같은 시대적·문화적 경험을 공유하는 세대적 변별 의식과는 별개로, 개별적인 체험의 영역으로 국한될 수밖에 없는 기억을 호출하는 것을 뜻한다고 말할 수 있습니다. '분노 조절'의 '초·중·고급반'을 80~90년대에 거쳐 온 세대의 공유되는 기억만이 아니라 단독적인 가족사의 기억을 호출한다는 것은 감추는 동시에 들려줌으로

써 가질 수 있었던 첫 시집의 긴장을 조금은 다른 방식으로 풀어내고 있는 듯하다는 생각이 들었던 것이지요. 물론, 결국은, 이와 같은 가족사적인 시적 진술마저도 단독적인 체험에 그치는 것이 아니라 보편적인 시적 형상화의 양태인 것만은 분명합니다. 하지만 가족을 자신의 시편에 등장시키는 여부는 시적 대상을 어떻게 미적 가치를 지닌 것으로 객관화하는가와 무관하지 않다고 봅니다. 이에 대한 시인의 생각을 들려주십시오.

서효인 글쎄요, 가족이라면 누구에게나 다 애처롭고 안쓰러운 존재이겠지요. 저 또한 그렇습니다. 특별할 것도 없지만 그렇다고 아주 평범하지도 않았지요. 그것이 모든 사람이 가족에게 느끼는 감정이 아닐까 합니다. 저는 첫 번째 시집에서 가족의 이야기를 거의 의도적으로 배제했습니다. 그건 다른 시인들이 너무나 잘하고 있어서이기도 했습니다. 나의 유년을 객관화해서 시적으로 발화하기가 어려웠습니다. 그래서 돌아간 것일 수도 있겠네요. 특정한 문화 콘텐츠나 이미 집단화된 기억으로 내 진짜 모습을 숨기는 것이지요. 하지만 그것이 가짜라면 무엇이 진짜겠습니까. 우리 세대에 대한 이야기, 시에 등장하는 수많은 인물들이 곧 저이고, 저의 가족입니다. 일부러 쓰지는 않았지만 무의식적으로 (파편이나마) 등장했다고 생각합니다. 무의식이 오히려 진실을 가리키는 경우를 우리는 익히 알고 있지요.

　두 번째 시집에서도 그런 태도는 바뀌지 않았습니다. 「도자기 뼈」의 경우에는 맞습니다. 가족에게 일어난 일을 거의 그대로 썼습니다. 사랑하는 할머니에게 한 편쯤은 시를 온전히 바치고 싶었는데, 성격이 성격이고 문체가 문체라, 따뜻하고 심정적인 시는 안 된 것 같아

아쉽습니다. 세 번째 시집에서도 큰 테두리에서 저의 태도는 바뀌지 않을 것 같습니다. 가족은 저에게는 특별하겠지만, 모두에게도 특별하니까요. 저는 다른 특별함을 찾아서 좀 돌아가고 싶습니다. 가족은 정말이지 미적 가치가 있습니다. 그것의 객관화는 우리 시인들이 정말이지 잘합니다. 근데 저는 잘할 자신이 없습니다.

저는 미적 가치가 없는 것을 미적 가치가 있는 것으로 만드는 작업에서 좀 더 흥미를 느낍니다.

손남훈　2000년대 이후 한국 시단에서는 '시란 무엇인가', 혹은 '무엇이어야 하는가?'에 대한 많은 논의들이 있어 왔습니다. 시는 꼭 활자에 박힌 글자들의 나열이어야 하는지에 대한 근본적인 의심이 거기에는 있어 왔던 것이지요. 더욱이 20~30대 젊은 시인에게 있어 '하필' 시를 택했다는 것은 이와 같은 물음들과 연결되지 않을 수 없으리라 생각됩니다.

깊이 느끼고 계시겠지만, 우리 시대의 첨단 매체들은 반드시 시라는 양식을 따르지 않는다 하더라도 어떤 사건·상황·사태에 대해서 '시적인 진술'을 하기가 쉬워졌고, 그로부터 사태를 직시하려는 노력도 있는 듯합니다. 많은 시인들이 소셜네트워크서비스를 비롯한 인터넷 글쓰기를 활용하는 것도 이와 무관하지 않을 것입니다. 시인에게 시쓰기는 그와 같은 여러 형태의 '시적인 글쓰기'들과 어떻게 구분되며, 어떤 의미를 가지는 것인가요?

서효인　정말 '시적인 글쓰기'를 하는 분들이 많습니다. 트위터나 페이스북만 보아도 쉽게 알 수 있지요. 하지만 반대급부로 언어가 마구잡이로 소모되는 현상도 있습니다. 저는 SNS를 즐겨 하는 편입니다. 그곳은 사람이 만나는 다른 통로이며, 그것을 통해서 해방되기도 구속되기도 하겠지요. 새로운 소통의 공간이고 막대한 가능성을 지녔다고 평가받기도 하지만, 루머와 쓰레기 같은 글이 떠도는 또 다른 폭력이라고 질타받기도 합니다. 이곳에서 저는 '시적인 글쓰기'를 하고 있는 것일까요? 제 계정(@hyonnnnn)을 아시는 분은 아시겠지만, 제 트위터는 거의 시적이지 않습니다. 그냥 날 것으로의 제가 거기에 있습니다. 저는 SNS를 세상의 여러 소식(실시간 야구 스코어나 누군가의 새 책 발간, 정권의 또 다른 비리 등)을 접하는 통로로 삼습니다. 동시에 배설을 통한 스트레스 해소의 장소로 삼습니다. 그곳에서 시 쓰기를 겸하지는 않습니다.

물론 많은 분들이 그곳에서 시 비슷한 문장을 쓰고는 합니다. 그것이 시라고 한다면 저 역시 부정할 마음은 없습니다. 계간지에 발표되고, 유수의 출판사에서 출판이 되어야만 시라고 생각하지는 않습니다. 그것은 시를 너무나 보수적인 틀 안으로 집어넣으려는 반동적 움직임이지요. 시는 어디까지나 첨단과 전위를 지향해야 한다고 생각합니다. 저는 그저 시적인 언술과 시와는 다른 지점이 있다고 생각합니다. SNS의 글은 순간적으로 휘발됩니다. '타임라인'이나 '뉴스피드'라는 단어에서 충분히 짐작할 수 있으리라 생각합니다. 시는 그렇지 않습니다. 시가 순간적으로 소비되고 증발한다면 무척 슬프겠지요. 시는 종이와 화면에 그리고 정신에 남아야 합니다. 우리는 수많은 언어를 소비하고 있으며 때로 낭비하고 있습니다. 침묵하는 인간보다 수다스러운 인간이 많은 시대에 그것은 언어의 숙명일지도 모르겠습니다.

시는 학대받는 언어를 그러모으는 작업이 아닐까요. 이것은 서정시에 대한 옹호가 아닙니다. 습관적인 언술과, 비슷비슷한 이미지로 무한히 반복하는 여러 시들은 SNS의 안부인사와, 유튜브의 엽기 영상과 다를 것이 없습니다. 문제는 '언어'가 아닌 '예술'에 있다고 봅니다. 생채기 난 언어를 모아 생채기를 부각시키는 일 혹은 망가진 언어를 모아 아름다움을 구성하는 것. 시에는 여러 방법이 있다고 생각합니다. '리트윗'이나, '좋아요'로 평가받을 수 없는 지평에서 시는 존재할 것입니다. 여러 이유로 시인은 시를 더 소중히 다루고 기똥차게 써야겠지요. 우리에게는 '팔로워'나 '페이스북 친구'의 간드러진 위로와 동감이 없을 테니.

손남훈 시인께서는 첫 시집과 두 번째 시집에서, 그리고 아직 시집으로 묶이지 않은 여러 시편들에 이르기까지 지속적으로 우리 안의 약자들, 시인의 표현을 빌리자면 "FC 게토의 이삼류 골키퍼"들을 호출해왔습니다. 그들의 삶과 "예정된 실패"들, 그럼에도 불구하고 "사인이 없는 돌발적 상황"(「마스크1」)의 가능태를 상상해오고 있습니다. 하지만 그것은 때로 냉소적인 태도로 끝나는 것처럼 보이거나, 개별자의 갇힌 내면을 고통스럽게 드러내는 것에서 그치는 것처럼 보이기도 합니다. 시인이 감각하는 대상 세계에 대하여 시인은 '돌발'을 믿는 편인지, 아니면 '냉소' 안에 머물 수밖에 없는 현실 자체를 직시하는 편인지 듣고 싶습니다.

서효인 냉소 바깥에서 세상을 바라볼 방법이 저에게는 없습니다. 세계는 어쩜 이렇게 거지 같은지, 정말이지 실제적 의미로다가 미쳐버리겠어요. 그런 미친 몸부림이 저에게 있어 시라고 생각합니다. 제가 냉소에 머물고 있는지, 돌발을 믿는 편인지 잘 알지 못합니다. 그것을 알고 있다면 시를 쓰는 데 있어서 애로사항이 많을 것 같습니다. 저는 손가락의 힘을 믿습니다. 머리에서 미처 생각하기 전에 손가락이 키보드를 통해서 모니터에 옮기는 문장과 단어가 있습니다. 그것은 대부분 머리에서 쥐어짠 것보다 훌륭하고 멋지더군요.

　그럼에도 불구하고 저는 이 세상을 사랑하는 편입니다. 그렇다고 믿고 있어요. 시에 등장한 수많은 인물과 사건과 시간과 공간을 제 딴에는 사랑하고 있습니다. 그것에 부끄럽지 않은 인간으로 살고자 노력합니다. 그것이 제 윤리의 최선이자 최전선입니다. 그곳에서 벌어지는 전투는 얼마나 끔찍한지 말로 할 수 없습니다. 형용사를 허락하지 않습니다. 명사의 세계에서 분전 중입니다. 그것이 시로 나올 때에야, 내 사랑의 보상이 되는 것 같습니다. 여전히, 어려운 과정이지요.

손남훈   시인의 시편들은 대상을 매우 객관화시키고 있는 것처럼 보이면서도(앞서 말씀드렸듯, 시인이 표현하는 소재들에서 가족이 거의 없는 것도 이와 무관하지 않으리라 생각됩니다.) 실은 그 대상의 지독한 위선을 지적하거나 냉소적 태도를 보이거나 폭력적인 현실을 타개하기 위한 방식을 모색하려 합니다. 다시 말하면, 시인은 대상을 객관적 사태 그대로 내버려두기보다는 그에 대해 시적 화자 나름의 포지션을 취하려 하고 있습니다. 그런 점에서 저는 감히, 시인의 거의 모든 시편들이 아이러니를 창작방법론으로 취하고 있다고 주장하고 싶습니다.

　잘 아시다시피, 아이러니에는 두 개의 목소리가 공존합니다. 겉으로 드러나는 위선적이고 큰 목소리인 알라존과 작지만 진실을 담고 있는 에이론의 목소리가 그것이지요. 하지만 시인의 아이러니는 단순히 알라존과 에이론의 대립, 그리고 그에 대한 에이론의 궁극적인 승리를 쉽사리 예감하게 하지 않습니다. 되레, 알라존의 목소리가 비루한 현실을 직시하는 목소리일 수 있다는 사실을, 아직 에이론의 목소리는 우리에게 닿지 않고 있다는 진실을 시인의 시편들은 아프게 알려줍니다. 시인이 "불만 가득한 밤, 불안한 포즈"(「부서지는 동그라미」)를 취할 수밖에 없는 것도 이와 무관하지 않으리라 생각합니다. 한편으로는 그처럼 에이론의 목소리가 당도하지 않기에 시인의 건조한 어조는 되레 진한 여운을 가진 슬픔으로, 날것의 분노로, 어쩔 수 없는 탄식으로 화(化)하고 있기도 합니다. 그것은 시인의 목소리가 독자들에게 완벽히 이해되지는 않는다 하더라

도, '이해'의 수준을 넘어서 있는 우리 시대를 함께하는 윤리적 태도
가 견지되어 있기 때문이고 그 태도에 독자들이 참여할 수 있는 공
감의 가능성을 열어놓고 있기 때문이 아닐까 합니다. 이를테면, 『백
년 동안의 세계대전』 98쪽과 99쪽에 나란히 배치되어 있는 「11시
45분」의 "피곤"과 「부서지는 동그라미」의 "불안"은 단순히 대상세
계에 대한 시적 화자의 즉각적이고 단독적인 감응을 드러내는 단어
가 아니라 우리가 이미 감각하고 있지만 차마 뱉어내고 싶지 않은
말을 시인이 들려주고 있는 시편들이라고 생각됩니다. 시인은 첫
시집에서 "파르티잔"의 '각개전투'를 말씀하셨습니다만, 꼭 그것만
이 정답이라고, 진실이라고 말하지는 않고 있는 것 같습니다. '연대
의 가능성'에 쉽사리 상상의 자리를 내어주지도 않지만, 반대로 개
별자들의 고군분투만으로 위악적 세계와 맞설 수는 없다는 것이 시
인이 보여준 태도가 아닌가 합니다. 채 완성되지 않은 문장들이 시
인의 시편에 자주 등장하는 것도 이와 무관하지 않을 것입니다. 어
떤 점에서 시편들에 드러나는 시적 화자의 목소리는 화자가 직시하
는 대상을 모호한 상태로 내버려두는 것처럼 보이기도 합니다. 이
는 시인의 '정치적 목소리'를 드러내면서도 동시에 이를 모호하게
감추려는 것처럼 보이게도 합니다.

서효인　아이러니에 대한 문제를 학부시절에 '현대시론' 시험 문제
로 풀었던 기억이 나네요. 시험은 엉망으로 치렀고, 학점 역시 좋지
못했습니다. 시에서 드러나는 기법은 제가 한 것이 아닙니다. 저는
그런 것을 잘 모릅니다. 제가 아는 것은 '글'과 '손가락'입니다. 불안
하면 불안하다고 쓰고, 피곤하면 피곤하다고 씁니다. 그것을 저 스
스로 시라고 부를 수 있도록 다듬을 뿐이지요. 성공하고 있는지는

사실 잘 모르겠습니다.

최근 진은영 시인의 짧은 글에서 촉발된 '시와 정치성'에 관한 논의를 보았습니다. 저는 '랑시에르'도 모르고 '아감벤'도 잘 모릅니다. 무식한 것이 자랑은 아닙니다만, 사실 잘 모르는 것을 안다고 할 수는 없는 노릇입니다. 분발하여 책을 읽어야겠지요. 제가 기억하는 것은 선량한 시민으로서 정치적으로 옳은 판단을 내리는 어떤 시인이, 그 판단에 의거하여 시를 쓸 때 생기는 미학적 고민입니다. 제가 늘 하는 고민이거든요. 지금 제가 박노해의 방식으로 시를 쓴다면 그것은 시적이지 못할 것입니다. 저는 그것이 두려웠습니다. 프로파간다에 대한 이른 포기가 제 시에 있는 것입니다.

정치적 목소리는 포기하지 못하고 있습니다. 제가 관심을 갖는 것, 제가 가장 분노하는 것, 제가 가장 슬펐던 것을 시로 쓰는 것이 솔직한 시작 태도라고 생각했습니다. 대부분의 시인이 그러하고 있습니다. 저는 바깥의 폭력에 대해 관심을 가졌던 듯합니다. 사회 구조나 인간이라는 종이 지닌 한계에 의해서 폭력을 당한 자들에 대해서 시로 쓰고 싶었습니다. 어쩌다 보니, 요즈음에는 그러한 폭력에 노출된 사람이 많았습니다. 그것을 정면으로 응시하고 있습니다. 고통스러운 일입니다. 때리고 맞는 일에 대해서 쓰는 것은. 연대하는 것 또는 각개전투를 하는 것에 대한 선택과 집중은 아직 제가 할 일은 아니라는 생각입니다. 언젠가는 명확한 포지션을 취하는 날이 오겠지만, 아직은 흐릿한 상태를 더 두고 보고자 합니다. 적어도 시에서는.

손남훈 시인은 발랄하고 경쾌한 리듬과 어조를 띠면서도 세계에 대한 심각한 비평적 자의식도 동시에 보여주고 있습니다. 그것들은 서로 미끄러지기도 하고 서로 얽혀지거나 뒤섞여 시적 진술의 힘을 더욱 끝 간 데까지 밀고 나가는 상상력의 토대가 되고 있습니다. 시인의 시편에서 볼 수 있는 언어유희적 감성들, 느닷없이 튀어나오는 목소리들, 일관된 이미지가 아닌 서로 관계 없어 보이는 다른 이미지들의 겹침과 충돌의 양상은 어떤 비평적 대상을 향해 날을 곤두세우고 있습니다. 하지만 이와 같은 시적 형태들은 최근의 젊은 시인들에게서 비슷한 유형으로 나타나고 있는 것처럼 보이기도 합니다. 어떤 평자들은 '미래파' 이후의 세대를 논하는 자리에서 이와 같은 유형들로 최근의 젊은 시인들을 묶어 놓기도 했지요. '서효인스러운' 시편들, '서효인다운' 그 무엇에 대해서 알려주신다면 어떤 것이 있을까요?

서효인 남들과 다른 스타일을 보여야 한다는 강박이 어느 정도 있습니다. 제가 다른 이의 시를 볼 때도, '그 사람만의 목소리인가'에 가장 큰 기준을 두고 읽고는 합니다. 그러나 스스로 저의 다른 점에서 말하려니 민망하기도 하고, 과연 그런 것이 있었나, 하는 의문도 듭니다. 저는 주로 제가 좋아하고 익숙한 것을 숨김없이 시에 활용합니다. 첫 번째 시집에 등장한 여러 문화적 코드는 제가 사춘기 시절 오타쿠처럼 파고든 것들입니다. 채널V(홍콩 위성방송에서 하루 종일 방송하던 음악채널)를 종일 보고, 만화책의 대사를 외우며, 프로레슬링에 경도되고, NBA의 팀과 선수를 모조리 외우는 등의 이상행동을 보였습니다. 그것이 시로 드러난 구절이 몇 있습니다. 예를 들면 "왼손은 도울 뿐" 같은 구절이 그렇지요. 두 번째 시집의 1부를 구성하는 세계의 여러 도시와 지명 또한 그렇습니다. 세계지도를 펼치고, 나라와 수도를 외우길 즐겼습니다. 세계사에 관심이 있어 얄팍하기 그지없는 퀴즈용 지식을 쌓기도 했습니다. 그것이 결국 시가 된 것이지요. 저의 특징이라면 이렇게 개인의 취향을 시에 드러내길 주저하지 않는 뻔뻔함 정도가 되지 않을까 합니다.

손남훈 시인께서는 야구를 무척 좋아하시는 걸로 알고 있습니다. 언론에도 누차 소개가 된 적이 있었다시피, 문학인 야구팀 '구인회'의 포수로 활약하고 계시고, 『이게 다 야구 때문이다』(다산북스, 2011)라는 책도 내셨습니다. 포수와 시인, 언뜻 생각하면 묘한 알레고리가 있을 것도 같습니다. 투수에게 보낸 싸인대로 반드시 투수가 던져 주리라 믿으면서도, 언제든 그와 같은 믿음을 배반할 수도 있으리라는 생각마저도 가져야 하는 포지션. 타자가 공을 칠 수 없으리라 믿으면서도, 또한 칠 것에 대비해서 싸인을 내고 수비 준비도 해야 하는 포지션. 실투와 폭투로 난감해하고, 그럼에도 불구하고 짜릿한 '스트라이크'의 손맛을 느낄 수 있는 유일한 포지션. 마치 시인의 시편들처럼 포수라는 포지션 또한 이러저러한 아이러니컬한 느낌이 들기도 합니다.

서호인　포수를 맡게 된 건 제가 생각보다 야구를 못해서입니다. 처음에 팀에 합류했을 때, 저는 투수나 유격수 혹은 중견수로 뛸 수 있을 거라 생각했습니다. 하지만 쉽지는 않았습니다. 안타도 많이 치지 못했습니다. 그때 포수는 팀의 형들이 교대하며 맡고 있었는데, 체력 소모가 심했습니다. 그래서 얼른 포수를 자처한 것이지요. 제가 그중에는 젊은 축에 속하고, 허벅지도 굵습니다. 그렇게 포수로 몇 게임 하다 보니, 주전으로 계속 뛰게 되었고, 재미도 느껴서 이렇게 만천하에 '나는 포수다' 선언까지 하는 지경에 다다랐습니다. 물론 지금도 실력은 형편없습니다. 블로킹도 도루 저지도, 투수 리드도 훌륭하지 못합니다.

저는 야구를 설명할 때 '기다림의 근사함'이라는 말을 종종 씁니다. 야구는 그야말로 기다림의 스포츠입니다. 축구나 농구와 달리 야구에서 공이 움직이는 시간은 정말이지 짧습니다. 공은 대부분 선수들의 글러브 속에 머뭅니다. 우리는 그 공이 던져지길, 그리고 누가 방망이로 때리길, 누군가 그것을 다시 잡길 기다리는 것이지요. 시 또한 마찬가지입니다. 소설처럼 엉덩이 무겁게 앉아 조사하고 쓰고 하진 않지요. 시가 오게 될 때까지 기다리는 것입니다. 염원을 다하여, 훈련을 하고 사인을 보내고 준비 자세를 취해야 함은 당연합니다. 아까 방금 TV로 야구 중계를 봤는데, 응원하는 팀이 몹시 아깝게 역전패를 당해서 더는 야구 이야기를 하고 싶지가 않네요. 여기서 줄입니다.

손남훈　두서없고 때로는 우문일 수밖에 없는 질문들에 답해주셔서 감사합니다. 앞으로도 시인의 시편들은 우리들에게 '파르티잔'들의 약동을 선사해주실 것으로 믿습니다. 혹 앞으로의 계획이나 바람이 있으시다면 말씀 부탁드립니다.

서효인   짧은 시간에 시집을 두 권이나 냈습니다. 여러 선배들의 두 번째를 생각하면 '내가 이래도 되나'하는 생각을 갖게 됩니다. 의문을 해소할 방법은 없겠지요. 저는 늘 한국어로 된 시가 우주 최상의 시라고 생각합니다. 거기에 슬쩍 끼어 있을 수 있어서 영광입니다. 거기에서 튕겨 나가지 않도록 끈기를 미덕으로 삼고 버티겠습니다. 시 쓸 수 있어서 좋습니다. 좋은 질문들 감사합니다.

손남훈   이메일 대담을 통해서 시편으로는 대면하지 못했던 시인의 맨얼굴을 조금이나마 더 가깝게 볼 수 있지 않았나 생각합니다. 시인과 함께 대담을 진행할 수 있어서 저 또한 즐거운 시간이었습니다. 감사합니다.

김경인

정오 산책

말의 자유

정오 산책

김경인

햇살은 눈부셨다. 나무 아래의 그늘을 딛으며 느릿느릿 걸어갔다. 햇살을 맞은 이파리들이 땅 위로 던져진 물고기처럼 파닥거린다. 교보생명. 할리스커피. 스타벅스와 뉴코아아울렛. 주부들은 곧 아이들이 하교하기 전에 서둘러 종종걸음으로 집으로 향할 것이다. 오랜만의 무료함 역시 서둘러 사라질 것이다. 나는 슬픔에 가까운 안타까움을 느끼면서 부지런히 걸었다. 자연이 있다는 것이 얼마나 다행인가. "나는 한동안 무책임한 자연의 비유를 경계하느라 거리에서 시를 만들었다. 거리의 상상력은 고통이었고 나는 그 고통을 사랑하였다. 그러나 가장 위대한 잠언이 자연 속에 있음을 지금도 나는 믿는다. 그러한 믿음이 언젠가 나를 부를 것이다. 나는 따라갈 준비가 되어 있다. 눈이 쏟아질 듯하다."(1988. 11)라고 기형도는 썼다. 자연이 좋은 점은 사람과 함께 있다는 것을 완벽히 잊을 수 있다는 거지. 남아 있는 도심의 나무들에 대해 고마움을 지녀야 한다고 나는 새삼 생각했다. 푸른 병 속에 출렁이는 한낮. 한낮의 바람과 햇살을 관통하며 지하철 역으로 느릿느릿 걸어 내려갔다. 어둑

선한 곳으로 들어갈 때면 나는 여전히 대문 앞에 선 기분이 든다. 뒤돌아보지 말아라. 뒤를 돌아본 롯의 아내는 소금 기둥이 되었다지. 뒤돌아보지 말아라, 그러나.

'그 집'이라는 이미지들─그 집에는 일본식의 큰 뜰이 있었다. 다알리아, 팬지, 사루비아, 분꽃, 나팔꽃, 백합, 백일홍, 진달래, 연산홍, 칸나, 포도나무, 향나무, 라일락 나무, 잡목들과 나무들이 곳곳에 피어 있는 뜰에서 나는 유년을 보냈다. 태어나기 훨씬 전부터 마당 곳곳에 자리 잡고 있는 뿌리 굵은 나무를 볼 때면, 마치 내가 모르는 선대들이 나무 속 정령으로 깃들어 불로장생할 것만 같았다. 향나무의 아련한 나무냄새를 맡으며 우리는 그네를 탔었지. 언니, 라일락 나무 아래 작고 흰 뱀이 있더라. 분명히 봤어. 동생이 하얗게 질려 조그맣게 속삭였다. 괜찮아, 모른 척하면 뱀이 도망갈 거랬어. 노을이 지는구나. 누가 내 몸속 피가 가득 담긴 호리병을 꽉 쥔 듯이 마음이 답답하고 아파왔다. 곧, 엄마와 아빠는 병원근무를 마치고 퇴근할 것이다. 오늘은 제발 아무 일이 없었으면, 오늘은 엄마 많이 맞지 말아요. 집아 감쪽같이 사라져 버리렴. 그러나 또 꼭 잠긴 안방 창문 사이로는 비명이 흘러나오고 피처럼 짙은 나팔꽃이 미세히 흔들리면서 피어나고 있었다. 동생아, 저리로 가자. 비명이 안 들리는 저 먼 곳으로. 아서. 얘들아, 밤에 피리 불면 뱀이 나온다. 집은 밤에 뱀이 나올까 봐 무서운 곳.

어떤 이미지들은 사람을 제 안에 감금한다. 이를테면, 어두컴컴한 방 안에서 창밖을 내다보는 창백한 아이의 얼굴 같은 것. 또, 나는 가을의 햇빛 아래 속수무책 죽은 달팽이를 떠올린다. 달팽이는 집이 부서진 채 그렇게 나동그라져 있었지. 맨몸으로 죽은 달팽이를 묻어주지 못한 것이 내내 마음에 걸렸다. 넌 왜 엄마 얘기는 한 번도 안 해? 응, 우리 엄마는 이제 여기 없어. 미국에 유학 가셨거든. 부모의 이혼에 대해서 말하기는 죽기보다 싫었지만 반 아이들 중 태반은 같은 동네 아이들이었다. 엄마가 짐을 싣고 떠나던 날에 대해 모르는 애는 아무도 없을 터였다. 방과 후에 아이들이 집으로 돌아가면, 나는 텅 빈 운동장에 앉아서 플라타너스 이파리들이 바람에 뒤척이는 것을 멍하니 보다가 노을이 질 무렵 검은 아가리를 벌리고 있는 것만 같은 집 속으로 빨려 들어갔다. 방은 늘 바깥보다 한층 어둑어둑했다. 어서어서 자라서 이 집을 떠났으면……. 나를 맹렬히 뒤흔드는 분노와 슬픔을 행여 잊을까 봐 꼬박꼬박 일기를 썼다. 나는 지금도 내 피 속에는 분노와 슬픔이 상한 우유처럼 엉겨 붙어 있을 거라고 생각한다. 점점 선의 따위가 사라지는 것만 같은 이 세계에서 나는 아직 그 노을 무렵, 어둠으로 향하는 시간대를 걸어오고 있나? 같은 꼴의 인형을 품은 마주르카 인형처럼 나는 내 안에 뒤죽박죽 넣어둔 몇 개의 나를 꺼냈다 들여놓았다 하면서 시를 써왔나?

태양은 5시 무렵부터 지기 시작한다, 고 나는 언제부터 생각해왔다. 실제 나는 기후나 시각 따위에는 지나칠 정도로 무감하다. 그럼에도 내 시계는 늘 5시에 맞추어져 있다. 빛이 사위어가면서 어둠과 섞이는 시간. 앞으로 펼쳐지는 것은 혼돈일까 친화일까? 어린아이의 천진한 밝음이 누군가의 어둠 속으로 어쩔 수 없이 침몰해가는 시간을 나는 지나왔다. 그리고

서울을 떠나 이 도시에 산 지 10년이 넘었다. 여전히 거리는 익숙

하지 않다. 마치 자신의 뜻과는 무관하게 짝지어진 약혼녀를 바라보는 심정으로 나는 이 도시를 냉랭하게 대해왔다. 그렇다고 돌아갈 정처도 없으면서. 죽지도 살지도 않는 쿠마이의 늙은 무녀와도 같이 집은 내 안에 도사리고 있다. 나의 태생이라는 것. 근원이라는 애증. 기원이라는 허구. 핏줄 이데올로기에서 벗어난 뒤에야 나는 비로소 내 이름을 갖게 되었지. 나는 운명을 믿지 않는다.

대흥역에서 택시를 타고 산울림소극장. 신촌의 우드스탁과 섬을 사랑했었다. 섬에 앉아서 노닥거리다 보면 어이, 여기 맥주는 누가 조달해주지? 검은 바위를 닮은 여주인은 초저녁부터 취해 있었고, 나도 취했고, 놀던 친구들도 다 취했다. 감동도 없고, 유머도 없는 요즘 말로 하자면 병맛인 유머를 날리면서. 멋지고 싶어 안달이었고 조금씩은 순수했던 것도 같았던 그때. 섬의 여주인은 죽었고, 그때의 나도 죽었다. 너무 아름다워진 거리. 활보하는 늘씬한 아이들. 벌써 1년 만이네. 시간이 참 빨리 지나가. 스타우트는 맛있구나. 우리는 홀짝홀짝 취해간다.

시인이 되고 싶다고 생각한 건 20대 중반 이후였다. 수도권에 있는 조그맣고 조용한 여대에서 나는 4년을 보냈다. 대학 시절 내내 학생회 일과 동아리 일에 몰두했고 문학에 대해서는 조금도 관심 없이 살았던 것 같다. 인문대 학생회실에 놀러 온 한 언니가 기형도의 시를 붙여 놓았을 때 나는 그의 시에서 풍기는 병적인 염세가 거북스러우면서도 은밀히 좋았다. 내가 학습한 문예이론들—혁명의 건강성과 인민문학의 전형이론과 같은—에는 우울과 비관론이 스며들 틈이 없었으니까. 대학 시절 내내 나는 그렇게 나의 음울을 애써 부정하고 싶었는지도 모르겠다. 대학 졸업 후에 대학원에 진학했다. 그때부터 나는 종종 시를 쓰고 싶다는 생각을 했고, 습작을 했으며, 시인이 되었으면 좋겠다고 생각했다. 좀 늦게 시가 내게 왔다.

후배와 헤어진 후 서울 시내를 걸으면서 이상과 김기림의 산책을 상상했다. 미츠코시백화점 위에서 금붕어처럼 하느작거리는 사람들을 생각한다. 이상도 김기림도 금붕어처럼 흐느적거리던 30년대의 사람들도 지금은 없다. 나는 무엇을 하러 산책을 하나. 몇몇의 문우를 생각했지만 연락할 이는 한 명도 없었다. 그들은 너무 바쁘거나 뜬금없는 연락에 놀랄 것이므로.

나는 소설가는 되지 못했을 것이다. 나 아닌 다른 삶의 이야기를 쓰지 못하기 때문이다. 시 안에서 나는 나의 이야기를 맘껏 썼다. 그래서 시를 쓸 때면 나는 후련해지고 창피해지고 슬퍼진다. 이렇게도 동어반복하고 있구나. 나는 조금도 떠나지 못했구나. 화장과 위장과 변장을 거듭하지만, 결국 날것 그대로의 그것을 드러내야 한다는 것. 그리고 어쩔 수 없이 배어 나오는 궁상과 체념 따위를 나는 진저리치며 감추고만 싶은 것이다. 그래서 나는 시집을 지인들에게 선물하는 것이 곤혹스럽다. 완전히 들킬까 봐. 그런데 이런 것도 시가 될 수 있을까? 감춤의 욕망과 드러냄의 욕망. 나는 이 율배반적이지 않나?

선생님의 시는 왜 그렇게 어려워요? 도대체 해석이 불가능해요. 학생들은 종종 호기심이 가득한 진지한 눈으로 묻는다. 그러면 나는 대답한다. 그러게. 나도 왜 이렇게 어렵게 읽히는지 모르겠어. 나는 서둘러 질문을 닫고 내가 좋아하는 시인의 시를 이야기한다. 얘들아, 좋은 시란 이런 것. 내 시를 읽지 말고 이런 시들을 읽으렴. 얘들아, 제발. 나는 어떻게 대답해야 하는지 도무지 모르겠어. 그러니까 내 시 말고 다른 시에 대해서라면 얼마든지!! 나는 대답할 준비가 되어 있단다.

그래도 언니는 계속 시를 쓸 것 같아요. 언니는 시를 쓰고 싶어하니까요. 후배는 말했지. 정오부터 시작된 산책은 너무 쉽게 끝난다. 나는 멈추지 않기 위해 어디로든 걸어간다. 다만 이제부터는 뒤돌아보지 말 것. 기원은 비어 있고, 나는 바둑을 둘 줄 모른다. 흑백의 어떤 풍경을 영영 잊을 것. 오랜만의 외출을 평온히 끝낼 것.

이상한 흥분 속에서 나는 식은 밥을 먹기 시작했다.

말의 자유

김경인 · 박형준

박형준   안녕하십니까. 선생님. 먼저, 바쁜 중에도 이렇게 이메일 대담에 응해주셔서 감사의 말씀을 드립니다. 대강 알고 계시겠지만, 부산에서 발행되는 비평전문계간지 『오늘의문예비평』(이하 『오문비』)은 문학제도의 역장과 긴장 속에서 20년 넘게 '창작과 비평의 새로운 방향'을 모색하고자 노력해왔습니다. 특히, 『오문비』는 기존 문학장의 권위적인 운용 프레임과 고답적인 창작/비평 메커니즘을 투과할 수 있는 참신한 문학 담론을 생산하는 데 힘을 쏟고 있습니다. 〈한국문학의 새로운 시선〉이라는 코너 역시 이와 같은 문제 인식을 바탕으로 하고 있으며, 이 (불)가능한 대화(작가/평론가)는 문학 '판'의 확정된 틀(frame work)을 이탈하면서 다시 새롭게 엮어내는 운동성을 지향한다고 하겠습니다.

    이번 호에서 『오문비』 편집위원들은 첫 시집 『한밤의 퀼트』(랜덤하우스, 2007)에 이어 최근 두 번째 시집 『애들아, 모든 이름을 사랑해』(민음사, 2012)를 발간한 선생님의 시 세계에 주목하였습니다. 올해 두 번째 시집을 출간하시고 매우 바쁜 날들을 보내고 계실 것 같은데, 먼저 독자들에게 근황을 좀 알려주시면 감사하겠습니다.

김경인　네, 안녕하세요. 박형준 선생님께서도 매우 바쁜 날들을 보내시는 것으로 알고 있습니다. 질문지 받고 기쁘고 감사했습니다. 제 시를 정말 꼼꼼히 읽어주셨고, 또 제가 말하고 싶었던 어떤 부분을 정확히 '언어화'해주셔서 기뻤습니다. 저는 일상인으로는 매우 바쁘게, 시인으로는 너무나 나태하게 지내고 있습니다. 이번 학기부터 교양과목의 강의전담 교원으로 일하게 되었습니다. 수업 시수도 많고 첫 학기라 적응기간도 필요하다 보니 저절로 시와는 담을 쌓게 되었어요. 마감이 닥쳤는데, 원고를 준비하지 못해 걱정 또 걱정입니다.

박형준　사실, 어떻게 이야기를 시작해야 할지 굉장히 고민을 많이 했습니다…. 왜냐하면 정말 죄송하게도 선생님의 할아버지에 관한 질문부터 드리지 않을 수가 없었기 때문입니다. 이런 방식의 질문은 저 역시 좋아하지 않고, 선생님 시를 이해하는 데도 크게 도움이 되지 않는다는 것을 잘 알지만, 모른 척 미루어두거나 비껴갈 수 있는 사항이 아니라고 생각하였기에 오히려 이 질문을 서두에 배치하는 정공법을 택하였습니다. 물론, 이런 식의 질문은 어떻게 보면 굉장히 진부하고 불편한 것일 수 있지만, 또 다른 관점에서 보면 시인 김경인의 삶/문학에서 빼놓을 수 없는 부분이기도 하니까요.
　어쩌면 김경인 시인에게 할아버지(김동인)란 저 거대한 근대문학과 같이 초극해야 하는 대상인지도 모르겠습니다. 한 일간지의 인터뷰에서 시인 김경인의 할아버지는 "그를 있게 한 토양이었지만, 그에게는 하나의 벽이기도 했던"(서울신문) 분이라고 언급하였던 것처럼 말입니다. 어느 시인의 할아버지가 『감자』를 쓴 '김동인'이었다는 사실은 세간의 관심을 끌기에 충분한 레퍼토리와 호소력을 지니고 있습니다. 첫 시집 발간 이후에 이루어진 취재에서도 할아버지 이야기가 많은 부분을 차지하고 있는 것은 그러한 이유라고 생각됩니다. 사실 선생님의 시 작업이야 말로 그 '계통'의 무의식이 지닌 병폐를 모조리 부정하는 자리에서 생성되는 것인데도 말입니다. 그렇게, 김동인의 손녀로 시를 쓴다는 것, 여간 복잡한 삶/문학의 무늬를 지닌 것이 아니었겠구나, 감히 추측해보게 됩니다. 직접적인 관계는 없겠지만, 첫 시집 『한밤의 퀼트』(이하 『퀼트』)에 수록된 「오래된 뿌리」의 "동그란 안경을 쓴 젊은 할아버지가/ 내 가슴을 두드린다"나 "할아버지, 뿌리가 너무 무거워요"라는 구절이 예사롭게 읽히지 않은 것은 그 때문입니다. '시인 김경인'에게 할아버지란 과연 어떤 존재였는지요? 아무래도 독자들이 궁금해하는 내용이 될 것 같아서, 다소의 불편함을 감내하고서도 '시인의 할아버지'에 대한 말씀을 듣는 것으로 대담을 시작하고자 합니다.

김경인　먼저 말씀드리자면, 이런 질문 앞에서 오랜 시간 동안 저는 도망가고 싶었습니다. 예전에는 정말 어떻게 대답해야 할지 몰라서 전전긍긍했어요. 왜냐하면 저는 할아버지에 대해 어떤 기억도 갖고 있지 않기 때문에 '대답할 그 무엇'이 없잖아요. 그는 1951년에 돌아가셨고 저는 1972년생이니까요. 원하는 대답을 들려줘야 하는데 그런 말들을 지어내자니 참 힘들었습니다. 사실 첫 시집 내고 인터뷰를 할 때, 저는 순진하게도 제 작품에 대해 물어볼 줄 알았는데요. 그게 얼마나 철모르는 생각인지 금방 깨닫게 되었죠. 나중에 인터뷰 기사를 보니, 제 필명조차도 할아버지의 이름자와 연관된 것으로 실려 있더군요. (다른 지면에서 썼듯이 필명은 지인이 별 뜻 없이 지어준 이름입니다. 그 이름을 가계와 연관 짓는 것은 타인들의 의지이지, 저의 의도는 아닙니다.) 그때의 제 마음은 이미 짜인 판 속에서 움직일 부분이 애초부터 마련되지 않은 장기판의 말 같은 심정이었습니다. 그야말로 '문학적 서사'에 충실한 인터뷰였죠.

그렇지만, 선생님께서 말씀하신 것처럼 저의 문학은 그런 기대의 정반대에서 출발합니다. 그러면서도 저는 (혹여 있을지도 모르는) 세간의 관심에 대해 무신경한 '쿨'한 인간도 되지 못하기에 저는 할아버지에 대해 말할 때면 머리가 아주 복잡다단해집니다. 제게 할아버지는 책으로 존재합니다. 비유가 아니라 실제로 저는 집의 서가에서 처음으로 할아버지를 알게 되었고 중학교에 들어가서는 교과서 문학을 통해 할아버지를 접했습니다. 존경이랄까 경외랄까 하는 인간적 감정이 생기기 전에, 저에게 할아버지는 피와 살이 깃든 유기체라기보다는 말 그대로 '근대문학'처럼 느껴집니다. 마치 이광수나 이상, 박태원이나 이태준의 소설을 읽다가 문득 그들은 어떤 사람이었을까, 그들의 일상사를 상상하는 순간이 있지 않습니까? 그런 비슷한 생각으로 저는 할아버지를 읽어왔습니다. 저는 어릴 때부터 가족 모임을 하듯 동인문학상에 가곤 했는데, 어느 순간부터는 그 자리가 참 불편하게 느껴졌습니다. 뭐라고 해야 할까요? 그 날만큼은 '죽은 할아버지가 살아 있는 그의 가족들을 이토록 완벽하게 지배하고 있구나'를 확연히 알게 되는 날이라고 해야 할까요? 누군가 저를 김동인의 손녀라고 불러줄 때, 그것이 제게 갖는 호의에서 비롯된 것일 때조차도 저는 곤혹스러웠습니다. 그럴 때면 저는 제게 달린 거대한 꼬리, 혹은 너무나 커서 제 본 모습을 완전히 뒤덮어버리는 뚜렷한 그림자 같은 이미지를 생각하곤 했어요. 혹자는 저의 이러한 마음
을 전혀 이해하지 못
할지도 모르겠습니다
만, 다른 가족들이 가
지는 자긍심을 가질
수 없어서 저는 괴로
웠습니다. 나의 의지
와는 무관하게 '나'라
는 존재를 묶는 기다
란 끈이 버거웠고, 나
라는 존재는 나만의
얼굴을 갖는 것이 애

초부터 불가능한가? 하는 회의와 괴로움을 확연히 느끼는 날이기
도 했습니다. 그것은 할아버지라는 구체적 개인에 대한 감정이라기
보다는 '가계-혈통'이라는 구조에 대한 회의에 가까운 것이었습니
다. 어쩌면 그런 회의—가족공동체에 대한 근본적 회의—가 제가
시를 쓰게 된 기본 동력이기도 한 것 같습니다. 그런 회의감이 어느
정도 해소된 근래에는 가끔씩 할아버지의 일생이 궁금하기도 합니
다. 불가능한 이야기지만 그와 일상을 함께했다면 나는 어떻게 그
를 봤을까 하는 생각을 가끔 하기도 해요.

박형준   그런데, 언론에서 '김동인의 손녀'로 이슈화한 것과 달리
(다른 지면에서 언급한 것처럼), 기실 선생님의 시적 세계에 큰 영감을
준 이는 오히려 따로 있다고 하셨거든요. 이를테면 김수영 시인이
라거나, 아니면 무수히 생성됐다 사라지는 다른 이름(들)이라거나,

아니 그게 아니면 어떤 특정 사건이나 경험이라던가, 아무튼 선생님의 독특한 시세계를 구성하는 데 영향이나 영감을 준 것은 무엇인가요?

김경인　저는 쉽게 영향을 받는 편입니다. 대부분의 좋은 작품들을 보면 매혹되고 기가 죽습니다. 그리고 제 글이 무척 보잘것없게 느껴지면서 본격적인 자학에 빠져듭니다. 그래서 어느 순간부터는 타인의 글을 의도적으로 안 읽거나 읽더라도 얼른 기억 속에서 지웁니다. 혹여나 저도 모르게 제 시 속에 타인의 느낌이 배어들까 봐서요. 고등학교 앞에는 명동성당이 있었고, 명동거리에는 작은 책방이 하나 있었는데, 거기서 김수영의 선집 『거대한 뿌리』를 처음 접했어요. 무슨 말인지는 잘 모르면서도 매력적이라고 생각했습니다. 뚜렷이 기억이 나지는 않지만 「현대식 교량」을 좋게 읽었던 것 같습니다. 저는 많은 시인들의 매력적인 요소를 부분부분 감탄하면서 읽는 편입니다. 가령, 석사학위 논문의 대상이었던 박재삼 시에서는 이미지를 탐냈고, 그러다 보니 그 시기에 쓴 시들에서는 이미지에 많은 힘을 기울였던 것 같아요. 좋은 시인들이 많듯이, 제게 영향을 준 시인 역시 그때 그때 따라서 달라졌지요. 전봉건 시인, 김구용 시인, 박용래 시인, 김종삼 시인의 어떤 작품들을 좋아합니다. 오랫동안 좋아했던 시인으로는 동년배 시인들이 대개 그러하듯, 이성복 시인과 기형도 시인이고요. 김혜순 시인의 시도 깊이 좋아해서 습작 시절 필사도 했었어요. 좀, 다른 말이지만 김민기의 노래도 좋아해요.

박형준　물론, 앞의 질문은 선생님의 시적 '계보'나 문학적 '도정'을 추적하기 위한 것은 아니었습니다. '시', 아니 '시적인 것'의 의미 구성을 명백하게 거부하고 있는 듯 보이는 『한밤의 퀼트』가 어떤 과정을 통해 생성되었는가 하는 점을 우회적으로나마 독자들에게 소개해드리고 싶었던 의도가 있었기 때문입니다. 아니, 그것은 정확히 말해 대담자를 자처한 저의 욕망이기도 하겠지요. 선생님의 첫 번째 시집을 읽다 보면 철저하게 '맨얼굴'을 감추고 있다는 느낌을 지울 수가 없는데요. 시의 구절에도 나오는 부분이지만, 이는 '복면을 뒤집어 쓴 새'처럼 포착하기 어려운 이미지의 집합이 비규칙적으로 배치되어 있기 때문이라고 생각됩니다. 아방가르드라는 전위적 용법이나 모더니즘이라는 수사적 기교로는 설명하기 어려운 자리에 김경인의 시가 놓여 있다고 하겠는데요. 그래서 뭔가 통일된 이미지나 의미 구성을 기대하는 독자들로서는 굉장히 어렵게 느껴지거나 소통이 불가능한 것처럼 인식되기도 하거든요. (뒤에서 자세히 이야기를 하겠습니다만) 그래서 본격적인 질문은 선생님께서 생각하시는 '시', 혹은 '시적인 것'이란 무엇인가, 에 대해서부터 시작해야 하지 않을까 합니다.

김경인   저는 제 시가 정말 빤하다고 생각해요. 수학으로 치면 일차방정식 수준이라고 생각하거든요. 만일 제 시가 어렵게 느껴지거나 소통이 불가능한 것처럼 이해된다면, 그건 제가 시를 쓸 때 세계의 맨 얼굴을 그대로 그려내는 방식을 택하지 않기 때문인 것 같습니다. 저는 어떤 대상을 있는 그대로 그려내는 데 취약합니다. 말하자면, 세밀화를 그리는 데 필요한 '관찰'의 눈이 부족하다고 할까요? 시인은 당연히 '관찰'의 눈이 필수적인데, 그것이 부족하지요. 대신 저는 구체적인 세계를 추상화하는 방식으로 시를 쓰고 있습니다. 어릴 적에 저는 여름의 마당에 앉아 있기를 좋아했었는데, 지는 노을빛에 오래 매혹되었습니다. 방 안에서는 부모님의 다툼이 한창인데, 정작 저는 극도의 불안감에도 불구하고 터무니없이 노을빛에 홀려 있곤 했어요. 이상하게도 그 빛깔이 참 슬프면서도 아름다운 것으로 오래 기억에 남아 있습니다. 엄마의 멍든 얼굴은 기억나지 않고 하늘에 지는 노을의 아름다움만 떠오른다는 사실 때문에 말할 수 없는 죄책감을 갖기도 했어요. 아마도 구체적인 세계를 추상적 세계로 환치시키는 방식 때문에 시가 어렵게 읽히는 것이 아닐까 생각해봅니다. 그렇지만 제가 주로 대상으로 삼고 있는 것은 나를 뒤흔드는 '정념'이기 때문에 이런 방식은 애초부터 예상되어 있는 것이기도 하겠지요.

제 경우에, '시'에 대한 생각은 두 가지 방향으로 말씀드릴 수 있을 듯해요. 하나는 제가 생각하는 시, 시적인 것인데 이것은 제가 쓰는 시와 같은 방향성을 띤다고 할 수는 없을 듯합니다. 만일 시의 숲이 있다면 제 시는 아름드리 나무가 될 수는 없을 것 같습니다. 수종의 다양성을 위해 존재하는 다양한 잡목 중 하나겠지요. 다만, 이 질문을 제 시의 경우로 제한해서 말하자면, 처음에는 저를 이해하기 위해서 시를 썼습니다. 불완전한 나를 불완전한 그대로 스스로에게 이해시키기 위해서요. 돌이켜 생각해보면, '복면을 뒤집어쓴 채 노래하는 새'의 이미지처럼 감추려는 욕망과 드러내려는 욕망 그 중간지대에서 제 시가 탄생하는 것 같습니다.

박형준　　『퀼트』, 그리고 두 번째 시집 『애들아, 모든 이름을 사랑해』 (이하 『애들아』) 모두 사실상 일반적인 시의 상징이나 비유적 기능을 거의 포기하고 있다고 해도 과언이 아닌 듯합니다. 그런데 사실 「벗꽃」 같은 작품을 보면, 시인이 얼마든지 전통적인 시적 문법에 맞게끔 사물, 혹은 시적 대상을 재현해낼 수 있는 능력이 있음을 확인할 수 있거든요. 짧은 시이니 전문을 인용해서 다시 읽어보는 것도 좋을 듯합니다.

> 그대의 손등에
> 밤새 맴을 돌다
> 끝내 녹지 못한
> 눈송이들이
>
> 비로소 봄을 흔들어
> 겹겹 쌓인 마음 토해내다가,
> 가시 같은 햇살에 아프게 반짝이다가,
> 바람 불면 부는 대로 휘청이다가,
> 하얗게 질려
> 실핏줄 같은 울음 울먹이다가,
>
> 발 디딜 틈도 없이
> 우 쏟아져버리는
>
> — 「벗꽃」 전문

추측해보자면, 아마도 이 시는 첫 시집 1부·2부에 수록된 작품과는 시간적으로 어느 정도 간격을 지니고 있는 작품이 아닌가 합니다. 물론, 실제 작품 창작의 시기가 어떠했든, 저로서는 다소나마 첫 시집의 전체적인 결을 이해하는 바탕이 되었습니다. 예를 들어, "끝내 녹지 못한/ 눈송이들"이나, "바람 불면 부는 대로 휘청이다가,/ 하얗게 질려/ 실핏줄 같은 울음 울먹"인다는 표현은 '벚꽃'의 현상과 본질을 가장 잘 담아낸 것이 아닌가 하는 생각이 들었기 때문입니다. 그래서 생각했죠. 김경인 시인의 시적 언어라는 것이 수사적 차원을 훨씬 넘어서 있는 것이구나, 하고 말입니다. 시인의 의식 가장 낮은 지점까지 침전했다가 다시 끌어올리진 시어라고 하더라도, 표상 과정에서는 상징계의 규범이나 어법을 따를 수밖에 없는데,—아무리 거부하려고 해도 말이죠—『퀼트』나『얘들아』는 전혀 그렇지가 않았다는 것입니다. 평론가의 입장에서야 이런저런 방식의 해석을 붙일 수는 있겠지만, 기실 그런 해독(decoding)/독해의 문제를 이미 전제하기 어려운 표현 방식을 선택하고 있다는 사실을 이해하는 것이 더 필요한 일이 아닌가 생각하였습니다.

그런데 역설적이게도 그 사실을 깨닫고 나니, 시인이 "나는 가까스로 닫혀 있다"고 한 말의 의미를 아주 조금은 알겠더라고요. 아, "나는 가까스로 닫혀 있다"는 시인의 독백, 그것은 굉장히 힘겨운 '한 마디의 말'이었구나…. 왜냐하면 그러한 작업은 스스로를 '계단' (의식)의 가장 낮은 바닥까지 끌어내림으로써 대면하게 되는 '악몽' 의 이미지들과 싸우고 견디는 일이라고 보았기 때문입니다. 예를 들어, '칼'(찌름), '시체'(죽음), '손톱'(파먹음), '입'(잘근잘근 씹어먹음), '자해'(손목을 긋는) 등이 그것이겠죠. 이 그로테스크한 효과를 감내할 수밖에 없는 자기 침전, 혹은 '시-쓰기'란 도대체 어떤 것인지 매우 궁금합니다.(저는 그것이 기존의 표현주의 문법이나 정신분석학적 접근으로도 설명하기 어려운 무엇, 즉 표현 욕망과는 다른 무엇이라고 생각하고 있습니다만)

김경인   아, 오랜만에 저 시를 읽으니까 다시금 민망합니다. 선생님 잘 보셨어요. 시 「벚꽃」의 초고는 처음으로 시를 배우러 간 민예총 문예아카데미의 시 창작반에서 습작품으로 냈던 시였습니다. 초고 일 때는 더 형편없어서 담임선생님이던 정희성 선생님께 지적을 많이 받았습니다. 몇 년 뒤에 고쳐서 냈는데 등단작 중 한 편이 되었어요. 「벚꽃」을 쓸 무렵에는 아주 기본에 충실한 시를 썼죠. 서정시를 잘 쓰고 싶었거든요. 그런데 시간이 흐르면서 서정시가 잘 써지지 않았어요.

선생님이 말씀하셨듯이 저는 계단의 이미지를 통해 맨 아래—의식의 기저로 내려가고 싶었습니다. 그런데 무의식은 언어화될 수가 없잖아요. 거기에 저의 딜레마가 있습니다. 내려가 보니 무언극들이 펼쳐지고 있는데 그것을 언어화할 언어가 없다는 것입니다. 무언극이니까 당연히 언어가 없잖아요. 그런데 이런 대답을 하다 보니 문득 궁금해지네요. 왜 무언극일까요? 혹시 저는 그 무의식에서조차 착한 아이를 연기하고 있는 걸까요? 입이 열리는 순간을 나는 두려워하고 있는 걸까요? 아니면 입을 여는 순간 나는 폭발할 것 같아서일까요? 잘 모르겠습니다.

앞서 말했듯이, 저는 감춤과 드러냄의 놀이를 좋아합니다. 감추려는 욕망 자체를 감추고(김춘수처럼) 드러내려는 욕망조차 드러내는(김수영처럼) 그런 멋진 풍경을 상상하면서요. 하지만 한 편의 시에서 그런 분열을 견뎌낼 수는 없기 때문에 약간만 감추고 약간만 드러내는 타협을 합니다. 그러다 보니 시가 애매하다는 얘기도 종종 들어요. 저는 스스로가 리얼리스트라고 생각하기 때문에^^ 애매하다는 평을 들으면 깜짝 놀랍니다. 저는 몽상도 좋아하고, 현실의 알레

고리로 환상을 사용하는 것도 좋아하고요. 몽상 안에서는 자유로울 수 있으니까요. 몽상이라면 악몽도 부담없이 즐길 수가 있겠지요.

박형준   보통의 시인은 '말을 하는 사람'이거나 '말을 잘 부려 쓰는 사람'으로 생각되는 것이 일반적인데요. 선생님의 경우에는 말을 '듣는 사람'이 시인이라고 이야기하는 듯합니다. 예를 들면, 「듣는 사람」(『퀼트』, 44~45쪽)에서 "당신의 혀는 유연하지만 당신을 단단히 묶을 수는 없습니다. 당신에게서 흘러나온 말 속에 잠겨 당신이 허우적거리고, 나를 바라보는 두 눈만 남기고 휩쓸려 눈물 속으로 사라지"기 때문에 "나는 영원히 듣는 사람"일 수밖에 없다고 하였습니다. 왜냐하면 시인은 "입이 없다"라고 생각하고 있기 때문입니다. 「물 아래에서」(『퀼트』, 24쪽)는 "물 위로 떠오른 것은 극히 일부"이기 때문에 그것을 '말'로 담아내는 행위는 대단히 위험하다는 사실을 말하고 싶었던 것이 아닌지요? 시적 주체의 표상된 의식을 담아내는 언어의 불투명함과 이데올로기적 스펙트럼을 드러내고 있는 몇몇 작품에서 시인이 스스로 말하기를 포기하고 있음을 확인할 수 있다면 과한 해석일까요?

김경인   전적으로 맞는 해석입니다. 저는 언어는 근본적으로 투명할 수 없다고 생각해요. 나조차도 내가 무슨 말을 하는지 잘 모르는데요. 그래서 시인은 잘 받아 적는 사람이라고 생각합니다. 「듣는 사람」에서 저는 타인의 슬픔을 위무하는 것은 잘 들어주는 것이라고 생각했어요. 마치 아무것도 적혀 있지 않은 트레이싱 페이퍼처럼요. 그것이 설령 타인의 인생에 조금의 도움도 되지 않는다 하더라도. 그렇게 타인을 내 안에 깃들게 하는 것이야말로 진정한 소통이라고 생각했습니다.
누군가의 따뜻함을 생
각하면서 '듣는 사람'
을 썼는데요.
　저는 시인이 말하
는 자보다는 해석하는
자에 가깝다고 생각해
요. 시인은 뜨거운 자
라기보다는 차가운 자겠죠. 시 「독서클럽」이나 「채록자들」에서처
럼 나는 누군가 읽어주는 이야기를 받아 적거나, 떠도는 이야기들
을 채록할 뿐이라고 생각합니다. 언어에 대한 불신과 더불어서 저
는 세계에 대한 어떤 견해를 갖는 것을 유보하는 편입니다.(정치적
견해를 말하는 것은 아니구요. 정치적 견해는 적극적으로 표명해야 한다고 생
각합니다.) 사실 잘 모르겠어요. 내가 알고 있는 세계가 정말 그 세계
인지.

박형준　어쩌면, 어두운 거울을 비추고 있는 선생님의 시, 그 내면
의 침잠을 인도하는 것은 "흑과 백 밖에는 다른 말을 할 줄을 모"
(『퀼트』, 34쪽)르는 '말의 질서'로부터 벗어나기 위한 힘겨운 싸움이
아닐까 생각하였습니다. 그것은 '얼굴'과 '이름'을 규정짓는 질서와
속박으로부터 자유를 천명하는 유일한 방식이 아니었을까요? "입
을 여는 순간 얼굴을 뜯어버리고 싶"(『퀼트』, 33쪽)은 충동을 느끼는
시인의 애티튜드는 바로 그런 데서 나온 것이 아닌지요. 하지만 "굶
주린 혀"(『퀼트』, 48쪽)를 가지고 태어난 시인은 말하기를 멈출 수가
없는 운명이 아니겠습니까. "입을 다물면 세상은 요람보다 안전"하

다는 것을 잘 알면서도 스스로 잘라낸 "잘린 혀"로, 혹은 "썩다 만 입술로 옹알이"를 할 수밖에 없는 것은 그 때문이 아닐까요. 그래서 저는 김경인이라는 시인은 '말하는 시인'이 아니라 '듣는 시인'이 아닌가 하는데요. 어떻게 생각하시는지 궁금합니다.

김경인 일상인으로서의 저는 말하는 것을 좋아합니다. 수다스럽죠. 그런데 시인으로서 저는 침묵을 좋아하는 것 같습니다. 과묵해서가 아니라, 무엇을 말해야 할지를 아직 잘 몰라서요.(아직이라니! 사십이 넘었는데 아직이면 언제쯤?) 시를 빌자면 나는 흑과 백이라는 이분법적 언어 틀에서 자랐는데, 그러나 성장해서 보니 이분법에 포획되지 않는 다른 언어도 있더군요. 그 언어를 찾아가기 위해서 나는 시를 쓰는지도 모르겠습니다.

한편으로 내면의 차원에서 말하자면 내 안에서 떠드는 것들이 많아서 잘 종합이 안 되는 거죠. 첫 시집에서는 그것을 「번뇌스런 소녀들」로 그려냈는데요. 단일한 목소리를 갖지 못하는 거겠죠. 첫 시집에서 그런 경향이 많았고요. 두 번째 시집에서는 비교적 단순해졌다고 생각해요. 그리고 그런 변화는 나쁘지 않습니다. 이제 내 거울은 안만을 비추지 않아요. 거울의 방향성이 조금 자유로워졌다고 할까요? 그렇지만 여전히 말하는 시인보다는 듣는 시인이고 싶습니다.

박형준 '검은 서랍', 혹은 '컴컴한 서랍'이나 '트렁크' 같은 내밀한 공간 이미지에서 힘겹게 읽어낼 수 있듯이, 시의 이미지라는 것 자체는 표상되는 순간 휘발('흩어지는 것')되는 것이 아니겠습니까. 그렇기 때문에, 선생님께서도 분열 직전의 시어를 겨우겨우 잠시 모아

놓을 수 있을 뿐("나는 가까스로 닫혀 있"을 수 있을 뿐), 그 역시도 결국에는 "곧 흩어질 것"이라고 말씀하는 것 같습니다. 두 번째 시집에서도 선생님께서 '말하기'보다 '듣기'나 '느끼기'에 더 관심을 기울이고 있음을 확인할 수 있지 않은가 합니다. 그것은 '비언어적'인 방식의 표현들, 이를테면, 세계와 존재의 다양한 양상을 빛깔로 표현해낼 수 있다는 의지와 욕망에 대한 거부가 아니겠습니까. 이는 어떻게 하면 우리가 대면하는 세계의 느낌, 인상, 혹은 생각을 '잘 표현해낼 수 있을 것인가' 하는 문제가 아니라, 그것 자체가 불가능할 수 있다는 문제 인식에 가깝다고 생각합니다. '색깔'에 대한 여러 시편들이 그것을 잘 보여주는데요. 사실, '색깔'이라는 것 자체가 우리의 의식이나 느낌, 혹은 사물의 본질을 표현하기에는 "턱없이 모자라거나 남아도는 빛깔"(「미술 시간」, 『얘들아』, 13쪽)의 집합이지 않습니까. 두 번째 시집에서 보여주는 '색', '선'의 폭력적 재현에 대한 관심은 존재나 사물의 이름을 제대로 표상하거나 재현하는 것이 불가능함을 보여주는 것이라고 생각되는데("이제 곧 그어질 몇 개의 철책 속에/ 나는 가득 담기고/ 나는 비로소 다시 태어나고", 『얘들아』, 20쪽), 규범적인 '말/색'의 조합에서 이탈하는 시(예술)의 가능성이란 미학적 쇄신에 가까운 것일까요? 아니면 개별성(존재)에 대한 물음이나 응답에 가까운 것일까요? 그렇지 않다면 문학의 정치성에 가까운 것일까요? 물론, 두 번째 시집은 이런 물음들이 복합적으로 담겨 있는 것 같습니다만.

김경인　네. 선생님의 말씀에 동감합니다. 두 번째 시집을 내는 사이에 저는 내가 새롭게 태어날 수 있을까? 라는 문제에 골몰한 시기가 있었어요. 그때 「미술시간」이나 「자화상을 그리는 시간」(이하 자화상)을 썼는데요. 내가 나를 잘 그릴 수 있을까? 다시 말해 자화상을 완성할 수 있을까? 라는 질문에 대해 나는 "그렇다"라고 대답하지는 못할 것 같아요. 새로운 질서 속에서 다시 태어나고 소멸하기를 반복할 뿐이겠지만, 그래도 그 반복을 통해서 조금씩 국경선은 변경되지 않을까요? 그런 과정을 반복하다 보면 나는 타자(세계)를 향해 '웃을 수 있겠다'고 생각했어요. 물론, '총을 겨누듯이' 여전히 나를 방어하겠지만요.

선생님께서 말씀하신 맥락에 맞는지는 모르겠지만(왜냐하면 저는 '문학의 정치성'에 대한 논의를 잘 모르겠어요. 관련된 평문을 읽어봐도 핵심을 잘 이해하고 있는지 자신이 없어요.) 소박한 차원에서 문학의 정치성에 대해 말씀드리면요. 저는 아시다시피 자아정체성의 질문에 대한 응답으로 시를 써왔어요. 그래서 저의 경우에 문학의 정치성이 가능해지려면 시민으로서의 참여가 먼저 전제되어야 한다고 생각하는 편입니다. 문학은 포즈가 아니니까요.

제 시집에서도 서너 편 정도는 어떤 정치적 국면을 시의 차원으로 끌어온 시들인데요. 그 추동력이 나의 삶의 토대에 있지는 않았던 것 같아요. 만일 그것이 나의 삶에서 우러났다면 그렇게 쓰기가 어렵지는 않았을 것 같아요. 부끄러움을 무릅쓰고 고백하자면, 「고백하는 물병」이나 「물위에서 노래함」은 각각 정치적 사안과 실천을 바탕으로 해서 쓴 시들인데요. 처음의 의도가 끝까지 관철되지는 못했어요. 중간에 그 맥락이 결국 반성이나 성찰 등의 제 내면의 문제로 환원되는 이상한 시가 되어버렸죠. 그래서 저는 제 삶이 바뀌기를 바랍니다. 삶이 바뀌지 않으면 실천이란 결국 일회성 이벤트에 불과하겠죠.

박형준   시인의 이런 독특한 언어 감각과 표상 방식, 이것은 "나 태어나기 훨씬 전/ 핏줄마다 새겨진/ 지워지지 않는 이 페이지"(「지워지지 않는 페이지」, 『퀼트』, 117쪽)로부터의 과감한 이탈과 도주가 아닌가 하는 생각이 듭니다. 그런데, 한 가지 흥미로운 것은 시인의 이러한 시 작업이 자기 독백에 그치는 것은 아니라는 점입니다. '오래된 뿌리', 그 심연의 존재 질서로부터 벗어나는 시적 운동은 익명성의 발견을 통해 타자의 자리에 가닿습니다. 손쉽게 타자와 조우하고자 '얼굴'과 '이름'을 육화하는 여타 시인/작품과 달리, 선생님의 시는 끊임없이 분열하고 침전하면서 스스로를 성찰의 자리에 먼저 세우는 방식을 선택합니다. 이것은 아프고 숨막히는 일이지만, 시인이 유일하게 "나는 나의 바깥을 향해"서만 "빙긋 웃"(『얘들아』, 20쪽)을 수 있다고 생각하기 때문이 아닐는지요? 이런 점을 두 번째 시집 『얘들아, 모든 이름을 사랑해』에서 발견할 수 있다는 것은 기쁜 일이지만, 여전히 선생님의 작업은 "필 때마다 검게 변해가는 꽃"(『퀼트』, 86쪽)처럼 슬퍼 보입니다. 어느 네티즌의 SNS 감상평을 보니 선생님의 시집을 읽고 정말 많이 울었다고 하던데, 이제는 시인 자신의 마음을 보듬는 일도 조금씩 시작되어야 하지 않을런지요? 아래의 작품에서 표현하신 것처럼 말입니다.

> 창문을 열고
> 상냥한 얼굴을 연습하며 나는
> 나의 사랑스런 이웃이 되겠습니다
>
> ―「이웃」 일부

김경인   나는 나를 사랑하는 만큼 나를 한심해하기도 했어요. 그런 게 없다면 어떻게 시를 썼겠어요. 상냥한 얼굴이 될 수는 없지만, 상냥한 얼굴을 연습할 수는 있겠지요. 또 연습하다 보면 진심으로 상냥해질 수도 있겠지요. 저는 첫 시집보다는 꽤 따뜻해져서 내심 대견해하고 있었는데, 그 따뜻함에서 슬픔을 본 사람도 있겠군요.

선생님께서 제 시가 스스로를 '성찰'의 자리에 먼저 세운다는 하셨는데요. 저는 성찰할 기회가 좀 많은 편입니다. 자의건 타의건요. 종종 타의에 의해 성찰이 시작되기도 해요. 아, SNS를 말씀하시니 제가 본 SNS가 생각납니다. 저의 프로필이 주 내용이었는데, 조부 친일문학인, 부친 어쩌구 저쩌구, 그리고 제 신상이 나왔더라고요. 요약하자면 친일우파의 피가 대를 이어 흐른다는 말이었어요. 일목요연한 데이터라서 제가 제3자로서 본다 해도 정말 그렇겠더라고요. 피를 바꿀 수는 없고, 친일인명사전 때문에 분노하시는 부친의 생각에 동조할 수는 없지만, 가족의 입장에서는 부친이 이해되는 면도 있고 '남 인생이라고 함부로 말하지 마라'고 생각하기도 하지만 그 말도 아주 틀린 말은 아니니까요. 만일 제 시에 성찰이라는 측면이 있다면, 내가 응당 내 것인 줄만 알고 살아왔던 시간과 앞으로 버려야 할 것에 대해 가감 없이 들여다보는 것이 필요하기 때문인 듯합니다. 응당 내 것인 줄 알고 살아왔던 시간들에 내가 모르는 눈물과 피가 섞여 있다면 그것을 직시해야 한다고 생각합니다. 하나의 형상에서 빛과 그림자가 파생된다면, 저는 빛과 그림자를 다 보려고 노력하는 편입니다. 빛과 어둠은 결국 다 하나에서 연유하는 것이니까요. 그러기 위해서는 성찰이 필요합니다. 성찰 이후의 내가 보잘것없다 하더라도요.

박형준　(두 번째 시집에 이르러 '거울의 방'에서 나온 듯, 혹은 서동욱 선생의 표현을 빌리자면 "거울의 폐허 위에서 시작"하는 듯) 이 세상과 선생님의 힘겨운 악수는 이제 막 시작되었다고 해도 과언이 아닐 텐데요. 왜냐하면 시인은 여전히 "아직은 인간의 혀를 가지고 싶지는 않"으며, "누군가의 목소리 속에서 나를 처음 불러"(『얘들아』, 110쪽) 보았기 때문입니다. 향후 시 작업에 대한 계획, 혹은 방향에 대해서 조금 듣고 싶습니다.

김경인　두 번째 시집을 낸 것처럼 세 번째 시집도 낼 수 있기를 바랍니다. 아, 두 번째 시집이 5년 걸렸으니까 세 번째 시집을 낸다면 4년이 걸리면 좋겠네요. 저는 늘 그대로고, 그래서 늘 불만이고, 시인인 나는 일상인으로서의 나를 늘 못마땅해합니다. 불화와 갈등 속에 이제까지 시를 써왔는데요. 앞으로 둘이 너무 친해지거나, 혹은 하나가 다른 하나를 (아마도 일상인인 내가 시인인 나를) 잡아먹는다면 어쩌나 걱정입니다. 친해지면 좋겠는데, 그렇게 살아보지 않아서요. 시를 쓰는 것은 그만큼 자기 인생에 대해 할 말이 많다는 것입니다. 지금보다 더 할 말이 많아지기를 바라지만, 과연 내 맘대로 될까 모르겠네요.

박형준　긴 시간, 『오늘의문예비평』 2012년 겨울호 이메일 대담에 응해주셔서 감사합니다. 이번 대담이 '시인 김경인'의 삶과 작품 세계에 대한 작은 이정표가 되었으면 하는 바람입니다. 『오문비』 편집위원들 역시 선생님께서 지향하는 시적 세계가 어떻게 세상과 만나고 또 결렬되는지 계속 관심을 가지고 지켜보도록 하겠습니다. 다시 한 번 감사의 말씀을 드리는 것으로 이메일 대담을 마치도록 하겠습니다. 감사합니다.

김경인 　네. 선생님도 오랜 시간 고생하셨습니다. 저도 모처럼 좋은 얘기 많이 듣고 제 시에 대해 깊이 생각해보는 계기가 되었습니다. 곧 추운 계절이 오겠지요. 내내 안녕하시고, 감사합니다. 선생님들의 관심이 헛되지 않도록 시 열심히 쓰겠습니다.

조혜은

아이에게
우연한 접점에서 마침표 없는 대화로

아이에게

조혜은

방

어린 나에게 아빠가 만들어놓은 세계는 너무도 절대적이었다. 커다란 육교를 앞에 두고 초등학교와 마주하고 있던 우리 집은 1층이 가게였고, 2층이 가건물이었다. 젊은 날 건축설계를 했던 아버지가 집 앞 육교와 비슷한 색이었던 파란색 천막으로 불법 개조해 만들어놓은 2층 방에서, 나는 할머니와 언니와 여동생과 나란히 잠들었다. 웃풍이 센 그 방에서는 겨울이면 언제나 입김이 불렸기 때문에, 우리는 전기장판과 더 가까워지기 위해 항상 두꺼운 이불 속에 누워 있었다. 일요일 밤이면 나는 두꺼운 이불을 방패 삼아 다른 가족들이 모두 잠든 후에도 텔레비전을 끄지 않고 '명화극장'을 시청했다. 〈레밍턴 스틸〉이나 〈패왕별희〉, 〈시네마 천국〉 혹은 제목도 기억나지 않는 오래된 영화들이 꿈을 대신해 나의 밤을 채웠다.

언젠가는 스티로폼으로 만든 정사각형의 방도 옆에 만들어졌다. 난로를 피우면 아래는 차갑고 위만 따뜻했던 그 방에서 나는 조금이라도 더 따뜻한 윗공기와 가까워지기 위해 책상 위에 앉아『제인 에어』나『폭풍의 언덕』같은 세계명작소설을 읽곤 했다. 나무젓가락을 데워 슬몃슬몃 가져다 대면 우묵하게 구멍이 나던 스티로폼 방에서 나는 산타클로스의 존재를 부정했고, 고아이거나 고아원에서 자라난 가난한 출신성분을 가진 아이들의 이야기를 꾸며 금발머리의 인형에게도, 검은 쥐나 하얀 강아지 모양 솜인형에게도, 언니가 그려준 종이인형이나 혹은 음악 실기평가가 끝나면 쓸모를 잃어버리곤 하던 단소와 리코더에게도 선물했다. 내가 사랑했던 인형들은 언제나 가난했고, 지나치게 독립적이었다. 그들은 하나같이 부모의 도움 없이도 잘 살아갔다. 그러나 그들을 사랑했던 친구들은 모두 부모와 많은 형제를 가졌고, 부모의 도움으로 넉넉한 삶을 살았다.

나는 그 방을 좋아하지도 싫어하지도 않았다. 하지만 주말 밤이면 언제나 언니와 나를 잠재우지 않고 안주처럼 곁에 놓고 술을 마셔야 했던 아빠 때문에, 언니와 내가 샀던 병아리를 돌보지 못해 죽여야만 했던 어느 겨울날 이후 그 방을 미워하게 됐다. 병아리가 얼어 죽을까 봐 언니와 나는 커다란 방석들 사이에 병아리를 넣어두었다. 우리는 병아리들이 숨을 쉴 수 있게 시시때때로 두꺼운 방석을 들어 확인해줘야 했지만 아빠는 새벽이 되어 동이 틀 때까지 우리를 놓아주지 않았고, 그날 아침에 얼어 죽었는지 질식해 죽었는지, 죽을 때가 되어 죽었는지 병아리들은 죽어 있었다. 나는 그 병아리들을 눈물을 훔치며 장사지내주었고, 언니가 그것을 일기에 쓰자 일기를 읽은 언니의 담임선생님이 웃었다는 이야기를 들은 것 같다. 그때부터였는지도 모르겠다. 나는 무딘 감정을 무기로 아이들에게 상처나 주는 어른들의 오만함이 싫었다.

지금의 남편을 만났을 때, 나는 반지하 월세방에 살고 있었다. 젊은 시절 짧은 성공을 뒤로하고 그야말로 급격한 몰락의 길을 걸었던 아빠는 할머니와 엄마의 절대적인 믿음에도 불구하고 세 자매의 유년에 많은 악영향을 끼쳤고, 나는 나의 고등학교 졸업을 계기로 아빠와 일별한 엄마를 따라 비슷한 반지하 월세방을 거치며 대학을 졸업했다. 그 사이 나는 학비를 번다는 명목으로 많은 휴학을 했고, 뒤늦게 복학해 시를 쓰기 시작했으며, 졸업과 동시에 등단을 했다. 그리고 할머니는 세 자매의 앞날에 더 큰 구정물을 끼얹기 전에 아빠를 추슬러 시골로 떠났다. 결혼 전까지 살았던 성남동의 반지하 월세방은 가을이면 곱등이가 뛰어다녔고 여름이면 현관으로 물이 새어 들었지만 빗소리가 잘 들렸다. 화장실이 밖에 있었고, 겨울이면 화장실 문과 수도가 얼어 엉망이었지만 그것을 제외하고는 나는 곱등이와 곰팡이가 때때로 상주하던 그 집을 좋아했다. 그 집에서 나는 많은 글을 썼고 절대적인 아빠의 기억으로부터 놓여날 수 있었다. 그리고 내가 살아온 기억보다 더 많은 물건들을 모았다. 신혼집으로 가기 위해 이삿짐을 빼던 날 가족들은 모두 작디작은 나의 방에서 어떻게 그렇게 많은 물건이 나올 수 있는지 신기해했다. 짐에 둘러싸여 늘 쪼그려 잠자던 나의 방에 동생은 침대도 놓았고, 더 널찍한 책상도 놓았으며, 남은 공간에 고양이도 데려와 길렀다.

　한때 잘살기도 했지만, 그 기억이 무색할 만큼 가난한 유년을 살았던 나와 달리 30여 년을 비교적 유복하게 자랐다는 지금의 남편을 결혼 전 처음 월세방에 데려올 때, 나는 말로써 많은 단속을 했던 기억이 난다. 시골에 인사를 갈 때에도 나는 내가 좋아하는 할머니가 있는 공간이 낡은 시골임을 반복해 이야기했다. 나는 이제는 시댁이 된 남편의 집이나 혹은 남편의 부유한 친척들이 살고 있는 호텔 같은 집들에 속해 있는 방들을 좋아하지 않는다. 평범한 편인 우리의 신혼집 역시 마찬가지다. 나는 도무지 무엇에 유복했는지 모를 정도로 남편에게서 많은 결핍을 느끼며, 그가 가진 희한한 편견에 감탄할 따름이다. 전혀 다른 이유로 남편 역시 나에게서 다른 종류의 결핍과 편견을 느낄 테지만 나는 남편이 속했던 방에서 남편이 상상력으로만 키워온 이야기들에 나를 대입시킬 때 그것들을 참아주기 힘들 때가 많다. 그럴 때면 나는 이제는 이사를 갔지만, 자그마한 엄마가 쪼그려 앉아 배가 나왔다고 불평하며 화장을 지우고, 꿈이 많던 동생이 밤늦게까지 게임을 하며 빈둥거리던 그 월세집의 작은 방이 그립다. '큰 집을 지을 거예요' 물론 시 속에서 어린 나는 말했었다. 그 큰 집 속의 많은 방을 드나들며 우리는 결코 만나지 말자고. 큰 집을 지어서 그곳에서 이해할 수 없는 아빠도, 억척스러운 할머니도, 그리고 그 누구라도 다 함께 같이 사는 꿈을 꾼 적이 있다.

모자

어떤 이유에서건 나는 남들 앞에서 잘 울지 않는 아이였다. 같은 반 개구쟁이 남자아이가 운동장 한 가운데서 내 치마를 들추면 나는 말없이 집에 가서 다른 색의 속옷을 꺼내 갈아입었고, 짓궂은 아이들이 같은 반 누구랑 내가 좋아한다는 소문을 내면 나는 눈을 내리깔고 읽던 책을 마저 읽으면 그만이었다. 초등학교 3학년 때까지는 나도 덩치가 좋아 남학생들을 때릴 수 있는 소녀였지만, 4학년을 지나오며 말수가 적어졌고, 키도 자라지 않았으며, 무던한 감정을 가지게 되었다. 같은 반 여자아이가 별것 아닌 일에 부러 화를 내고 욕을 해도 대꾸하지 않을 정도였다. 집에서도 아빠가 술을 마시면 싸우는 사람은 언제나 언니였다. 나는 창가에 서 있거나 나의 인내심을 시험하며 몇 시간이고 아빠의 이야기를 들어주는 편이었다. 그 시절 내가 이해할 수 없는 것은 아빠였지만 사실 더 이해할 수 없는 것은 할머니의 존재였다. 모자. 할머니는 아빠를 놓고 수도 없이 많은 시나리오를 썼다. 아빠를 엄마와 이어 붙이기 위해서. 혹은 우리와 아빠의 관계를 이어 붙이기 위해서. 하지만 그럴수록 할머니는 아빠에게서 멀어졌다. 아빠는 사랑이라는 이름으로 할머니가 강요하는 억지 시나리오를 참지 못했다. 하지만 할머니는 희생의 숭고한 이름으로 아빠를 더욱 숨 쉴 수 없게 만들었다. 가족이란 참으로 징글징글한 것이라는 사실을 깨닫게 하는 순간들이었다. 그러면서도 아빠는 도움이 필요하면 할머니를 찾았고, 할머니는 매번 아빠에게 속으면서도 자신의 모든 것을 다 바쳐 아빠를 위해 살았다. 하지만 아빠는 그런 것들을 바라지 않았고, 할머니는 어긋나는 아빠를 견디는 자신을 뿌듯해하는 것도 같았다. 아빠가 독립적인 사람이었다면 할머니는 견디지 못했을지 모른다. 어쩌면 할아버지가 일찍 돌아가셨기 때문에 아빠는 실은 아버지에게 가졌어야 했을 독립심과 어머니에게 가질 수 있는 의존을 할머니에게 다 투사해야 했고, 할머니는 두 가지 역할을 모두 능숙하게 소화하기 위해 자기 자신을 잃어버린 것도 같다. 어쨌든 내가 알고 있는 가장 가엾은 할머니와 가엾은 아빠는 그렇게 생겨났다.

아이에게

남편과 나는 지독하게 다른 가치관을 가지고 있다. 하지만 가치관을 떠나서 나는 결혼제도나 결혼생활이 나에게 정말 맞지 않는다는 것을 진작부터 깨닫고 있었다. 나에게 있어 결혼한 여성에게 강요되는 현명함이나 지혜라는 것은 결국엔 어떤 식으로든 여성의 인내와 희생을 바탕으로 하는 것이었고, 그것은 엄마가 되려는 순간 더욱 절실하게 다가왔다. 물론 나는 지독하게 좋은 엄마가 되고 싶었다. 하지만 출산을 일주일 앞둔 지금까지도 나는 지독하게 나쁜 엄마다. 나는 내가 견디지 못할 것이라는 걸 알면서도 하고 있는 일들을 멈출 수 없었고, 그것들이 조금씩 어그러질 때마다 좌절했다. 하지만 남편이 혀를 내두르는 나의 지독히도 독립적인 성격에는 남편의 의존과 책임회피 또한 작용했다. 나는 남편이나 내가 가진, 종류가 다른 결핍을 아이에게 물려주고 싶지는 않지만, 두 가지 모두를 이미 경험하게 하였을까 봐 걱정이 된다. 아이를 가지고 첫 시집이 나왔다. 나는 첫 시집 속에 있는 시편들을 통해 아빠가 있는 세계를 버텨냈다. 그래서 남편은 나에게 행복한 가정에 대한 환상이 있다고 생각한다. 하지만 나는 더 이상 시를 통해 내가 가진 결핍을 버텨낼 생각은 없다. 적어도 나는 남편과 함께하는 세계에서 아빠가 만들어놓은 세계에 속했던 것처럼 벙어리 소녀로 존재하는 것은 아니니까. 우리는 지독하게 많이 싸우고 나는 여태껏 느껴본 적 없는 분노를 표출하지만 아이에게 말하고 싶다. 네가 있어서 이전에는 이해하지 못했던 누군가를 이해하려고 노력하게 되었다고. 그리고 네가 태어나면 조금 더 넓은 눈으로 다른 말을 하는 시를 쓰고 싶다고. 우리가 어떤 가족이 될지 모르겠지만, 너를 사랑한다고.

우연한 접점에서 마침표 없는 대화로

조혜은 · 손남훈

손남훈   가끔씩 그런 시들을 만나게 되곤 합니다. 부유(浮游)한 거리에서 홀로 걷다, 놓치듯 만나는 반가운 얼굴을 마주하는 것과 같은 시. 아무렇게나 넘기는 책장, 무심히 멈추어진 한 페이지에서 오래도록 응시하게 하는 힘을 가진 활자(活字)를 체험하게 하는 시편. 어쩌면 우리가 여전히 시를 읽고 쓰는 것은 시를 통해서 서로 다른 시간과 공간 안에서도 우연과 필연의 사후적인 기회로 하나의 접점을 생성할 수 있다고 믿고 있기 때문인지도 모르겠습니다. 처음 조혜은 시인의 시를 만난 때가 제게 그러했습니다. 분명 낯설었고 그래서 거리를 두었습니다. 시를 읽되 "각자 다른 모양의 기지개를 켜고"(「심해 사무실」) 있다고 생각했기에, 같음보다 다름을 선험적으로 예감했기에, 이쯤에서 접점을 끝내고 각자의 벡터로 쏘아져 나갈 것이라 생각했습니다.

그런데 가끔씩 그럴 때가 있습니다. 체험이 후유증처럼 남아, 이전에는 없던 이상한 몸의 감각을 느껴야만 하는 경우 말이지요. 그것은 언어로는 표현하지 못하되 감각은 이미 거기에 닿아 있는, 그래서 생소하면서도 이미 받아들여져 있는 희한한 체험입니다. 시적 관념이 제 몸에 박힌 것도, 특별한 시구가 머릿속에 각인된 것도 아닌데 물활화(物活化)된 그 무엇이 이물(異物)로 남아 덜걱거립니다. 그게 무엇인지는 몰라도 시인에게 직접 물어보면 꼭 정답은 아니더라도 희부연 그 정체의 윤곽이라도 잡을 수 있지 않을까 합니다. 그래서 시인께 전화를 드렸고, 기꺼이 응해주셔서 오늘 이 자리를 마련하게 되었습니다.

먼저 첫 시집의 발간을 축하드립니다. 사람들은 흔히 시쳇말로 첫 시집은 자식과 같다고들 합니다. 시인께서는 2008년 『현대시』로 등단한 이후 햇수로 5년 만에 첫 시집을 갖게 된 셈인데요, 먼저 첫 시집을 내신 소감을 여쭙지 않을 수 없습니다.

조혜은　"드디어 나왔구나!" 그 정도였습니다. 시집을 계약하고 나오기까지 3년 정도를 기다렸어요. 처음에는 정말 기다리다 목이 빠질 것 같았죠. 다들 비슷한 경험을 할 테지만, 어떤 시기에 어떤 제목을 달고 나오게 될까 매일 생각했던 때도 있었습니다. 그런데 막상 출판사에서 연락이 오고, 교정본이 오가고, 표지를 고르고, 시집이 제 손에 들어오기까지 한 달이 채 걸리지 않았습니다. 그간 연락이 뜸했거나 혹은 시집이 나오기까지 격려해준 분들에게 시집을 핑계로 연락을 할 수 있었던 게 가장 좋았습니다. 시집 발송이 끝나고 난 후에는 앞으로 어떤 시를 써야 할지에 대한 고민이 가장 큽니다. 첫아이를 낳은 부모들이 흔히 자신의 미숙한 감정에 대해 말하곤 하는 것을 들었는데, 만약 첫 시집이 자식과 같다면 그런 이유 때문이 아닐까 합니다. 저의 미숙함 때문에 더 애틋합니다.

손남훈　시인께서는 이미 등단 때부터 "미래파 이후의 시를 쓸 역량을 갖췄다"는 평가를 받을 만큼 문학계에서 주목할 만한 시인으로 회자된 바가 있습니다. 저는 이 말을 '신뢰할 만하다' 정도로만 받아들이고 싶습니다. 왜냐하면 '미래파'라는 큰 진동이 여전히 여진을 동반하고 있는 현재의 한국 시단의 상황으로 미루어 볼 때, 이 말은 단순히 미래파 이후를 준비하는 새로운 형태의 세대론적 감수성으로만 치부하기에는 다소 미흡한 감이 있다는 생각이 시인의 시편들을 읽어가면서 들었기 때문입니다. 즉 저 말은 조혜은 시인의 시편에서 나타나는 미래파적 감수성을 다분히 의식한 표현입니다. 시인께서도 한 인터뷰에서 "황병승, 김경주, 김행숙 시인 등의 작품이 인상적이었다."는 말씀을 하신 바 있지요. 그럼에도 불구하고 조혜은 시인에게서 저는 꼭 그와 같은 미래파로부터의 분유(分有)의 한 방식으로 시를 읽어갈 필요도, 조건도 없다고 생각했습니다. 그러한 담론은 미래파 이후의 젊은 시인들을 부당하게 세대론적 담론 안으로 끌어들여, 결과적으로는 미래파 담론 내부로 시인들의 이질적인 가능성들을 평면화시키는 데 그칠 것이라는 생각이 들기 때문입니다. 제가 읽은바, 시인의 시편은 되레 (기존의 리얼리즘 문학에서의 논의와는 다른 측면임에 분명합니다만) 정치적이고 사회적인 담론에 개입할 수 있는 여지를 충분히 노정하고 있습니다. 이는 미학적이고 윤리적인 태도에서 문학의 진정성을 찾는 기존의 미래파 담론의 틀거리 안에서만 머문다면 시인의 시를 면밀하게 살필 수 없을 것이라는 뜻이기도 합니다. 그렇다고 해서 제가 기존의 시편 혹은 시인과 조혜은 시인과의 영향 관계를 부정하는 것도 아니고 시인의 시편들을 살피는 데 있어 미학적 · 윤리적 담론들을 말할 필요가 없다는 것은 아닙니다. 다만 그것이 특정한 담론적 틀 안에서 사유되는 것으로 그친다면 이는 작품보다 담론이 선행하게 되어 나타나는 '담론의 억압'일 수도 있을 것입니다. 항간에서 이루어지고 있는 시인에 대한 평가에 대해서 시인께서는 어떻게 생각하고 계시는지요?

조혜은　선생님의 질문을 이해한 제 방식이 맞는다면, 제 시를 어떤 담론의 연장선상 안에 가둬 이해하려는 것이 아니라 좀 더 폭넓은 시각에서 이해하고자 해주신 것 같습니다. 우선 선생님의 사려 깊은 말씀에 감사드립니다. 미래파의 영향을 받지 않을 수가 없었죠. 대학에 오기 전에도 글이라는 것을 쓰기는 했지만, 시는 대학에 와서 뒤늦게 배우게 되었습니다. 대학 때 은사님이 김행숙 선생님이셨고, 그 당시 미래파 담론이 주류를 이뤘고, 젊은 시인들의 새로운 미학적 감성이 시를 처음 배우게 된 저에게 새로움과 충격으로 다가왔다는 것 등을 포함하여 저의 독서 편력까지 작용한 것 같습니다. 사실 지금은 미래파라는 담론 자체가 시들해지기도 했고, 젊은 시인들의 첫 시집이 대거 쏟아지며 그들의 개별적 시세계에 집중해 시를 이해하려는 경향이 일반화된 편이지만 불과 얼마 전까지만 해도 시를 쓰는 젊은 시인이라면 미래파 담론으로부터 자유로울 수가 없었죠. 잘못하면 미래파의 아류가 되거나 소통 불능의 말을 쏟아낸다는 비난을 받기 십상이었고, 반대로 비교적 이미지나 감각에 덜 치우친 시를 쓰는 시인들의 경우에는 비주류가 되어 제대로 된 평가를 받을 기회도 없이 담론에서 제외되기도 했으니까요. 어쩌면 그때의 우리는 단순히 미래파라기보다는 새롭게 나타난 시적 경향에 매료된 것 같기도 합니다. 그리고 아마도 모두 미래파의 틀에 갇히지 않고 그것을 뛰어넘는 시적 역량을 갖춘 시인이 되기 위

해 애를 썼겠지요. 누군가는 그것들을 첫 시집 속에 잘 구현해냈고, 또 누군가는 그 일들을 해가는 중이라는 생각이 듭니다. 저 역시 깊이 매료되었지만 반드시 벗어나야 할 미래파의 잣대로부터 제 시를 분리시키려고 애를 썼습니다. 아직도 그 작업들을 해나가는 중이고요. 저에 대한 평가는 잘 모르겠습니다. 사실 제 첫 시집이 어떤 새로운 지평을 열거나 담론을 생산할 수 있는 가능성을 충분히 보여준 것이 아니기 때문에 평가받기 부족하고 부끄럽다고 느낍니다. 뭐 정치적이거나 사회적인 면이 있긴 하지만 그게 두드러지는 것도 아니고요. 아직은 제 색을 찾아가고 있는 중이며, 부족한 부분들을 보완하고 새로운 것들을 개척하려고 애쓰고 있습니다. 답이 되었는지 모르겠네요. 지켜볼 가치가 있는 시인으로 읽을 가치가 있는 시를 쓰기 위해 다방면으로 시도하고 있습니다.

손남훈   시인의 시편들은 산문적 경향이 농후합니다. 그것은 비유와 상징의 저 높은 자기 권위적인 세계로부터 내려와 감각의 섬세한 결들을 쓰다듬기 위한 방법처럼 보입니다. 왜냐하면 시가 진술되는 과정에서 발생하는 문장과 문장은 서로 맥락을 가지며 연결되면서도, 동시에 건널 수 없는 심연을 보여주기도 하기 때문이지요. 그것은 곧 관계의 접속과 단절이 시의 내용과 형식에서 동시에 드러나는 것으로 형상화되어 있습니다. 이를테면, 「그녀의 인사」는 산문적이면서도 "빳빳하게 스팀한 신상품"을 입은 마네킹의 목소리로 "그 애" 혹은 "당신"에 대해 진술하고 있습니다. 하지만 동시에 이 시적 상황은 마네킹과 사람 사이에 일어나는 불가능한 대화의 양상을 외화하고 있는 것이기도 합니다. 「손」이나 「식충 해바라기」에서 보이는 산문적이면서도 절연된 대화의 양상들도 마찬가지입니다. 산문이 가져야 할 덕목인 문장과 문장 사이의 맥락을 절취하고 이접하며, 뒤바꿔 놓는 이와 같은 시적 형식이야말로 시인의 시편을 단순히 산문적이라는 말로 요약할 수 없게 하는 요소가 아닌가 싶습니다.

중요한 것은 '산문적'이라는 것 자체에 있는 것이 아니라, 그것이 자주 대화적 형상을 띠고 있다는 점입니다. 일방적인 진술이라 하더라도 그것은 일정한 청자에 대한 말건넴의 형식을 시인의 시에서는 흔히 보여주고 있습니다. 청자는 '당신'일 수도, '그대'일 수도, 아니면 시적 상황에 따라 등장하는 또 다른 타자일 수도 있습니다. 제가 다른 시편들에서(특히 '미래파'로 호칭되는 시인들의 시편에서) 익숙하게 보아왔던 대화의 양상들은 결국 아무와도 소통되지 못하는 상황, 일방적인 발설에 가까운 독백이었습니다. 그런데 시인의 시편은 그와 같은 소통 불능을 외화하면서도 끝끝내 대화와 소통을 포기. 하지 않는 화자의 의지가 느껴졌습니다. "헐거워진 우리의 손을 더욱 꼭 잡아요"(「손」)라고 말할 때, "단지 당신이 보고 싶었죠."(「식충 해바라기」)라고 고백할 때, 화자와 청자는 단지 거리감을 확인하는 것이 아닌, 다른 방식의 소통 관계를 설정하고 있다는 생각이 들었습니다. 시인의 시편들에 등장하는 대화의 양상들에 대해, 그 대화가 이끄는 화자-청자의 관계에 대해 말씀해주신다면?

조혜은　그럴듯한 답변을 해야 하는데, 사실 저는 단순한 사람입니다. 아마도 산문적인 발화법은 하고 싶은 말이 많고, 전하고 싶은 상황이 분명하기 때문에 더 자주 나타나는 것 같습니다. 시를 쓰기 전에 산문 형식으로 이야기들을 정리하고, 그것을 시라는 형식을 통해 표현해내는 방법이 저에게는 익숙합니다. 누군가는 시로 발화될 수 있는 것과 산문으로 발화될 수 있는 것이 다르다고 말하지만, 저에게는 처음부터 그 두 가지가 다르지 않았습니다. 다만 시로 발화하는 것이 저에게 더 잘 맞았기 때문에 시라는 형식을 택하게 된 것 같습니다. 제 시에서는 소통하고 싶어 하는 화자들이 자주 등장합니다. 그것들이 잘 전해지지 못했을 때, 자폐적이라는 이야기를 듣기도 한 것 같습니다만 제 시의 화자들은 자폐적인 모습을 띠고 있는 순간에도 누구보다 소통을 갈망하고 있습니다. 청자 역시 마찬가지입니다. 그렇기 때문에 사실 화자와 청자는 다른 위치에 있지 않습니다. 그들은 소통에 서투르고, 관계 맺기에 서투르기 때문에 어긋나고 있을 뿐, 서로를 향해 분명히 손을 내밀고 있습니다. 모든 관계가 마찬가지라고 생각합니다. '나'는 화자인 동시에 '나'의 말을 듣는 청자이고, '청자' 역시 화자의 말을 기꺼이 들을 준비가 되어 있지만 동시에 화자의 말을 자기만의 방식으로 바꾸어 발화하는 자입니다. 우리는 언제나 화자인 동시에 청자이고 둘 사이의 소통에 실패를 경험하며 관계를 맺는 자들입니다. 저는 촌스러운 사람이라서 제가 간접적으로라도 경험해야만 그것들을 시에 녹여낼 수 있습니다. 그래서 저는 늘 저의 시 속에서 화자이거나 청자의 위치에 서 있습니다. 소통의 불능을 경험하면서도 그 둘 사이의 완전한 관계를 꿈꾸는 것이죠. 그게 대화의 방식으로 나타나는 것 같습니다. 소통의 방식이 다르기보다는 소통에 서투르다는 것이 더 가까운 표현 같기도 하네요. 그래서 말이 많은 걸까요? 제 시 속에 등장하는 아이 화자들이 어른이 되고, 소통에 익숙해진다면 화자와 청자가 분리되고 말이 더 짧아질지도 모르겠습니다. 그게 더 좋은 방식일지는 모르겠지만요.

손남훈　당연한 말입니다만, 대화는 주체와 타자의 관계 속에서 이루어집니다. 그런데 시인의 시편에서 나타나는 독백은 타자에 대한 시인의 심리적 거리뿐 아니라 타자를 향한 화자의 시적 의지를 확인하게 하는 계기가 되기도 한다는 데 특이점이 있는 듯합니다. 이를테면, 「무늬를 가진 것들」에서 시인은 "당신을 다시 만날 때마다, 갈라지고 갈라지고 갈라졌다"고 했습니다. 그것은 타자에 의한 상처와 고통을 그저 내적 독백으로 표현한 것처럼 보이지만, 동시에 타자에 의해 변화되는 존재로서의 나, 그리하여 하나이자 다수인 '겹의 몸'을 가진 존재로서의 나가 되어가는 탈바꿈의 과정을 외화한 것이기도 합니다. 아마도 그 모든 과정들이야말로 "나는, 무늬를 가진 것들"이라 말할 수 있는 것이 아닐까 합니다. 그러니까 나는, 그리고 '너'는, 서로에 의해 어떠한 방식으로든 변화하는 존재이고 영향을 주고받는 존재이며, 서로에게 애쓰는 존재인 것입니다. 제가 읽기에 할머니와의 관계를 다룬 「시골 방문기」도 그러한 맥락에 위치하고 있는 것 같습니다. 이 시에는 할머니에 대한, 함부로 된 말들로부터, 할머니를 기억하지 못하게 하는 망각의 힘으로부터, "정말 찾을 수 없는 먼 곳"으로부터 안간힘을 쓰며 벗어나고자 하는 화자의 의지를 담고 있습니다. 기억과 삭제 사이의 손쉬운 선택하기로부터 거리를 두려는 화자의 의지는 "이불 위에도, 부엌으로 통하는 작은 문 뒤에도, 내 옆에도 있"는 "할머니의 형상"을 감각해내기도 합니다. 그런 점에서 "네가 있어서 이만큼 좋구나"(「시골 방문기2」)라는 할머니의 말은 곧 시인의 말이기도 하지요. 하지만 그와 같은 관계에 대한 감각은 곧 사그라질 허무한 체험이 될 가능성도 높아 보입니다. "그의 꿈을 꾸며 혹은 그녀의 꿈을 꾸며/나는 보이지 않는 나를 찾아 세상 끝까지 전력 질주하기 시작했"(「달려라, 물고기」)다고 하면서도, 시인의 시편에서 종종 보이는 '웃음'은 타자에 대한 열림이라기보다는 자조이거나 자기 파괴적인 양상으로 치닫는 경우를 보이기도 하거든요. 시인께서는 타자에 대한 어떤 믿음을 관철하고 계시는가요?

조혜은 질문 속에 이미 제가 말할 수 있는 것 이상의 자세한 답변이 자리하고 있는 것 같습니다. 위의 질문에서 화자와 청자에 대해 말하기도 했는데요, 여기서는 화자와 타자의 관계에 대해 우선 생각해야겠네요. 선생님 덕분에 오히려 평소에 생각지도 않았던 것을 생각하게 되는 것 같습니다. 저에게 타자는 '상처'의 다른 이름 같습니다. 그 상처가 잊히지 않아 잊으려고 발버둥치면서도 기억하고, 연민하고, 또 그 상처를 통해서만 '나'의 위치를 확인하는 것이지요. 그러니까 잊기 위해서 타자의 존재를 꺼내놓았는데, 오히려 영원히 기억하는 형상이 되어버린 것 같습니다. 결코 화합할 수 없는 타자를 통해 나의 위치를 확인하는 씁쓸함과 슬픔 같은 것들이 때로 자조적인 웃음으로 나타나는 게 아닌가 싶네요. 살면서 종종 이런 아이러니를 경험하지 않나요? 가까이하면 아프고, 그래서 멀리 밀쳐두고 돌아보면 가까이 있는 것만큼 또 아프고. 가까이할 수도 멀리할 수도 없는 존재와 거리두기를 하며 어울려 살아가는 것이 생의 가장 큰 기쁨이자 고통인 것 같다고 느낄 때가 있었습니다. 이때의 저는 나의 깊은 상처인 타자를 보듬으며 내가 더 깊은 고통을 끌어안을 때, 속된 말로 타자를 구원할 수 있다는 어설픈 믿음을 가졌던 것 같습니다. 「시골방문기 2」에도, 「달려라, 물고기」에도 그런 믿음들이 나타나 있죠. 하지만 지금은 좀 다릅니다. 타자는 나의 다른 이름도 아니며, 나로 인해 교화될 수 있는 대상도 아니죠. 나의 관점에서 타자를 어떻게 해보겠다는 것은 또 다른 폭력이 아니었나 싶습니다. 결국 나에게 상처를 내는 존재는 나였고, 타자를 내 식으로 바꿀 수 있다는 믿음이 역으로 더 큰 고통을 준 것 같습니다. 타자에게든 나에게든. 타자는 언제나 더 좋아질 수 있는 존재입니다. 나의 시선으로 규정 짓지 않을 때 말이죠.

손남훈　동감합니다. 그런 점에서 시인의 근작에서 '고통'에 대해서 말하고 있다는 것은 의미심장하게 보이기도 했습니다. 이제 다른 질문을 좀 드릴까 합니다. 시인의 첫 시집에 등장하는 특징적인 화두에 대한 질문인데요, 그중 눈에 띄는 하나는 '은폐'가 아닌가 합니다. 「비밀」, 「목욕탕」, 「생방송」, 「핸드백」, 「모자」, 「광화문 광장의 서커스」처럼 아예 부제가 '은폐에 대하여'라 붙은 시편도 있습니다만, 꼭 그와 같은 부제나 제목이 아니더라도 많은 시편에서 이와 같은 화두를 지닌 시편들을 찾아볼 수 있습니다. 이를테면 「발음되지 않는 엽서」에서 "엄마는 내 눈을 감기고 부레에 출혈이 있는 물고기처럼 두 귀를 틀어막았다"고 하거나, 「그녀의 인사」에서 "결코 아무 일도 일어나지 않아. 나는 불친절해질 수 없지. 그 애의 말들은 시간의 기포처럼 날아가 버리고"라는 진술에도 가려지는 것, 사라지는 것, 증발해버리는 것들에 대한 이미지가 깔려 있습니다. 이와 반대로 "예리한 감정들을 마음껏 들키"(「자매들」)고 싶다는 진술에서처럼 그와 대척되는 표현도 보입니다. 은폐는 진실의 은폐이며, 불편한 것에 대한 은폐일 뿐 아니라 말할 수 없는 것에 대한 은폐일 것입니다. 따라서 그것은 거짓과 동의어이며, 안락의 유사어이고, 침묵의 쌍생아라 할 수 있습니다. 은폐가 은폐됨의 피동태와 은폐함의 능동태가 공존하는 중간태의 언어라면, 그 구조는 곧 피동과 능동 간의 권력 구조를 항시 내포한다고도 말할 수 있겠지요.(그런 점에서 「구두」는 아마도 수직적 권력에 대한 하나의 역설적 메타포를 내재하고 있는 시편이 아닐까 합니다.) 과연 시인의 시편에서는 이와 같은 권력 관계가 드러나는 경우가 많이 있습니다. 「생방송」에서 나타나는 언론 권력의 허위는 하나의 예라 할 수 있겠지요. 더욱이 시인께서 '특수교육학'을 전공했다는 전기적 사실에 미루어 볼 때, 말할 수 없는 아이들이나 표현하지 못하는 노인에 대해 포커스를 집중하는 태도 또한 이와 같은 화두와 밀접한 관련이 있다고 생각이 됩니다.

　하지만 시인의 시에서 중요한 것은 단지 현실이 은폐되고 있는 양상에만 집중하지 않고 있다는 데 있는 것 같습니다. 시인께서는 권력 관계에 의한 은폐를 말하면서도 되레 그 '말할 수 없는 입'(시인의 표현으로 바꾸자면 「지우에게」에서 표현된 "뿌리 잃은 혀")들의 '말하는 신체'를 통해 더 많은 메시지들을 온몸으로 읽어내고 있기 때문입니다. 「목욕탕」에서 "질병으로 가득 찬 할머니들의 이야기가 등 뒤로 풀어져 나왔다"고 진술할 때, "나는 밤마다 편의점을 지키며 흡혈귀가 되어 갔고/ 너는 아버지의 눈을 피해 중국기계공이 되어 갔"(「중국기계공」)다고 요약할 때, "오늘도 발음할 수 없는 나. 이해할 수 없는 너. 하지만 사랑은 가장 낮은 혀를 지닌 자들의 마찰. 어느 말끔한 겨울의 한낮처럼 눈부신 우리가 좋아. 나는 손가락으로 혀를 누르고 '아' 하고 소리를"(「발음되지 않는 엽서」) 지르며 감각을 벼릴 때, 시인은 "우리는 우리를 닮은 그대로, 미숙한 이 문장에 계속 머물러 있고 싶"(「발음되지 않는 엽서」)다고 했습니다. 그것은 은폐되는 진실에 대한 시적 고발을 넘어, 행동으로 나아가는 하나의 관문이 되지 않을까 싶습니다. 어쩌면 조혜은 시의 윤리는 바로 이 지점에 있다는 생각도 들었습니다. 은폐에 대한 시인의 비밀을 알려주신다면?

조혜은   제 시에 지배적인 윤리가 있다면 어떤 것일까요. 아마도 어떤 방식으로든 존재하고 있겠지만, 그것이 충분히 윤리적인 것인지는 모르겠습니다. 그렇다면 나라는 사람은 과연 윤리적인 사람인지, 그것들을 시 속에서 어떤 방식으로든 말할 자격이 있는 건지 반성하게 됩니다. 질문과는 관련이 있을지 없을지 모르겠지만 '은폐에 대하여'라는 부제를 달고 있는 시편들 가운데 하나인 「광화문 광장의 서커스」라는 시를 썼을 때로 잠시 돌아가 생각하게 되네요. 용산 참사가 일어났을 때, 촛불시위가 전국적으로 확산되었었죠. 많은 시민들이 참여한 것으로 알고 있고, 문인들도 여러 방법으로 자신들의 의사를 표현한 것으로 알고 있습니다. 저는 당시 대학 졸업과 동시에 등단을 하고, 서울의 한 발달장애 아동 치료센터에서 자폐아동 치료교사로 일하고 있었습니다. 현직 교사로 일하고 있었던 언니에게서 전화가 왔었죠. 나중에라도 임용을 볼 때 불리할 수 있으니 괜히 시위 같은 곳에 다니지 말라는 것이었습니다. 제가 특수교육을 전공하긴 했지만 특별히 강직하거나 윤리적이어서는 아니었습니다. 복지관이나 센터를 찾아 봉사활동을 다닌 것 역시 제가 그런 것들에 별 거부감이 없었고 좋아했기 때문이지, 특별히 선량한 사람이고 어떤 의식이 있어서 그랬던 건 아니라고 생각합니다. 그냥 어릴 때부터 막연히 좋은 어른이 되고 싶었고, 아이들을 지켜줄 수 있는 어른이 되겠다는 다짐을 했고, 아이들은 약자의 다른 이름이었고, 아이들을 지키기 위한 한 방편으로 봉사활동을 다니게 된 것이었고 특수교육을 전공하게 된 것이었습니다. 저는 용산 참사가 일어난 지 1년이 지나고 나서도 촛불 시위에 한 번 참석한 적이 없었습니다. 그저 시설에 들어가 아이들을 돌봤고, 할머니들의 목욕을 도왔고, 제게 장애아동에 대해 물어오면 아는 것들을 답변했고, 제가 가르쳤던 아이들에게 최선을 다했을 뿐입니다. 그런데 어느 날 저의 대학 은사님이신 김행숙 선생님께서 저에게 요즘 젊은 시인들이 관심 있어 하는 것들에 너는 어떻게 생각하냐고 물으셨고, 갑자기 부끄러움을 느껴서 개인적으로 용산을 찾게 되었습니다. 그날 마침 덕수궁 앞쪽에서 용산 참사의 유가족들과 함께하는 삼보일배가 있었고, 난생 처음으로 경찰에게 포위되는 경험과 함께, 삼보일배를 알리는 현수막의 한쪽을 들었다는 이유로 체포되어 용산 주민들과 함께 유치장에 갇히게 되었습니다. 그때는 용산에 대한 사람들이 관심이 많이 식었을 때라 삼보일배에 참가한 대부분의 사람들은 용산의 주민들이었습니다. 저의 존재에 대해 다들 신기해했죠. 저는 늘 법이 옳다고 생각했는데, 그날의 경험은 제 생각을 모두 바꿔놓았습니다. 멍청하고 참으로 촌스러운 깨달음이지만 제가 알던 옳은 법이 죄 없는 사람들을 가두고 지배계급의 권력을 유지하는 데 봉사하고 있다는 게 이상했습니다. 그 후로 몇 번 용산을 찾았습니다. 유치장에서 함께했던 인연으로 아주머니들과도 이런저런 이야기도 하고, 나중에는 벌금형도 받아 재판도 함께 치렀었죠. 광화문 광장에서 또 한 번의 포위를 피해 도망쳐 나오기도 했고요. 그곳에 계속 있어야 하는 건지 많은 고민을 했습니다. 나를 지켜주던 경찰들이 나를 포위하고, 단지 용산에 있다는 이유로 감시
를 당해야 한다는 게 무섭고 괴
로웠습니다. 저의 양심과 윤리는
그곳에 있는 게 옳다고 말했지
만, 저는 결국 몇 번의 관람 끝에
그곳을 외면한 구경꾼에 불과했
습니다. 어딘가에 진실이 은폐되
고 있다는 것을 알면서 그것을
또 다시 은폐하며 살아가는 제
모습에 많이 실망했지만, 그게
제 한계였습니다. 은폐에 대하여는 폭로인 동시에 또 다른 은폐이
며, 양심선언인 동시에 비굴한 굴종인 것이죠. 「생방송」 역시 한때
제가 살았던 집 앞의 한 여고에서 발생했던 사고를 바탕으로 쓰게
된 시로, 여고생들의 죽음을 방지할 수 있음에도 편의와 이익을 위
해 죽음을 묵과하는 어른들의 비열함에 대해 말하고 있습니다. 당
연히 그 비열한 어른에는 저도 포함되어 있지요. 제 시의 윤리 이
전에 저의 윤리와 신념을 지킬 수가 없어서 괴로웠던 순간들에 대
한 고백입니다. 그 시들은.

손남훈　어쩌면 그 아픈 고백에서 윤리는 시작되는지도 모르겠습
니다. 적어도 저는 그 접점에서 윤리는 시작된다고 믿고 싶습니
다. 앞선 질문들과 똑같은 반복일지 모르지만 질문 드리겠습니다.
시인의 시편에서 '너', '당신'은 '나'와 같으면서도 다르고, 다르면
서도 유사합니다. 때로는 내가 갈구하는 눈먼 사랑으로, 때로는
증오에 찬 복수의 대상이기도 합니다. 은폐된 대상이면서 또한 까

발려진 초점화의 대상이기도 하지요. 그 모든 겹침으로서의 '당신'은 누구입니까? 아니, 이 질문이 너무 우문(愚問)이라면, '당신'은 시인의 시편에서 어떤 과정으로 출몰하게 되는 것입니까? 이 수많은 당신들이 시인의 시에서는 시적 화자의 의지적인 언어보다 더 강하게 돌올할 때가 있습니다. 시인이 화자를 통해 웃고, 대화하고, 단정짓는 그 모든 과정에서 언제나 '당신'이 존재하고 그들의 입이 시의 진술을 끌어가고 있습니다. "나는 그대의 틈새가 되고, 하얀 평면 위에 구멍을 내고"(「89페이지」) 있다고 하지만, "그를 향해 지저분하게 그어진 검은 선이 곧 나"(「89페이지」)이기도 하기에 시인의 시는 온통 가마득한 '그대'에게 바치는 헌시(獻詩) 같기도 합니다. 시인에게 시 쓰기란 이 수많은 '당신'과 어떤 관계입니까?

조혜은   앞의 질문들에서 지루한 답변이 너무 길어진 것 같아 간단히 답하겠습니다. 앞의 질문들에 대한 답변과 유사한 것 같습니다. 저는 사실 제 시 속에 나오는 '나'와 '당신' 혹은 '너'가 만드는 '우리'에 대해 크게 의식한 적은 없는데, 한 좌담에서 제 시집에 대해 이야기하며 백상웅 시인이 '우리'에 대해 말해주어서 문득 생각하게 된 것 같습니다. '우리'를 위해 존재하는 것이겠죠. 나이면서 타인이기도 한 당신은 단순히 내 속에 또 다른 자아로 머물거나 타인으로 존재하는 것이 아니라 '너와 나' 혹은 '당신과 나'로 '우리'가 되기 위해 계속 나타나는 것 같습니다. 어떤 관계라기보다는 어떤 식으로든 관계를 맺기 위해 한동안은 계속 제 시 속에서 나타날 것 같습니다.

손남훈　　전혀 지루하지 않은 답변이었습니다. 자칫 지루하기 쉬운 질문에 재미있게 답해주셔서 감사합니다. 앞으로도 좋은 시편들을 찾아볼 수 있게 되길 바라겠습니다.

조혜은　　감사합니다.

이 안

딱 한번 당신의 正面
서정의 주머니

딱 한번 당신의 正面

이안

이 제목으로 시를 쓴 적이 있다. 시귀(詩鬼) 이야기다. 어쩌다 시집을 100권 정도 내리 읽을 때가 있다. 그럴 때면, 운이 좋은 날 꿈속에, 시귀가 나타나기도 한다. 딱 한번만이라도 그의 정면을 보았으면 하지만, 아쉽게도 아직까지 이 소망은 이루어지지 않았다.

침대 발치에 그가 앉아 있다/이번에도 뒷모습이다//저번에는 운이 좋아/옆모습도 힐끗 보았더랬지//말을 거는 순간/이내 그가 가버리리라는 걸 안다//딱 한번만/당신의 정면을 보여줘요,//깨어나/그가 앉았던 자리 눈으로 문지르며 생각노니//처음 오던 날/이미 그를 다 보았던 것//측면과 후면이 전부인,/그에게는 정면이 없었던 것//그러나 이다음 그가 또 나타나면/그때도 뻔히 알면서 애원하리//딱 한번만/당신의 정면을 보여줘요,

　　　　　　　　　　　　　　　－「딱 한번 당신의 正面」 전문

정말이지 매번 그는, 내가 잠든 침대 발치에 앉아 있었다. 머리

카락을 길게 늘어뜨리고 뒤를 보인 채, 어찌 보면 남자인 것도 같고 또 어찌 보면 여자인 것도 같이. 나는 한눈에 그가 시귀라는 걸 알아본다. '이봐요, 고개를 좀 돌려봐요.' 나는 채 말이 되어 나오지도 못하는 소리로 그를 향해 '어버버버—' 애원을 하는 것이지만, 그러는 적이면 어쩌다가 그는 고개를 한 번쯤 돌려주는 듯하다가는, 내가 팔을 뻗치는 것을 신호로 안타까이 사라져버리고 마는 것이다.

시가 무엇인지, 시인이 무엇인지도 제대로 모른 채(왜 나는 이미 시와 시인이 무엇인지 알고 있다고 생각했던 걸까?) 등단한 지 벌써 12년이 되었다. 그동안 시집 두 권을 냈고 동시집도 한 권을 냈다. 몇 년 동안 모 출판사 시집 기획위원 일도 했고, 지난해엔 동시 전문지를 창간해 지금까지 편집위원 겸 이런저런 심부름꾼 노릇을 하고 있다. 그렇지만 습작기부터 여태까지 시란 무엇이고, 시인은 어떤 사람인가에 대해 끈덕지게 물고 늘어져 본 기억이 별로 없다. 나는 어째서 시와 시인에 관한 한 이미 다 알고 있다는 선험의 착각에 빠져 살았던 것일까.

시란 무엇일까? 비록 꿈속 일이긴 하지만 내가 본 시귀로써 유추하여 말하건대, 시에는 정면이 없다. 뒷모습과 옆모습이 있을 뿐이다. 이것이 내가 본 시귀-시의 전모(全貌)다. 말하자면 '도가도비상도 명가명비상명(道可道非常道 名可名非常名)'의 세계, 언어화하는(붙잡는) 순간 도망쳐버리는(놓쳐버리는) 정면(正面)이라고밖에는 달리 말할 도리가 없다. 그럼 시인이란? 그 정면 없는 정면을 기어코 그리(려)는 자라고 해야겠다. 그런데 만약 시에 정면이 있다면, 그래서 누군가 그것을 정확하게 그려 보인다면?

지금은 처분하고 없지만 몇 해 전까지는 시내에서 멀지 않은 시골에 작업실이 있어 마감 때가 되면 어김없이 거기 들어가 글을 쓰고는 했다. 시골살이를 결심하고 충주 인근을 다 뒤진 끝에 만난 집이었다. 안채와 사랑채는 쓰러지기 직전으로 이 구석 저 구석 마련이 없었지만 마을이며 집의 앉음새가 마음에 쏙 들어 그럭저럭 수리해 3년 반을 아쉬움 없이 살다 나왔던 것이다. 이날도 저녁 무렵에 글 막음을 하러 들어갔다가 마당가 살구나무 아래 쌓아둔 돌무더기에서 시의 끄나풀 하나를 발견하였던 것인데, 그것은 뱀이 방금인 듯 벗어놓고 간 허물, 뱀이 사라져간 쪽을 대가리로 가리키고 있는 '뱀–허물'이었다.

마당 가 돌무더기에 흰 끄나풀 같은 것이 어른거린다/뱀 허물이 다 머리를 땅에 박고,/이리로 저러로 요렇게 조렇게 들어가셨소/내가 그 증거요!/온 허물로 가리킨다/이건 단순한 허물이 아니라/뱀에 의한,/뱀이 썼던 허물이 분명하다/한마디로, 이 안에 뱀이 있었다는 것/저 안 어디쯤/진짜가 있다는 것/울고불고 마지막까지/뒤집어쓰고 살아온 시를 놓아주고/생것이 사라져간 쪽을 향해/입 꽉 다물었다
　　　　　　　　　　　　　　　　　　　　　　－「유고시」전문

말하자면 뱀 허물은 현재로서는 뱀의 부재를 가리킬 뿐이지만, 과거로서는 뱀과 분리될 수 없는 현존의 증거가 아니고 무엇일까. 뱀이, 써지지 않는 무엇, 언어화가 불가능한 언어 이전의 무엇[道]

이라면, 뱀 허물은 매번 진짜[道]를 놓칠 수밖에 없는 기표[道可道]의 운명을 웅변한다. 그래서 그것은 발견되는 순간 빠져나가고, 호명되는 순간 막대기가 되어버린다. 뱀의 매력은 허물 밖으로 빠져나가면서 또다시 허물 속으로 들어가는, 무한 부정(허물)과 무한 수긍(뱀)의 순환적 운동에 있다. 그것은 오로지 부정을 통해서만 자신을 영속시킬 수 있는 시(인)의 운명과 닮았다. 그래서 나의 뱀 이야기는 다음과 같이 이어진다.

1.

참기름병에서나와콩기름병으로들어갔습니다

(…)

12.

내가 그의 이름을 불러주었을 때,
그는 나에게 와서
막대기가 되었습니다

13.

비밀의풀밭을가르며실마리하나가지나갔습니다

14.

뱀이 어디 있어요? 내가 묻자,
아버지는 뱀허물을 가리켰습니다

(…)

17.

뱀이 사라져도 뱀 이야기는 남습니다
뱀이 벗어놓은 허물처럼
뱀이 빠져나간,
이야기의 허물이 남습니다

18.

콩기름병에서나와참기름병으로들어갔습니다

－「뱀」 부분(『동시마중』, 2011년 7·8월호)

 "참기름병"과 "콩기름병" '사이'(그것은 어디에 있고, 그곳은 어디인
가?)를 미끄러지며 운동해가는 것이 시라면, 시에 관한 모든 명명은
"막대기"와 "허물"이 될 수밖에 없다. 그러나 그렇기에 그것은 영원
한 "실마리"가 될 수 있다. 그 영원한 실마리를, 나는 될 수 있는 한
가장 오래—, 탐색해보고 싶다. 최근에야 나는 번쩍, 내가 오래 살
아야 하는 재능을 타고났다는 걸 온 감각으로 깨달았다. 그 순간
바로 이십육 년 동안 입에 달고 살아온 담배를 끊었다. 둔재는 결코
포기될 수 없는 재능이라는 걸 이제야 깨달은 것이다.

서정의 주머니

이안 · 박형준

박형준　이안 선생님, 바쁘신 데도 불구하고 이메일 대담에 응해주셔서 감사드립니다.

이안　아닙니다. 귀한 지면을 내주셔서 고맙습니다.

박형준　신자유주의의 공습이 그치지 않는 날들의 연속입니다. 고공 크레인에 걸린 생(生)의 절박함을 비웃기나 하듯이, 자본의 침투 전략은 더 교묘하고 대담해지는 것 같습니다. 일상을 포박당한 주체가 할 수 있는 일이 그저 현실을 냉소하거나 비관하는 데 있는 것이 아니라면, 우리는 다시 살기 위하여 무엇이든 해야 한다는 강박으로부터 자유로울 수 없을 것입니다. 시인에게 이 생(生)의 의지란, 시—쓰기에 다름 아니라는 생각입니다. 이안 선생님의 두 시집 역시 치열한 삶/글쓰기의 자기 반성에서 시작되었다고 해도 과언이 아닐 것인데, 선생님을 붙들고 있는 이 삶/글쓰기의 '갈등'과 '갈증'이란 어떤 것인지요?

이안　　삶과 글의 관계에서 저는 이 둘이 어느 한쪽에 이끌려가지 않고, 팽팽한 긴장을 유지하기를 바랍니다. 삶을 위해 글이 희생되는 것도, 글을 위해 삶이 희생되는 것도 바라지 않습니다. 그러나 이것이야말로 얼마나 엄청난 욕심인지요. 저는 어느 쪽이냐면 글보다 삶에 더 많은 시간과 열정을 쏟아왔습니다. 한 평론가의 말이 아프게 떠오르는군요. '이 뛰어난 시를 얻기 위해 이 시인이 무엇을 포기했는가를 기억할 필요가 있다.' 옳은 말이라고 생각합니다. 이런 점에서 저는 삶보다는 글에 갚아야 할 것이 더 많은 사람입니다. 그래서 앞으로는 삶에서 글로 제 중심을 더 이동시킬 생각입니다. 그러니 저에게는 삶에의 갈증보다는 글에의 갈증이 훨씬 더 크다고 하겠습니다.

박형준　　선생님의 첫 시집 『목마른 우물의 날들』은 상처와 오류로 가득 찬 삶의 고백이자 속기사 없는 삶의 기록이라고 느꼈습니다. 물론 그것은 손쉽게 역사적 유물론에 접속되거나, 진보적 포즈로 추동될 수 있는 것이 전혀 아닙니다. 이안 선생님 시의 구체성이란 실천적인 사회·역사적 행위의 사적 회고가 아니라, 정물(靜物)적 대상의 심성과 존재 가치를 집요하게 묻는 데 있다고 생각합니다. '상한 것들', 다시 말해 상흔과 죽음의 그림자로 드리워진 세계를 섬세하게 감각하고자 하는 데 전력을 다하고 있음이 이를 방증한다 하겠습니다. '부러진 것', '상한 것'에 대한 이미지가 손쉬운 회복의 열망이나 추모의 형식이 아닌, 자기 반성적 언어로 형상화되는 것은 이와 같은 자의식이 반영되어 있는 것이라 생각합니다. 사물과 언어의 교접이 불가능한 시대의 시적 언어, 그리고 시의 역능이란 무엇일까요? 물론, 현실의 시적 재현 (불)가능성을 이야기하자는 것이 아닙니다. 이는 자기 학대와 자기 연민의 언어로 부조리한 삶을 고백하거나, 해체주의자의 그것처럼 언어를 극단적으로 내모는 방식과는 다른 차원의 것을 말합니다.

이안　소소한 일상의 면면에서 이 세계를 관류하는 거대한 뿌리를 시의 언어로 포착할 수 있다면 얼마나 행복할까요. 사물과 언어의 관계는, 주체가 살고 있는 시대적 특성에서 아주 자유로울 수도 없지만 전적으로 그것에 포박당하는 것이라고도 할 수 없겠지요. 저는 사물과 언어가 필연적으로 불일치의 어긋남으로 맺어질 수밖에 없다고 보지만, 바로 그런 이유로 그 둘을 좀 더 긴밀하게 접합시키려는 다양한 시적 모험이 지금 이 순간에도 맹렬하게 모색되고 있다고 봅니다. 다만 시의 언어이니만큼 사물과 관계를 맺는 방식에서 관습적 패턴으로 낡아가는 것이어서는 곤란하겠지요. 시의 기능이나 역할과 관련해서는 무용지용(無用之用)이란 말을 좋아합니다. '쓸모없음의 쓸모'라는 시의 존재방식이야말로, 역설적으로, 신자유주의 체제의 경제적 야만성과 문화적 천박성까지를 견뎌내게 하는 시의 진정한 위의(威儀)가 아닌가 합니다.

박형준　어찌 보면 사후적인 것이 되겠지만, 독자들이 선생님의 시를 이해하는 데 있어서 중요한 키워드가 되는 것 같아 다시 환기하게 됩니다. 박영근 시인은 첫 시집 서평에서 "어떤 조화로운 생태적 공간에 이르기까지의 삶의 고통스러운 도정"(『실천문학』 68호, 2002, 521쪽. 이하 쪽수만 표기)이라고 하면서, "이안의 시 언어는 지나치게 자기 현실을 은유의 세계 속에 감추고 있으며, 그런 만큼이나 언어의 사용에 있어서 긴장과 절제의 미덕을 과장하고 있"(523쪽)다고 비판한 바 있습니다. 그 근거로 제시되는 작품이 「성난 발자국」입니다. 시 창작론의 관점에서 3연의 '걸어서'를 '얼어서'의 오기(誤記)로 이해하면서 선생님의 시적 수사 속에 내포된 감정 과잉을 지적하기도 하였습니다. '걸어서'가 맞느냐, '얼어서'가 맞느냐 하는 질문은 불필요한 것이라 생각됩니다. 저는 박영근 시인이 "질문과 부정의 세계"라고 표현한 것, 다시 말해 시인의 '자기 반성적' 언어가 윤리적 입장일 수 있다는 데 동의합니다. 그러나 박영근 시인의 이러한 해석이 전통적인 리얼리즘의 창작 방법에 바탕하고 있다는 인상은 지울 수가 없습니다. 특히, 첫 시집이 유토피아적 전망의 모색으로 치환되는 것, 그리고 "자본과 욕망의 한 분자로 전락해 가는 삶의 비애나 자신을 억압하고 왜곡하는 것들에 대한 격렬한 풍자"(525쪽)의 부재로 비판되는 것은 재고의 여지가 있다고 생각합니다. 박영근 시인의 해석은 『목마른 우물의 날들』의 5부를 구성하는 여러 시편이 보여주는 여백의 효과에 바탕하고 있는 듯합니다. 행간의 여백이 생성하는 서정의 풍경들, 그 합일의 시·공간이 과거와 현재를 교접시키는 환상을 불러오기 때문입니다. 이를테면, "지금은 충주댐/물에 잠겨 갈 수 없는 아버지/고향 이야기/곰실곰실 손이 가려워지는/꿈 이야기"(「아버지 고향」)와 같은 기억의 누설은 시원(始原)의 상상력에 맞닿아 있습니다. 이는 과거와 현재, 지나간 것과 도래할 것의 경계를 '단절'과 '연속'의 관계로 환원하는 빌미를 제공할 수 있습니다. 허나, 선생님의 시에서 '아직 당도하지 않은 세계'는 영원히 유보된 희망의 공간(유토피아)이나, 이미 침수되어 갈 수 없는 '아련한 저편'(수몰 지구)은 아니라고 생각합니다. "꽃 피고 새 울고 바람 부는/여기가 먼 산"(「먼 산」, 『치워라, 꽃!』)이라는 시인의 분명한 현존 의식에서 느낄 수 있는 것처럼, '목마른 우물'은 오아시스와 같은 일시적 도착점이 아니라 '생(生)의 순환'을 재촉하는 여로 (旅路)에 가까운 것이 아닌지요? 생의 귀환은 인간의 역사와 기대를 넘어서, 혹은 인간의 역사와 몸을 부대끼면서, 어긋난 것은 어긋난 대로 틀어진 것은 틀어진 대로 제자리를 찾아가는 수행의 여정('몸길') 자체라고 이해할 수 있기 때문입니다. 시인이 "사흘 낮밤 장대비에도 재수 없게 눈이 맞아/ 일찍 피어 먼저 진 꽃이여/ 내 끊어진 길 사이를 흘러/ 나를 이어주고 죽은 꽃잎"(「꽃길」)을 '조문'하거나 '문병' 가는 것은 말 못할 상처를 나누는 약한 존재(들)와의 '관계 맺기', 요즘 식으로 말하자면 '생명 네트워크'의 생산에 가까운 것이 아닐는지요?

이안   박영근 시인의 『목마른 우물의 날들』 서평 「유토피아, 또는 질문과 부정의 세계」는 시인으로서 동의할 만한 지점과 그렇지 않은 지점을 함께 포함하고 있는 글입니다. 이번에 이 글을 다시 읽으면서 든 생각은, 이 글이 『목마른 우물의 날들』에 대한 독자적인 서평이 아니라 이영진 시인의 해설 「꽃, 생명의 고통이 오고가는 흔적」에 대한 일종의 반론으로 구상된 것이 아닌가 하는 것이었습니다. 제가 이렇게 느낀 것은 박영근 시인이 분석 대상으로 삼은 시편들(「성난 발자국」, 「茶毘」, 「숨길 1」, 「몸길」)이 한 편의 예외도 없이 이영진 시인이 '해설'에서 중요하게 다룬 작품들이라는 점 때문입니다. 만약 박영근 시인이 이 글을 독자적인 서평으로 구상한 것이라면 인용 시편에서 이렇듯 완전한 일치를 보이기는 어려웠을 것입니다.
   한편 「성난 발자국」을 분석해나가는 부분에서, "3연의 "걸어서"라는 표현은 "얼어서"의 오기(誤記)가 아닐까. "오도 가도 못하는 마음"이란 표현이 그것을 뒷받침하고 있다"라는 언급이 나오는데,

요컨대 "오도 가도 못하는 마음"이 주어로 앞에 섰으니 그다음에 술어로 오는 것은 "걸어서"가 아니라 '얼어서'가 되어야 하지 않겠느냐는 의심입니다. 그런데 이런 점이야말로 참으로 단순한, 기계적 시 읽기가 아닌가 싶습니다. 왜냐하면 조금만 더 주의해서 시집을 읽었더라면, 제가 파악하는 삶의 형식이 바로 "오도 가도 못하는 마음"의 운동이자 "빼도 박도 못할 곳"(「茶毘」) 같은 진퇴양난의 불가피성으로 짜여 있는, "이렇게 죽을 수는 없는 일"과 "이렇게 살 수도 없는 짓"(「봄날─꽃場」) 사이에서 발생하는 사태라는 것을 알 수 있었을 터이고, 그렇다면 삶의 존재 형식 자체가 "오도 가도 못하는 마음"의 운동("걸어서")이라는 것을 놓치지 않았을 것이기 때문입니다.

또한 이런 구절, 박형준 선생님이 앞서 인용한 "언어의 사용에 있어서 긴장과 절제의 미덕을 과장하고 있"다는 부분에서 보이듯, "미덕"과 "과장"의 경계는 얼마나 모호한 것인지요. 이처럼 그 경계가 모호하거나 평자에 따라 얼마든지 다른 해석이 가능한 여지를 포함하고 있는 시들을 일방적 해석으로 몰아가는 것은 자기 논리 전개의 수월성에는 도움이 될 수 있을지 몰라도 비평의 공정성에는 결코 도움이 되지 않을 것입니다. 그럼에도 불구하고 박영근 시인의 이 글은 제게 "현실―유토피아 사이의 입체적 자장"이 부여하는 풍경을 엿보게 한, 고마운 글이었습니다.

선생님이 지적하신 것처럼 『목마른 우물의 날들』에서 '아직 당도하지 않은 세계'는 영원히 유보된 희망의 공간도 아니고 수몰되어 갈 수 없는 과거의 공간도 아닙니다. 굳이 말하자면 그것은 저의 현재를 구성하는 과거의 기억과 관계되는 것이고, 동시에 미래로 향해 열려 있는 감각이라고 할 수 있겠습니다. 현존은 이렇듯 과거로부터의 무수한 어긋남―이르거나 늦거나 잘못 갔거나 왔거나 간에―과 이율배반과 진퇴양난의 선택으로 구성되는 것이고, 그렇기 때문에 삶의 한 점 한 점을 '오아시스와 같은 일시적 도착점'이라고 하기보다는, 모자라면 모자란 대로 제 가진 것을 다 보여줄 수밖에 없는 '피해 갈 수 없는 지점에 맺힌 궁극의 꽃'이라고 불러야 할 것입니다. 그러므로 거기에는 섣불리 희망이나 절망이 끼어들기 어렵겠지요. 문제는 그것을, 모순과 불합리와 이율배반과 우연과 불일치의 결과로서의 삶을 얼마나 수긍하는가일 것입니다. 이런 점에서 꽃을 향한 '조문'과 '문병' 행위를, 상처를 지닌 존재들과의 관계 맺기로 읽을 수도 있다고 봅니다.

박형준　물론, 이안 선생님의 '생의 순환' 의지가 다소 '구도적'이고 '초월적'인 것으로 수용될 수 있으며, 그것이 현실의 찢김과 뜯어진 상처를 봉합하는 시침이 될 수도 있다는 염려가 없는 것은 아닙니다. 삶의 생채기를 보듬고자 하는 수사와 때로는 불성(佛性)에 가까운 마음들(시편들)이 '망각된 현재'를 지속시키는 알리바이가 될 수 있다는 비판이 있을 수 있다고 생각합니다. 선생님께서는 이에 대해 어떻게 생각하시는지 궁금합니다.

이안　저도 제 시가 문학의 경계를 벗어나는 것을 원하지 않습니다. 초월자적 포즈나 구도자적 경지를 노출하는 것도 싫어하고요. 종교의 영역으로 투항하지 않고 긴장관계를 좀 더 팽팽하게 밀고 나가겠다는 생각을 하고 있습니다.

박형준　첫 시집에서 중요한 모티프로 등장하고 있는 '꽃'이란 바로 그 사유의 결과이자, 성찰의 자세를 보여주는 것이라고 생각됩니다. '꽃'에 대한 지극한 견성(見性)은 자칫 관념적인 수사로 유폐될 수 있는 시적 세계에 구체성을 부여하는 중요한 방법이라 생각합니다. '꽃'은 대부분 상처 입거나 굴절된 형태로 등장하는데, '부러지거나', '껍데기와 알맹이'만 남았거나, '상해버린 것' 등이 그것입니다. "조문하듯 꽃 가에 간다", 혹은 "조문하듯 꽃에게 간다/그대가 나를 몰라보아도/내가 그대를 알은체하면"(「봄날」)처럼, 꽃은 '조문'의 대상이 되거나 '문병'의 대상이 된다는 점에서 문명의 반대급부에 자리하게 됩니다. 그렇다고 진부한 문명 비판이나 '생태주의' 용법을 상기하는 것은 선생님의 시를 이해하는 데 별 도움이 안 된다고 생각합니다. '꽃'이란 "죽어서 꽃피는"(「흔해빠진 생」) 존재라는 모순 형용적 사태를 보여주는 (무)의식의 산물이며, 그러한 역설이 마주하는 곳에서 생의 진리가 포착됩니다. "마음의 불을 끄고"서 "안뜰을 돌고 있"는 "느티나무"(「느티나무 안

뜰」, 『치워라, 꽃!』)와 같이, 우리는 시인의 내면 지향을 통해 어둠과 고요 속에서 더욱 환해지는 세계를 대면할 수 있습니다. 이를 가능하게 하는 것이 시인의 언어 조탁과 절제미라고 생각합니다. 특히, 이것은 서정(抒情)의 다른 자리를 모색하고자 하는 시인의 자의식을 선명하게 보여주는 부분이라 생각합니다. 향토적 정취나 도시 문명의 거부에서 출발하지 않는 '생명'의 나눔('이웃'의 교감)이란, 어떤 언어적 지향에서 시작될 수 있는 것인지 선생님의 말씀을 듣고 싶습니다.

이안　제 시에서 '꽃'은 무척이나 다양한 양상으로 제시됩니다. 생의 절정을 상징하는 것이기도 하고, 미학적 완결성을 표상하는 것이기도 하며, 풍요인가 하면 결핍의 이름이기도 합니다. 다른 한편, 역사적이거나 가정사적인 희생의 현장으로 제시되기도 합니다. 분명한 것은 그것이 대부분 조화로움과 풍요 속에 존재하기보다는 모순과 결핍 속에 존재한다는 것이고, 이러한 존재양식이 꽃을 향한 조문과 문병의 근거가 되고 있다는 점입니다. 말씀하신 것처럼, '꽃'은 존재의 모순 형용적 사태를 보여주기에 적합한 소재이기도 하고, 그러한 역설이 마주치는 곳에서 불현듯 드러나는 생의 진리를 포착하기에 적합한 렌즈이기도 합니다.

　이 과정에서 언어의 조탁과 절제는 대상이 놓인 다차원적인 본질, 또는 시인이 포착한 세계의 극미(極微)까지를 드러낼 수 있는 거의 유일한 수단이자 방법이 아닌가 합니다. 그 집중성으로 하여 제 시가 서정의 다른 자리를 엿보는 데까지 나아갈 수 있다면, 또는 "'생명'의 나눔('이웃'의 교감)"이란 이름으로도 읽힐 수 있다면 저로서는 더없이 기쁜 일입니다. 제 시의 언어적 지향은 세계, 또는 대상과 언어의 관계에서 그 양자 간 긴장의 끈을 놓지 않고 끝까지 밀고 나가는 것입니다. 하지만 때로는 툭, 놓아버릴 때도 있어야겠지요.

박형준　두 번째 시집 『치워라, 꽃!』은 전통적인 서정시의 독법을 자조적인 것으로 비틀고 있다는 점에서 흥미로웠습니다. 특히, 첫 번째 시집의 중요한 심상인 '꽃'의 탈승화 전략은 이안 선생님의 시를 손쉽게 '생태주의'의 맥락에 배치시키는 해석(들)에서 도주하고 있다는 인상을 주었습니다. '꽃'으로 세계를 인식하고, '꽃'으로 세상과 소통한다고까지 말할 수 있는 시인이 그 '꽃'을 '치워라!'라고 말하는 것은 굉장히 위험스러워 보이기도 합니다. 첫 시집과 두 번째 시집의 경계를 명확하게 분별할 수는 없겠지만, 엄경희 선생이 시집 해설에서 "지금까지 자신이 '꽃놀음' 따위나 했다고 생각하는 것일까? 다시 말해 '꽃'에 대한 자신의 관념과 고뇌가 삶의 절박함에 못 미친다고 생각한 것은 아닐까? 첫 시집을 낸 이후 그는 어떤 변화를 겪은 것일까?"라는 질문을 던지면서, "이 시에는 분명 '그따위 생각은 집어치워'라는 질타의 목소리가 담겨 있"을 것이라고 추측한 것처럼, 저 역시 '치워라, 꽃!'은 분명 지난 시기의 '꽃'과는 다른 차이와 부정을 내포하고 있다고 생각하기 때문입니다.

이안　엄경희 선생이 적실하게 짚어낸 것처럼, 제가 『치워라, 꽃!』의 시편들을 써낼 당시는 개인사적으로 무척이나 고단하고도 다단(多端)한 시기였습니다. 존재의 토대에 큰 변화가 있었고, 절대적 대상이 다만 상대적 차원으로 붕괴되는 경험을 하기도 했습니다. 외로웠지만 기댈 곳이 저밖에 없던 시기이기도 해서, 시적 긴장을 끝까지 뭉쳐내지 못하는 경우도 있었고요. 표제작 「치워라, 꽃!」은 제 경험을 비교적 충실하게 재현한 작품에 속하지만, 이 시기 우리 시단에 두드러지게 쏟아져 나왔던 전통 서정시류에 대한 지겨움이나 지루함, 불만의 자의식을 담아낸 것이기도 합니다. 그런 점에서 「치워라, 꽃!」의 '꽃'은 이 시집의 다른 작품에 등장하는 꽃이나, 또는 『목마른 우물의 날들』의 '꽃'과는 확연히 다른, 구체적이고 직접적인 의미 탐구가 가능한 '꽃'이라고 할 수 있습니다. 다른 한편 「치워라, 꽃!」 속에서 거미에 의해 버려지는 '꽃'의 운명이야말로 무용지용의 처지로 존재할 수밖에 없는 시의 사회적 위상을 보여주기에 맞춤하다는 생각도 했고요. 작품의 제목이 워낙 강하고, 또한 이것을 표제작으로 삼다 보니 '치워라!'가 '꽃'에 대한 전반적인 "차이와 부정"의 메시지로 읽힌 것 같습니다.

박형준　시, 혹은 시적인 것에 대한 '차이와 부정'은 메타적 글쓰기의 일반적인 방법이라 하겠습니다. 첫 시집이 서정적 색채가 강하였다면, 두 번째 시집은 애써 그 동일성의 '얼룩'을 지우려는 '신(新)서정'의 태도로 보이기도 합니다. '시적인 것'의 제시 형식을 질문하는 것은 아닙니다. "올봄에도 내 시는/사람 목숨 지는 것보다 목련 지는 것만 아쉽다 했다"(「문제없는 시」)에서처럼, 시적 대상에 대한 확고한 의지의 분열을 의미하는 것입니다. 시인 스스로 '시적인 것'에 대한 '분열'을 시도한다는 점에서 두 번째 시집은 '자기 반영성'이 더욱 표면화되었다고 말할 수 있을 텐데요. '자기 반영성'과 '자기 반성'이 한 짝을 이루고 길항한다면, 어쩌면 이와 같은 미세한 변모는 시집과 시집 사이의 색깔 '변화'가 아니라, 작가적 세계의 '심화'라는 말이 더 어울릴 수도 있겠다는 생각도 듭니다. 앞의 질문과 연결되는 것일 수도 있을 텐데요. 이에 대해 선생님께서는 어떻게 생각하시는지 궁금합니다.

이안　『치워라, 꽃!』과 관련해서는, 시적인 것에 대한 다면적인 탐구, 제 안의 이중성에 대한 폭로 및 풍자, 삶과 시 사이의 충돌과 긴장과 타협, 소시민적 삶의 행태에 대한 야유, 사물(세계)과 언어의 관계 방식… 이런 것을 좀 더 전면화하고 집요하게 물고 늘어졌더라면 어땠을까 하는 아쉬움이 남습니다. 그래서『목마른 우물의 날들』에서『치워라, 꽃!』으로의 이행이 단순한 색깔 '변화'의 차원을 넘어 작가 세계의 '심화'에까지 바싹 다가서는 성취였는가에 대해서는 자성의 마음이 들곤 합니다. 저로서는 이 대목에서 늘, 대상과 언어의 긴장을 좀 더 끈질기게 밀고 나가야 한다는 다짐을 하게 됩니다.

박형준　사물과 언어의 이질성은 우리의 일상을 낯설게 만들며, 때로는 이 생경한 감각들이 현실의 틈을 비집고 들어가는 힘이 되기도 합니다. 남루하고 비루한 것들에 대한 관심, 이 소소한 혁명은 일상의 변화에서부터 출발하며 궁극에는 주체와 세계의 감성 구조 전체를 변화시킬 수 있는 동인이 된다고 생각합니다. 어떤 철학자는 '감각의 재분배'라는 말로 비슷한 느낌을 설명한 바 있습니다. 이와 같은 언어예술의 작용이 현실 변화의 촉매가 될 수 있으며, 그것이 예술가의 윤리적 태도일 수 있다고 하였습니다. 두 번째 시집『치워라, 꽃!』에서는 첫 시집에서 구체적으로 형상화되지 않았던 일상의 풍경이 자주 포착되는 모습을 볼 수 있습니다. 그러나 그것은 일상 자체의 정경을 묘사한 것이 아니라, 시인의 글쓰기 문제와 직결되어 있다는 점에서 독특합니다. 예들 들어,「문제없는 시」에서

"내 시에는/미 제국주의가 없고 육자 회담이 없고 국가보안법이 없고 비정규직이 없고 청년 실업이 없고 사회적 자살이 없고 노숙자가 없고 성폭행이 없고 아동 학대가 없고 외모 지상주의가 없고 학벌주의가 없고 가족 이기주의가 없고 들끓는 질투와 원망의 불륜이 없고 하다못해/마누라랑 자식새끼랑 싸운 애기도 없다/온통 들끓는 것들이 쑥 빠져 있다"고 한 것처럼, 시인의 자의식이 도드라지게 나타납니다. '문제없는 시'는 아이러니하게도 '문제 있는 시'로 쉽게 읽어낼 수 있을 듯합니다. 이 작품의 내용을 쉽게 읽어낼 수 있다는 뜻이 아니라, 시인의 창작 태도와 자세를 쉬 알 수 있다는 것입니다. 특히, 「바닥」이라는 시가 보여주는 진정성은 작법의 경계를 넘어 시의 윤리를 향해 있다 하겠습니다. 두 번째 시집에서 일상의 문제를 다룰 때 여지없이 '시 쓰기'의 문제가 오버랩되는 것은 시인 스스로를 붙들고 있는 해석학적 지평의 통제에서, 그리고 시인의 주머니까지 파고든 자본과 '리얼리티'라는 거대 담론의 포섭으로부터 도주하고자 하는 '시적 의지(자유 의지)'가 아닌가 합니다. 예를 들어, 「생활의 발견」이라는 단시(短詩)가 주는 울림이 우리 삶의 여백을 꽉 채울 만한 힘을 가지고 있는 것은 그 때문이라 생각합니다. 그러나 몇몇의 작품은 지나치게 시인을 현실 안쪽에 결박시키고 있는 것은 아닌가, 하는 느낌을 가지게도 합니다. 역시, 이것은 일상의 자리와 시 쓰기가 만나는 '사건'을 사유하고 있는 선생님께서 말씀해주실 수 있는 부분 중 하나라 생각됩니다.

이안　시, 또는 세계가 호락호락, 단순하게 구성될 수 있는 것이라고는 생각지 않습니다. 그렇기 때문에 이면(裏面)이나 전면(全面)을 포함하지 못하는 단편적 현상 제시는 세계 인식의 한계를 지닐 수밖에 없다고 보고요. 앞으로 시를 써나가면서 경계하려고 하는 대목입니다. 대상과 관계 맺는 방식에서 언어의 끈을 결코 느슨하게 풀어버리지는 않을 것이며, 어느 한쪽에 맥없이 투항해버리지도 않으리라 다짐하고는 합니다. 처음에 말씀드린 것처럼, 제가 지금까지 삶에 갚아온 것에  비해서 시에 갚아온 것이 터무니없이 미약하기만 했다는 것, 이것이 오래된 제 문제의식입니다. 시를 삶의 중심부로 끌어들이고 삶을 시의 중심부로 탈주시키는 가운데 둘 사이의 충돌을 좀 더 일상화할 생각입니다. 무엇보다 현실 안쪽에 결박된 저 자신이 좀 더 자유로워져야겠지요.

박형준 마지막으로, 앞으로의 창작 방향이랄까, 최근에 생각하고 있으신 것들에 대해 말씀해주시면 감사하겠습니다. 시인의 주머니가 "과분"해봐야 얼마나 과분할 수 있겠습니까만, 그래도 시인은 "한도 초과의 경제"(「시인의 경제」) 상황에서도 '영혼의 언어'를 상실하지 않기 위해 자기 경계를 늦추지 말아야 한다는 것은 분명한 것 같습니다. 모두가 '문화'와 '접속'을 말하며 빠르게 달려가고 있는 이 시점에 선생님께서는 오히려 사유와 성찰을 선택하

신 것처럼 보입니다. 세 번째 시집을 향한 여러 작업이 궁금해지
는 이유입니다.

이안   지난해 5월에 『동시마중』(http://cafe.daum.net/iansi)이라는
동시(童詩) 전문지를 창간했습니다. 『치워라, 꽃!』을 낸 이듬해에 십
년 동안 써왔던 동시를 모아 첫 동시집 『고양이와 통한 날』(문학동
네, 2008)을 냈고, 그 이후 지금까지 제 문학의 초점을 시보다는 동
시에 두어왔습니다. 창간한 지 일 년밖에 되지 않았지만 잡지는 어
느새 자리를 잡아서, 서점에 유통시키지 않고 정기구독자 중심으로
우편 발송을 하는데도 구독자가 500명을 넘어섰습니다. 지난해엔
잡지 일정에 생활이 완전히 몰수당한 형국이었는데 지금은 이로부
터 많이 자유로워진 편입니다. 내년쯤 두 번째 동시집을 묶는 대로
이어서 세 번째 시집에 집중할 계획입니다. 첫 시집을 준비한다는
자세로 어느 때보다 치열하게 임하리라 다짐하고 있습니다. 저는
요즘, '나는 아직까지 첫 시집을 내지 않았고, 내 재능은 오래 살도
록 태어났다!'는 식의 생각을 자주합니다. 앞으로 더 좋은 시를 써
내는, 더 좋은 시인이 될 수 있다는 암시를 저에게 꾸준히 주는 것
이지요.

박형준   이번 호 『오늘의문예비평』 이메일 대담은 시와 현실의 착
종 관계 속에서 서정의 방향을 새롭게 모색하고 있는 이안 시인과
함께 하였습니다. 이안 선생님, 우매한 질문(들)에도 진지하게 답변
해주셔서 감사드립니다. 늘 건안하시기 바랍니다.

이안   시집을 꼼꼼하게 살펴봐주시고 진지한 질문을 주셔서 고

맙습니다. 저에게도 이번 대담이 제가 걸어온 길을 돌아보고 앞으로 나갈 길을 모색하는 데 귀한 자리가 되었습니다. 다시 한 번 고맙습니다.

불가능한 대화들 2

초판 1쇄 발행 2015년 6월 15일

지은이 정유정 외 15인
펴낸이 강수걸
편집장 권경옥
편집 문호영 양아름 손수경
디자인 권문경 박지민
펴낸곳 산지니
등록 2005년 2월 7일 제14-49호
주소 부산광역시 연제구 법원남로15번길 26 위너스빌딩 203호
전화 051-504-7070 | 팩스 051-507-7543
홈페이지 www.sanzinibook.com
전자우편 sanzini@sanzinibook.com
블로그 http://sanzinibook.tistory.com

ISBN 978-89-6545-290-4 04810
     978-89-6545-292-8(세트)

* 책값은 뒤표지에 있습니다.
* 이 도서의 국립중앙도서관 출판예정도서목록(CIP)은 서지정보유통지원시스템 홈페이지(http://seoji.nl.go.kr)와 국가자료공동목록시스템(http://www.nl.go.kr/kolisnet)에서 이용하실 수 있습니다.(CIP제어번호: CIP2015009854)